8　年

堂場瞬一

集英社文庫

この作品は二〇〇一年一月、集英社より刊行されました。

8
年

1

「あなたが五十歳以上なら、黄金の五〇年代をその目で直《じか》に見ているはずだ。あなたが十五歳であっても、神話として、あの十年間を知っているに違いない。知らないなら、学ぶべきだ。神話を学ぶ事は、私たちの精神の奥深くに刻み込まれた歴史を学ぶ事にほかならないからである。

あの五〇年代、二度と再現出来ない王朝がニューヨークに君臨していた。ドラフト、フリーエージェント、エクスパンション、金、金、金。野球以外の存在に支配される現在の大リーグにおいては存在し得ない王朝が。ヤンキース、ドジャース、ジャイアンツ。マントルがいて、スナイダーがいて、メイズがいた。三つのチームに、リーグを代表するセンターが一人ずつ。何と贅沢《ぜいたく》な時代だったのか。ワールドシリーズは彼らのためにあり、毎年野球シーズンの締めくくりは、ニューヨークが舞台になっていた。

やがてドジャースが去り、ジャイアンツが去った。メッツが生まれるまでの数年間、ニューヨークから野球の火は消えた。その後のヤンキースの戦争スペクタクルとフィルム・ノワール、シナリオライターなら赤面して逃げ出すようなメッツお得意の奇跡の逆転ドラマを見せ付けられても、私たちは決して満足出来なかった。

三つから二つへ。まだ一つ、足りないのだ。失われた心の欠片《かけら》を探すように、聖杯の行方を探求するように、私たちは三十年以上も、もう一つのチームを求め続けた。

一般に、プロフェッショナルスポーツは、背後に二百万人の人口を抱えていれば成功すると言われている。この説に従えば、ニューヨークの場合、三つの大リーグチームがあっても、十分に採算が期待出来るはずだ。様々な思惑がマンハッタンの摩天楼の周りを渦巻き、純粋なファンの願いは、ロサンゼルスのスモッグのように街を取り巻いた。

夢は、強く願えば叶う。

今日、我々はその事を知った。

もちろん、我らがチームの実力は未知数である。しかし、夢は見続けなければ幻で終わってしまう。チームが出来ただけで満足してはいけない。我々が必要としているのは、強いチームなのだ。新しいチームが、毎年メッツとナショナル・リーグのペナントを競い、ヤンキースとワールドシリーズのリングを争う様を見たいのだ。そういう夢を見続けよう。

他のフランチャイズ都市は、我々ニューヨーカーの夢を理解出来ないかもしれない。アトランタのファンは我々を頭から嚙《か》み砕こうとするだろうし、テキサスのファンは、鼻で笑うだろう。

しかし今こそ、我々は証明しなくてはならない。ここニューヨークこそが野球の中心である事を。

ようこそ、ニューヨーク・フリーバーズ。野球の都へ」

藤原雄大《ふじわらゆうだい》は、スーツケースの上に腰掛けたまま、「ニューヨーク・タイムズ」のコラムを読み終えた。アメリカだ。俺はやっとアメリカに来た、と思う。妙な解放感があった。ここにいると俺も目立たない。百八十五センチという身長のせいで、日本ではいつも窮屈な思いをしていたのに、空港に降り立って以来、手足を思い切り伸ばしているような気分になっている。座ったまま、伸びをしてみた。ばきばき、と鈍い音が肩と首の辺りから聞こえる。筋肉が引《ひ》き攣《つ》った。俺も随分鈍《なま》ってるな、と藤原は舌打ちした。

もう一度コラムを読み返した。ロジャー・スミス。藤原にも馴染みの名前だ。「ニューヨーク・タイムズ」や「エスクワイア」「スポーツ・イラストレイティッド」を舞台に、主に大リーグの記事を書いているコラムニストで、既にそのキャリアは三十年を超えている。少々思い入れ過剰だ、という評判だが、それが彼独特の味にもなっていた。彼のコラム集は日本でも何冊か翻訳されており、藤原も読んだ事がある。一ファンとジャーナリストの立場で揺れ動く、危ういバランス。メッツの敗因の冷徹な分析の背後に、歯軋《はぎし》りが聞こえる。絶妙の芸だ、と藤原は思う。その彼が、フリーバーズに多大な期待を寄せている。これがニューヨークの野球ファンの最大公約数的な心情なのだろうか。だとしたら有り難い、と藤原は思った。

　野球の都か、と藤原は溜息を吐《つ》いた。そう、野球という国の首都を投票で選ぶ事になったら、ニューヨークが第一の候補になるのは間違いない。しかし、野球をしに来たのだという実感は、二か月ほど前、トライアウトを受けるためにフロリダに行った時の方がよほど確かだった。閉ざされたはずのグラウンドを無限の空間へと開放する、突き抜けた高い空。熱く、乾いた空気。足首が埋まるほどの深く、濃い芝。それらを兼ね備えたキャンプ地の球場こそ、野球の都のように思えた。今はただ眠く、体の節々が痛み、腹が減っている。ニューヨーク、ニューヨーク。もう少し派手に歓迎してくれてもいいじゃないか。せめて代理人と落ち合うようにしておけば良かった。一人きりは嫌いではないが、何となく、壮大な冗談の中に突き落とされて、自分だけが気付いていないような不安に襲われる。

　藤原は新聞を丁寧に畳むと、ジーンズの尻ポケットに突っ込んだ。欠伸《あくび》を嚙み殺し、スーツケースを押しながら、のろのろと歩く。ニューアークの空港は、巨大な冷蔵庫みたいだ、と思った。清潔で、何もかもがきちんとしている。そして、味気ない。

　空腹に耐えかねて、冷蔵庫の中を漁る事にした。一番近いカフェテリアに寄り、カウンターに並ぶ人の列に加わる。すぐに、目の前にいるのが小柄な日本人だ、という事に気付いた。ヤンキースのキャップを被り、若い女の子が好んで持つようなショッキングピンクのスーツケースを転がしている。さらに、バッグをたすきがけにしていた。自分の順番が来ると、伸び上がるようにカウンターに肘をつき、チーズステーキとホットドッグ、コーラを注文した。

金を払う段になって、更にフライドオニオンを追加する。藤原は、その凶暴な食欲に驚きながら、親は何をしてるんだ、と訝《いぶか》った。放っておいたらこのガキは、コレステロールと脂肪の塊《かたまり》になってしまう。

若い男は、食べ物を受け取ると、スキップしそうな勢いで近くのテーブルに向かった。テーブルにトレイを下ろさないうちから、フライドオニオンに手を伸ばしている。まったく——と舌打ちしそうになった瞬間、藤原は、この若者がただの食いしん坊のガキではない事に気付いた。

常盤哲也《ときわてつや》。

二か月前、藤原はこの男と一緒に、フリーバーズのトライアウトを受けたばかりである。

藤原は自分のホットドッグを受け取ると、常盤の向かいに腰を下ろした。顔がとろけそうなほど恍惚とした表情を浮かべた常盤は、藤原が目の前に座った事にも気付かない。藤原はひょいと指を伸ばして、フライドオニオンを一つ、つまんだ。

常盤は、丸っこい体型に似合わぬ素早さで、顔も上げずに手を伸ばすと、藤原の手首を摑《つか》んだ。思いも寄らない、強烈な握力である。手首がぎりぎりと締め付けられ、フライドオニオンがテーブルに落ちた。

「よせよ」藤原は乱暴に常盤の手を振り払った。

「人の食べ物に、勝手に手を出さないで下さい」常盤は、藤原が人殺しでもしたかのように激しい目付きで睨《にら》みつけたが、それも一瞬だった。すぐに表情が崩れ、ぽかんと口を開ける。

「藤原さん?」

その隙に、藤原はもう一度フライドオニオンに手を伸ばした。今度は、邪魔は入らない。しかし、口に放り込んだ途端に顔をしかめる羽目になった。べとべとしている。

「ひどいな、これ。お前、こんなコレステロールの塊、よく平気で食えるな」

「好きなんですよ」にっこり笑うと、オニオンを三つ一緒に摑んで口に放り込んだ。ぽっちゃりとした丸顔だが、顎《あご》だけが四角く発達しているのはこのためだろう、と藤原は思った。一度にたくさんの食べ物を口に詰め込み、よく嚙めば顎は鍛えられる。

こいつはガキではないが、「若者」と言うにはあまりに坊や坊やしている、と藤原は思った。事実、数週間前に高校を卒業したばかりのはずである。丸々と太った顔に、ほんのりと赤い頰《ほお》。髭《ひげ》の剃り跡も見えない。飛行機の中で不自然な姿勢で寝ていたのか、後頭部に妙な癖がついていた。体も丸く、野球をやるよりも野球のボールになる方が相応《ふさわ》しいように見えるが、その外見に騙《だま》されてはいけない事を、藤原はよく知っている。この男は、フリーバーズの首脳陣が見守る中、ただ広いだけが取り柄のスタジアムのバックスクリーンに、五本連続で叩き込んだのだ。六本目は場外に消えた。藤原は後で知ったのだが、最後の一発の推定飛距離は百六十メートルだった、という。

その一発が煩《うるさ》いファンを黙らせたのだ、と藤原は今になって思う。

彼らが入団したフリーバーズは、エクスパンションで新たに誕生した、ニューヨーク第三のメジャーリーグチームである。このチームは日本企業がオーナーである事から、何かとアメリカ人を刺激する存在だった。フリーバーズは最初、「全員日本人選手でアメリカに殴り込みをかける」と鼻息を荒くしていたが、さすがにこれはコミッショナーの厳しい指摘を受け、「積極的に人種の壁を撤廃する」という表現に改められた。それでもアメリカの野球ファンは声高に、あるいは陰でフリーバーズを非難していた。スタッフは日本人で占められていたし、日本人選手がまとまって合流したからだ。ロジャー・スミスのように、一方的に歓迎の意を表明しているのは、少数派だったかもしれない。野球には人種も国籍もないのが建前だ。特定の国の人間を優先的に入団させるやり方は、バランスを欠く。自分が日本人選手の一人でありながら、藤原は、ファンの言い分を「正論だ」と思っていた。

しかし常盤の出現は、少なくとも一時的にはアメリカ人を黙らせた。トライアウトで彼が見せたバックスクリーン五連発と場外ホームランが、非難を賞賛に変えたのだ。凄い選手がいるじゃないか。強いチームを作るためなら、人種や国籍にこだわっている場合じゃない——など。

藤原は、紙ナプキンで乱暴に指を拭《ぬぐ》った。「今の便で着いたのか？」

「ええ」フライドオニオンに邪魔されて、常盤の発音は濁った。頷《うなず》きながら、喉仏を大きく上下させて飲み込む。

「気付かなかったな」いや、思い当たる節はある、と藤原は思った。成田空港で、テレビのクルーが一塊になって動いていた。藤原はその横をそそくさと通り抜けて来たのだが、あれはおそらく、常盤への取材だったに違いない。ざまあみろ、と思う。奴ら、俺には気付かなかった。鬱陶《うっとう》しいマイクの攻撃を、上手《うま》くすり抜けたのだ。

「一人で来たのか？」

「そうですよ。それが何か？」

「保護者なしでニューヨークに、ね。代理人はどうしたんだ？　オムツを換えてくれるのは契約に入っていないのか？」

常盤がむっとした表情を作った。「飛行機に乗るだけですから、代理人は関係ないですよ。面倒な時だけ、手伝ってもらうつもりです。藤原さんも、今の便で？」

「そう」

「藤原さんこそ、代理人は？」

「俺は大人だ。それよりな、こういう食事はこれきりにしろよ」

「どうしてですか？」常盤は小さな目を一杯に開いて驚いて見せた。「ここはアメリカですよ。アメリカの物を食べなきゃ。早く慣れないと駄目でしょう」

「アメリカだから、だ。そういう食い物は、確かに美味《うま》い。俺も嫌いじゃないよ。でも、こんな物ばかり食っていたら、すぐにぶくぶく太っちまうぞ」

「俺、走るのは専門じゃありませんから」

「守れなくなるっていう意味だよ。ナ・リーグには指名打者制はないんだからな」

常盤は拗《す》ねたように唇を尖らせたが、フライドオニオンに伸びる手を止めようとはしなかった。「だいたい、藤原さんもホットドッグじゃないですか」

藤原は溜息を吐き、コーヒーを啜《すす》った。空っぽの胃に苦い液体が流れ込むと、軋むように痛む。ホットドッグを一齧《ひとかじ》りし、空腹を宥《なだ》めにかかった。

常盤は、口の周りを汚しながら瞬く間にホットドッグとチーズステーキを平らげると、大ぶりのカップに入ったコーラを一気に半分ほど流し込んだ。腹を摩《さす》りながらげっぷをし、愛敬たっぷりの笑顔を振りまく。藤原は、半分ほど食べたホットドッグをトレイの上に放り出した。

「どうしました？」

「腹が一杯になった」

「じゃ、そいつも貰っていいですか？」

藤原は面倒臭そうに頷いた。常盤が、残ったホットドッグを一口で飲み込み、うっとりとした笑顔を浮かべる。

「俺、アメリカが好きになれそうですよ。食い物、最高だな」

「いい加減にしろよ。お前、本当に去年の甲子園の決勝でホームランを三本打った常盤だよな？」

「替え玉だとでも思いました？」

藤原は、ポロシャツから剝《む》き出しになった常盤の腕を改めて眺めた。太いワイヤーをまとめたような腕だ。確かに、かすっただけでもフェンスの向こうに持って行きそうである。

「どうしてこっちに来る事にしたんだ？　日本でだって、引く手数多《あまた》だっただろう」

「簡単ですよ。こっちの方が条件が良かっただけです」そう言ってにやりと笑う。

「だけど、どうしてテストで？　お前ほどのバッターなら、わざわざテストを受ける必要もなかっただろう。甲子園で、フリーバーズのスカウトがバックネット裏で涎《よだれ》を垂らしていたそうじゃないか」

「何か、いろいろ考えているようですよ、フロントも」悪戯《いたずら》っぽく笑うと、藤原の方に顔を寄せた。むっとした汗の臭いが漂う。「狭い日本のチームに飽き足らず、自分の力を試すために、わざわざアメリカへ入団テストを受けに来た。こういう筋書きなんでしょう。さんざん雑誌に書かれていたけど、藤原さん、読んでないんですか？」

「字を読むと頭が悪くなるんだ」実際は、読んでいた。フリーバーズのオーナー会社であるジャパン・ソフトは、元々は業務用のコンピューターソフトを細々と作っていた会社である。八〇年代の後半、一般向けの表計算ソフトでヒットを飛ばし、バブル崩壊の荒波も何とか切り抜けると、一気に会社の規模も膨れ上がって、余剰資金で企業の吸収・合併に乗り出した。現在は、既に「ベンチャー」とは呼べないほどの規模に成長している。次に目指したのがメディア戦略で、自前の出版社を立ち上げると、パソコンやインターネット関連の雑誌を着実に売り上げた。さらに青年向け週刊誌、隔週のスポーツ専門誌と次々とフィールドを広げ、現在はCSのテレビ局にも出資していた。そして、ゼロからのメジャー球団の創設。一見関係なさそうに見えた多角経営は、今や全てが一つにまとまろうとしている。

フリーバーズの話題は、自前のスポーツ誌の誌面を毎号飾った。CSでも、フリーバーズの番組を持っている。まだ一試合も戦っていないチームなのに。入団予定の四人の日本人選手については、いくら何でもやり過ぎではないかと思えるぐらい、しつこく取り上げて来た。藤原はインタビューから逃げ回っていたが、それでも何度かは捕まって、写真撮影の度に馬鹿馬鹿しいポーズを取らざるを得なかった。しかし、素っ気無くしていると、やがて取材の波は消える。喋《しゃべ》らない事。これが肝要だ、と藤原は思う。何もメディアと喧嘩《けんか》をする必要はないのだ。無口な人間は、自然にメディアから嫌われる。そして藤原は、四人の選手の中で最も注目されない存在になった。

「藤原さんは、今まで何してたんですか？」常盤が口をもごもごと動かしながら尋ねてきた。

「テストを受けてから今までか？」

「それもそうですけど、バルセロナの後ですよ」

藤原は一瞬言葉を飲み込んだ。「引退してた」

「まさか」

「どうしてまさかなんだ？」藤原が睨むと、常盤は一瞬首をすくめた。

「いや、だって、バルセロナの時は何歳だったんですか？　まだ二十五歳ぐらいだったでしょう」

「そう、二十五だ」

「ばりばりじゃないですか。アトランタの時でも二十九でしょう？」

「二十九っていうのは、野球選手としては下り坂だよ。もう十分オヤジだ。お前、自分が十年後も元気溌剌《はつらつ》、ほっぺたを赤くしてボールを追いかけていると思うか？」

常盤の頬の赤味が深くなった。唇を尖らせると、「いや、別にそんなつもりで言ったんじゃないですよ」と言い訳する。「だけど、藤原さんは全日本で一時代を築いた人ですからね。怪我《けが》じゃないでしょう？　どうしてたのかな、と思って」

「どうもしてないよ。年をとった、だから引退した。それだけだ」

「でも、今になって大リーグに挑戦している」常盤の顔が真面目になった。が、すぐに相好《そうごう》を崩し、絞り出すような声で「痺れるんですよね、そういうのが」と言った。たすきがけにしていたバッグからいきなりボールを取り出すと、藤原の目の前に突きつける。

「何だよ」藤原は、一瞬たじろいだ。

「サイン、お願いします」常盤は、屈託のない笑い声をあげた。

「阿呆。何で俺が、お前にサインしてやらなくちゃいけないんだ」

「貴重なサインになりますよ。大リーガー藤原の第一号のサインじゃないですか？　家宝にしますから」

藤原は溜息を吐いて、ボールを受け取った。何と言うか、常盤はプロフェッショナルと言うには純粋過ぎる。何か月か後、泣いて日本へ帰る事にならなければ良いのだが、と心配になった。「ペンは？」

「はい」サインペンを差し出す常盤の向こう、広い通路の動きを藤原の目が捉えた。置き引きだ。まだ少年のように見える若い白人の男が、布製の大きなバッグを摑んで走っている。

焦っているのか、本格的な運動をした事がないのか、手足の動きがぎくしゃくしていた。その後ろで、七十歳ぐらいの黒人女性が通路に倒れ込んだまま、悲鳴を上げている。荷物が通路に散らばり、空港のざわめきの中で、悲鳴だけが長く尾を引いて浮き上がった。

藤原は本能的にセットポジションの姿勢を取ると、クイックモーションでボールを投げた。距離は二十メートル、あるいは二十五メートルほど。ボールは糸を引くように飛び、バッグを摑んだ男の右肩に当たった。ボールが高く跳ね上がる。男は驚いて藤原の方を振り向き、同時に一瞬動きが止まった。しかし、一瞬である。また走り始めた。外したか、と藤原が舌打ちをした時だった。

肩に当たって跳ね返ったボールに向かって、近くにいた若い男が飛びついた。跳躍の途中で左手を伸ばし、弧が頂点に差し掛からないうちにボールを摑む。そのまま右手に移し替えると、流れるような動作で腕を振りぬき、逃げる男に投げつけた。ダブルプレイだ、と藤原は思った。若者の動きは、俊敏なショートのようである。

十メートルほどの距離だ。今度は逃げられない。男の顎のすぐ上、顔の右側に当たると、ボールは乾いた音をたてて通路に転がった。男は、一瞬自分の居場所を忘れたように振り向いたが、次の瞬間にはいきなり足が止まり、前に倒れ込んだ。一秒の何分の一かの間の出来事であり、男が倒れた時には、若者はまだ着地してもいなかった。警備員が駆けつけ、男を取り押さえる。

藤原は信じられない思いで、自分と連係プレイをした若者の顔を見た。最初に思ったよりも、ずっと若い。ラテン系だろうか、オリーヴ色の顔に、澄んだ大きな目が目立つ。つるりとした顔で、髭の剃り跡は見当たらない。少し伸びた髪を綺麗に後ろへ撫で付けているが、先ほどの派手な動きにも、髪型はまったく乱れていない。

若者は藤原に向かって右手の親指を立てて見せると、口を細く開けて笑った。白い、綺麗な歯並びだった。それから、通路に落ちた帽子を拾い上げると、気取った仕種《しぐさ》で埃《ほこり》を払い、被り直す。遠くからでもはっきりと見える。「N」に「F」を組み合わせた、フリーバーズのキャップだった。

「行くぞ」藤原は現場から目をそらしながら言った。

「どうしたんですか？」

「着いた途端に厄介事は御免だよ。俺は、野球をやりにアメリカに来たんだ。置き引きを捕まえるためじゃない」

藤原はスーツケースを持ち、大股で歩き始めた。すぐに人の流れに飲み込まれる。常盤も慌ててその後に続いた。スーツケースの重さが全く気にならない様子で、足早に歩いて来る。すぐに藤原に追いついた。

「凄かったですね、さすが藤原さんだ。あの距離で、相手に怪我をさせない場所を狙うなんて、出来ませんよ」

藤原は一瞬立ち止まり、振り返ってまじまじと常盤の顔を見た。

「当たり前だ。俺を誰だと思ってるんだ？」

常盤が苦笑いを浮かべた。

「それより、もう一人の男、見たか？」

「ボールに飛びついた奴ですか？」

「そう。ああいうショートがいたら、年に百本ぐらいはセンター前に抜ける当たりをアウトにしてもらえるぞ。野球選手じゃないのかな」

「それにしては随分小柄でしたね」

「お前だって、大柄じゃない。横方向を除いては」

「サイン、忘れないで下さいよ」常盤が唇を尖らせる。本当にまだガキだな、と藤原は思った。

「そんな下らない事を考えるより、自分こそサインの練習をしておけよ。慣れないと、腱《けん》鞘炎《しょうえん》になるらしい」

「それで腱鞘炎になったら本望ですよ」

その憧れは、手が届かないほど遠くにあるものではないぞ、と藤原は言ってやりたかった。だが、やめにした。二人が日本にいる時だったら、そうやって勇気づけてやってもよかった。が、今俺は、この男と同じ舞台に立っている。スタートラインは一緒だ。他人の事を思いやっている暇はない。どのみち、常盤の才能は本物だ。誰かに慰めてもらったり、「自信を持て」と励ましてもらわなくても、遠くない将来、自分の力で這い上がって来るだろう。問題は俺だな、と藤原は思った。俺自身だ。自信はある。誰にも負けない、決して傷つく事のない自信が。しかし時の流れは、鏡のような自信に曇りを生じさせていた。これからそいつを、顔が映るまで磨き上げなければならない。

タクシー乗り場の近くで待っているうちに、フリーバーズの渉外担当マネージャーである三堀《みほり》香苗《かなえ》がやって来た。巨大なフォードのピックアップトラックを、藤原達の鼻先でぴたりと停め、乱暴にドアを開けて飛び出してくる。

「遅れたわね?」自分に確認するように言うと、常盤のスーツケースを荷台に押し上げる。

藤原は、思わず苦笑いした。並の男よりはパワーがありそうだ。少し肌寒い天候にもかかわらず、上半身はタンクトップ一枚で、鍛え上げた肩や上腕の筋肉がはっきりと見て取れる。暇を見つけてはジム通いをしているな、と藤原は推測していた。それもかなり本格的に。真ん中で太く編み上げ、背中に垂らした髪は、戦いに赴く戦士の辮髪《べんぱつ》のようにも見えた。

「さ、乗って」促されるままに、藤原達はバックシートに体を押し込めた。香苗は車をスタートさせず、二人の方に振り向きながら予定を説明した。「すぐに、借りてある部屋に入ってもらいます。明後日《あさって》、チームが街に戻ってくるから、それから合流してちょうだい。部屋は球場のすぐ近くだから。それまでに体を慣らしておくといいわ」

「仰せの通りにしますよ」藤原がおどけて見せると、香苗は藤原の顔をじろりと睨んだ。余分な肉を全て削ぎ落としたような頬が、ぴくぴくと引き攣る。

「機会と挑戦の国にようこそ。ここから先は、冗談は通用しないわよ」

「冗談抜きで、こんな体が震えるような事に挑戦出来ると思うかい？」

「震えるような人には見えないけど」

「どんな人生を送ってきたら、自分のチームの選手に皮肉を言えるような人間になるんだ？」

「マンハッタンに五年住んで、アメリカ人と削り合うように仕事をしていると、自然とそうなるの」

藤原は、香苗の経歴については、既にかなりの部分を知っていた。女性の球団幹部は、大リーグでもまだ珍しい。好奇心から、彼の契約を担当したフリーバーズの編成スタッフに聞いてみた事があるのだ。

彼女は、元々大手の広告代理店に勤めていた。藤原とは同い年である。ニューヨーク支店でリサーチの仕事をしている時に地元の代理店に移り、さらに二年前、フリーバーズ創立に乗り出したジャパン・ソフトに引き抜かれたのだ。それ以来、かちっとしたビジネススーツを脱ぎ捨て、ほとんど肉体労働者のような毎日を送っている。「タフな女だよ」と、藤原が話を聞いた球団のスタッフは言った。

「ニューヨークの街そのものと同じぐらいタフだ」

渉外担当マネージャーと言うと聞こえは良いが、要は何でも屋という事らしい。フリーバーズがどん底の不振に喘《あえ》ぎ、ニューヨークのファンがチームを見放した時には、彼女は自らの手でチケットを売りさばくのだろうか、と藤原は意地悪く思った。

「あまりぎすぎすしないで欲しいな。フロントの人間がぎすぎすしていると、俺達現場の人間もやりづらくなる」

「そういう事は、上に上がってから言ってちょうだい。あなたが晴れて大リーガーになった日には、靴磨きでも何でもしてあげるわよ」

「それも君の契約条項に入っているのか？　つまり、選手の靴磨きが」

彼女は苦々しそうに唇を噛むと、意外にも「そうよ」と答えた。「もしも選手がそう望むならね」

「俺は、絶対にその権利を行使するよ」

香苗はまた藤原を睨みつけると、前を向いて乱暴に車を出した。

短いドライブの途中で、藤原はうんざりし始めていた。常盤のせいだ。この坊やは、空港からアパートまでの短い時間を自分が全て買い占めたとでも言うように、車の中で喋りっぱなしだった。新しいチームメイトに対して微かな嫌悪感が芽生えるのを、藤原ははっきり意識していた。

とりわけ気にいらなかったのは、常盤がマスコミを過剰に意識し、マスコミ向けに演技しようとしているらしい事だった。藤原が一番嫌いで、苦手な事である。フリーバーズ入団騒動が持ち上がる以前にも、藤原がマスコミに対応しなければならない時期はあった。二度のオリンピック。プロ入りを噂《うわさ》された時期。しかし、所詮アマチュアだったせいか、さほど厳しく突っ込まれる事はなかった。

それを知ってか知らずか、常盤は藤原に向かって、「『調子は悪くない』って言うのと、『好調だ』って言うのと、どっちが良いイメージですかね？」などと真面目に尋ねる。藤原はうんざりして、「日本人の記者には『調子は悪くない』、アメリカ人の記者には『好調だ』と答えておけばいい。どっちにしろ、活字になる時は、全然別の言葉になるんだから」と適当に答えておいた。

「へえ」常盤は感心したように頷き、バッグからノートを取り出すと、藤原の言葉を書きつけた。藤原が体を乗り出して覗《のぞ》こうとすると、いきなりノートを閉じる。「駄目ですよ、これは俺の虎の巻なんですから」

「お前、マスコミ対策を考えるよりも、野球の事を考えなくちゃ駄目だよ」

「だって、マスコミの人にはきちんと喋るように言われてるじゃないですか」藤原にはその言葉の真意がはっきりと分かっていた。何でも良いのだ。誰かがチームの悪口を喋り、それがスポーツ紙の一面を飾る事になっても、親会社は困らないだろう。本社としては、警察のお世話になるような事でもない限り、いくら悪口を書かれても構わない、無料の宣伝になる、ぐらいに考えているはずだ。

馬鹿らしい、と藤原は思っているが、常盤は言われた事を鵜呑《うの》みにしているようだった。

「そう言えば、藤原さんの記事ってあまり見ませんよね」

「俺は、契約条項に、『ノーコメント』と言ってもいい、という一項を入れたんだ」

「変わってますよね、藤原さん」藤原を見る常盤の目つきが少し変わった。名声を得る機会を得たのにそれを利用しない理由が分からない、とでも言いたそうだった。

藤原にも、喋る事がないわけではなかった。本音を語る事が出来れば、時間が幾らあっても足りないぐらいだ。しかし今は、たった一つの質問を恐れていた。「どうしてこの年になって大リーグに挑戦するつもりになったのか」という質問を。

答えられない事はない。だが、その答えを口にするのは、ひどく恥ずかしい事のように思えた。あるいは、言ってしまえば、手に入れかけた魔法が失われてしまうような気がしていた。


二人のために用意された部屋は、3Aインターナショナルリーグに所属するジャージージーシティ・フリーバーズのホームスタジアム「ジャージーシティ・パーク」のすぐ近くにあるアパートメントだった。香苗は、近くで食事の出来る場所を教えると、そそくさとフリーバーズの球団事務所があるマンハッタンに戻って行った。二人の世話をするのを嫌がっている事を、隠そうともしなかった。

藤原は、自分の部屋に荷物を下ろし、ようやく一息ついた。寝不足で疲れていたし、飛行機のシートが小さ過ぎて、体のあちこちにしこりができていた。

一瞬ベッドに腰掛けたつもりが、何時《いつ》の間にか寝入ってしまった。

藤原は、開け放したままの窓から吹き込んでくる少し冷たい風と若葉の匂いに鼻をくすぐられて、目を覚ました。壁の時計は、十二時半を指している。

窓辺に立つと、目の前の木立に遮られながらも、時折強い陽射しが目に飛び込んでくる。その向こうには、完成したばかりのジャージーシティ・パークの外観がちらちらと見えていた。依然として体はだるく、眠気は抜けていなかったが、とにかく少し体を動かしてみよう、と思った。明後日、遠征中のチームが本拠地に戻って来るまでに、体を慣らしておきたかった。時差ボケを抜くには、体を動かすのが一番だ。

スーツケースを開け、小さなバッグに練習用の荷物を詰め込んだ。球場には入れないかもしれないが、周囲を走るぐらいは出来るだろう。運が良ければ、キャッチボールの相手が見つかるかもしれない。香苗から受け取ったIDカードを忘れていない事を確かめてから、部屋を出た。

廊下で常盤と一緒になった。不機嫌な顔をしていたのかもしれない。常盤が、藤原の顔を見て不思議そうに首を傾《かし》げる。

「どちらへ？」

「球場へ行ってみる。君も行くか？」

「うーん」常盤は顎に手をあてて考え込んだ。「昼飯にしようかと思ったんですが」

「さっきのが昼飯じゃないのか？」

「あれは朝飯です」

「だったら、昼飯前に体を動かせよ。さっき食べた分ぐらいは、エネルギィに変えよう」

藤原に急《せ》かされ、常盤は仕方ないな、といった表情で部屋に戻りバッグを取ってきた。もちろん、真新しいキャッチャーミットも一緒に。これで少なくともキャッチボールは出来るな、と藤原はほっとした。

ジャージーシティ・パークまでは、歩いて五分もかからなかった。まだ乾いていないコンクリートの匂いが漂う、真新しい建物である。神宮に似ているな、と藤原は思った。こちらの方がずっとこぢんまりとしているが、どこか雰囲気が似ている。

正面の入り口は、鉄鎖《てっさ》で閉ざされていた。裏口に回り、「関係者専用」のドアを探す。背の高い金属製のドアを見つけ、ノックすると、いきなり音もなく開いた。隙間から、髪が後退し始めた中年の白人男が顔を出す。

「何か？」体はさほど大きくないが、フリーバーズのロゴが入った濃紺のTシャツの腹だけがぽこん、と突き出ている。さほど暑くもない日なのに、額には、うっすらと汗が浮かんでいる。

「日本から来ました、藤原です。彼が――」藤原は後ろを振り返り、自分の背中に隠れるように立っている常盤を見た。「常盤です。二人とも、明後日からチームに合流する事になっている」

男は、二人の内臓の具合までチェックしようとするかのように厳しい視線を投げかけた。やがて口を大きく開けて笑い、藤原に右手を差し出す。ほっとして手を取ると、万力のような力で握ってきた。慌てて握り返す。今度は男の表情が凍りつき、汗が一滴、額を滑り落ちた。困ったように笑うと、ようやく手を離す。

「これはこれは」その後に続いた常盤との握手は、軽いものだったようだ。「俺はグラウンドキーパーのジョゼフ・ライターだ。ここの面倒を見ている。で、今日は何の用だい？ 一足先に見学か？」

「少し体を動かしておきたいと思って」

「けっこう。中に入れよ。ロッカーも勝手に使ってくれ。三塁側がうちのチームのロッカールームだ」

二人は、ライターに先導されて、薄暗い廊下を歩いた。三人ともゴム底のスニーカーを履いているので、ぺたぺたと間の抜けた音が、配管剝き出しの高い天井に響く。ライターは、ロッカールームのドアを二人のために開けてやると、「俺はまだ仕事があるから。勝手にやってくれ」と言って、ウィンクした。

二人は、ひんやりとしたロッカールームで着替えた。藤原は、常盤の筋肉に目を見張った。腕、足、胸。バッティングに必要な筋肉を徹底して鍛え上げている。だるまのように見えたのは、胸板がひどく分厚いためだ。腰回りは、服を着ている時に想像していたほど太くはない。それに比べて俺は、と藤原は思った。実戦を離れている間にもトレイニングは続けていたが、試合と練習は違う。肩や腿の筋肉はすっかり落ち、年齢の影が容赦なく忍び寄って来ている。シーズン中に、どこまで全盛期の体に戻せるかと考えると、はっきりとした不安を覚えた。

高く昇った午後の太陽が、強い陽射しをグラウンドに振りまいている。短く刈り上げられた芝の色は濃く、目に染み入るようだった。

住宅地の中に建てられた球場で、観客席は多くはない。外野にスタンドはなく、巨大なフェンスが聳《そび》え立っているだけだ。一万人も入れば満員かな、と藤原は見当をつけた。狭い敷地に無理に押し込んだような構造なので、スタンドの傾斜はひどく急だ。上で誰かが足を滑らせたら、そのままグラウンドまで一直線に転落するに違いない。

それでも、美しい球場だ、と藤原は思った。乾いた空気をいっぱいに吸い込み、グラウンドに最初の一歩を踏み出す。外野の芝の上で軽くストレッチングをし、その後でレフトとライトのポール間をゆっくりと走り出した。常盤も後ろから付いて来る。少なくとも、二往復だけで音を上げるような事はなかった。乾いた空気、やや低い気温にもかかわらず、すぐに汗が噴き出してきた。大粒の汗が髪の中を這い回り、顔に落ちて来る。目に入りそうになるのを拳で拭い、十往復走った。

「けっこう……暑いですね」ライトのポール際で両膝に手をついたまま、常盤が言った。藤原は背筋を伸ばすと、旅の疲れが徐々に体から抜けていくのを感じていた。両腕を天に向かって突き上げ、さらに背中を伸ばす。肩の後ろの筋肉が、ぴりぴりと心地よい痛みを訴えた。

「キャッチボール、しますか？」

常盤に言われて、藤原は顔が緩むのを感じた。今は、ほんの僅《わず》かな時間でも、野球から離れたくない。日本を出発する前日にも、勤めていた武蔵野製菓の後輩たちと軽い練習をしてきたのだが、それが遥《はる》か昔の事のように思えた。

藤原は、常盤からボールを受け取ると、センター方向に少し歩いて距離を広げた。肩を二、三回回す。驚くほど軽かった。慎重に、アメリカでの第一球を投げる。ゆったりとした山なりのボールだが、縫い目がしっかりと指先にかかっている。ボールが手に吸い付くような感じだった。回転も悪くない。

それから次第に距離を延ばし、ボールは地面と平行に飛ぶようになった。体が軽い。肘も肩も、元気だった。しばらく体を作れば、必ず上に上がれるはずだ、と藤原は自分に言い聞かせた。

二人の距離は、三十メートルほどに離れていた。常盤のボールが途中でワンバウンドし、藤原のグラブをすり抜ける。ボールを追う藤原の背中を、「すいません」という声が追いかけてきたが、藤原は軽くグラブを振っただけだった。こんな事で怒る気にもなれない。今はただ、キャッチボールをしているだけで満足だった。

肩はすっかり温まった。飛ばし過ぎかな、とも思うが、抑える事は出来ない。「おい」グラブと掌でメガフォンを作って呼びかける。「少し投げたいんだけど。ブルペン、付き合えよ」

「ええ」常盤はミットを外し、両手でボールをこねていた。どこかおどおどし、自信なさそうに見える。それを無視して、藤原は一塁側にあるブルペンに向かって大股で歩いていくと、常盤にボールを要求した。常盤は、遠慮するようにそっとボールを返すと、足に錘《おもり》でもついているような足取りで、ホームプレートに向かって歩いていった。

「ハリーアップ、だ」藤原は怒鳴ったが、常盤は、蒼白い顔をして俯《うつむ》いたままだった。大きく溜息を漏らしてから、酷く大儀そうにしゃがみ込み、ミットを突き出す。

何とも頼りない仕種だ、と藤原は思った。普段はセンターを守っている選手が、突然キャッチャーをやらされたようにも見える。防具もなしで大丈夫だろうか、と思ったが、気を取り直して丁寧にマウンドをならし、ピッチャーズプレートに足をかけた。ボールを持った手を前に突き出して、ストレイトの握りを見せておいてから振りかぶる。左足を胸の高さまで引き上げ、次いで弓を引くように左右の腕を前後に割った。肩は出来上がっている。八分の力で投げても大丈夫だ。すうっと糸を引くような速球が、右打者の外角低めに向かって走る。ストライク、ボール、どちらとも取れるぎりぎりのコースであり、ここへのストレイトは、藤原が絶対の自信を持っているボールでもあった。常盤の体は小さい分、ミットが大きく見える。なかなか良い的だな、と藤原は思った。ボールがミットを叩く、軽く鋭い音も心地よい。

常盤はおずおずとした様子でボールを投げ返した。二人の間を何度もボールが行き来する。藤原のピッチングには次第に熱が入ってきた。

今度は右打者の内角膝元へ。ややシュート回転がかかったボールを追いかけ、常盤の体が左側に流れる。鈍い。藤原の目には、彼が倒れ込んだように見えた。結局ボールはミットの上側を叩き、常盤は捕り損ねた。のろのろとした動きでボールを拾い、遠慮勝ちに投げ返す。顔が曇っているのは藤原にもはっきりと見えた。

何か、変だ。

「そろそろ、行くぞ」声をかけて、藤原は全力に近い速球を投げ込んだ。いつものように、まずは右打者の内角を狙う。そこが彼の生命線だ。外角を生かすために、まず内角。だから、投球練習をする時は、いつも内角を抉《えぐ》るボールから始める。常盤は内角に体を寄せ、何とかボールをキャッチしようとしたが、その度にボールはことごとくミットから零《こぼ》れた。動きが硬い。

キャッチングが下手《へた》なのかとも思った。しかし、内角に何球か続けて投げるうちに、そうではないという事が、うっすらと分かってきた。

「おおい、ちょっといいか？」スタンドからライターが声をかけて来た。手にはささくれだったバットを持っている。意外に軽い身のこなしで低いフェンスを乗り越えると、常盤の前でバットを構えた。

邪魔をされた。藤原は顔をしかめてやったが、ライターは真顔だった。

「近くで見せてくれよ」手首の辺りでバットをこねた。構えは決まっているな、と藤原は思った。

「大丈夫なのか？」

「大丈夫だって。俺も昔は2Aまで上がった事があるんだ。そこで馘《くび》になったけどね。あんたのボールが本物かどうか、近くで見たいだけだよ。大丈夫、逃げるぐらいの反射神経は残ってるから。あんたも、バッターが立っていた方がやりやすいんじゃないか？」

藤原はライターの笑いに呼応して薄い笑みを浮かべ、振りかぶって投げ込んだ。もちろん、内角。尻餅《しりもち》をつかせてやろうという狙いだ。

思惑通り、ライターは真顔になって背中から倒れ、尻を泥にまみれさせた。が、藤原が驚いたのは、その事ではなかった。常盤がへたり込んでいる。ボールは彼のミットを掠《かす》りもせず、バックネット近くまで転がっていった。ボールをリリースした瞬間、目に映った彼の姿。頭を抱え、ボールから逃げ出した。

藤原は黙ってボールを拾いに行った。ライターが大袈裟《おおげさ》に肩をすくめる。へたり込んだ常盤は、その場に接着剤で貼り付けられたように動かない。

妙な予感を覚えて、藤原はライターに声をかけた。「左打席に入ってくれないか？」

「あんた、俺がスウィッチヒッターだったって、どこかで聞いたのか？」ライターは常盤の後ろを回って、架空の左打席に入った。足場を固め、ぴたりと構える。

「常盤、構えろ」言われて、常盤はばね仕掛けの人形のようにぴくりと動いた。のろのろとミットを差し出す。藤原は、ライターのベルトの辺りを狙って、鋭く、小さく曲がるスライダーを投じた。常盤のミットが素早く小さく動き、ボールは無事に収まる。藤原は眉をひそめて、今度はライターの膝の辺りを狙ってストレイトを投げ込んだ。今度も、問題なし。ライターが二回とも飛び跳ねて逃げた事を除いては。

「おいおい、随分厳しいじゃないか」

「悪い。また右打席に立ってくれないか？」

ライターはまじまじと藤原の顔を見たが、結局言われるままに打席を替えた。藤原は、内角、頭の辺りを狙って、スピードを殺したストレイトを投げ込む。ライターは、思い切り体を前に投げ出してボールを避《よ》けると、「ヘイ、やり過ぎだ、ミスター」と怒鳴った。

藤原は、ライターの文句を聞いていなかった。常盤が、頭を抱え込むようにしてへたり込んでいる。

これが本当に、バックスクリーンに五連発を叩き込んだ男なのだろうか、と藤原は訝った。もしかしたら、双子の兄弟がいるのかもしれない。本物の常盤は怪我をしていて、ここにいるのは身代わりで——。

あり得ない。しかし結論は、専門家の慎重な分析を待つまでもなかった。

常盤は右打者の内角のボールが捕れない。不思議な事に、左打者の内角は大丈夫だ。ピッチャーが、あるいはバッターが内角恐怖症にかかるのは分かる。しかし、キャッチャーが特定のコースのボールを捕れないなどという事があるのだろうか。藤原は何十人ものキャッチャーとコンビを組んできたが、こんな男は一人もいなかった。この男は、内角の厳しいボールを要求しないで、どうやってピッチングの組み立てを考えるのだろう。セレクションを担当したフリーバーズのスタッフは、彼のバッティングに気を取られて守備のテストをしなかったか、あるいはこの程度でも構わないと思っている大馬鹿者か、どちらかだ。

「お前——」藤原はマウンドを降りかけ、常盤が俯いて肩を震わせているのを見て、足を止めた。

彼にも分かっているのだ。

常盤は、へなへなと膝を折って座り込んだ。藤原は、自分がフロントの人間でなくて良かった、と心から思った。こいつは、指名打者制度のあるア・リーグでしか通用しない。しかし、アメリカに来たばかりのスター候補生に、誰がそんな事を通告するのだ?

フリーバーズは地元での開幕を迎えていた。オープニングゲイムはロサンゼルスでのドジャース戦であり、本拠地でのチームのお披露目は、開幕から数日が過ぎたこの日となった。マンハッタン北部、イースト・リバーの対岸にブロンクスを望む位置にあるリバーサイド・スタジアム。どことなくヤンキー・スタジアムにも似た、クラシックな外観が特徴だ。かつてこの街で王国を築いたニューヨークのもう一つのチーム、ジャイアンツの本拠地だったポロ・グラウンズに敬意を表する意味もあり、センターは異常に深い。バックスクリーンまで百三十五メートル。やがてここにもニックネームが付くだろうと、ジェネラルマネージャーの坂田利美《さかたとしみ》は考えていた。

スタジアムを一望出来る、三階席のボックスシートの前を、ひばりが数羽過《よぎ》り、一瞬、坂田の視線を奪った。

坂田は、名状し難い感慨を持って、再びスタジアムに視線を落とした。四万五千人が入るスタンドはほとんど満席だった。ロサンゼルスで、ドジャースに全く歯が立たずに三連敗という最悪のスタートを切ったにもかかわらず、ニューヨークのファンは、何か奇跡が起こるのではないかと期待するように、スタジアムを埋め尽くしていた。

国歌斉唱が始まり、坂田も真新しいダブルのスーツの皺《しわ》を気にしながら立ち上がった。俺も随分年をとったな、とふと思う。アメリカに来てから、髪はほとんど白くなってしまった。それ以外の部分――百八十センチを超える筋肉質の体や鋭い眼光は、未だに若さを保っているはずだが、この白髪は良くない。しかし、この三年間の代償として、髪が白くなるぐらいなら安い物だ、とも思う。

坂田も、かつては日本のプロ野球に身を投じていた。六大学で十年に一人の大型バッターとして人気を集め、ドラフト一位で中日に入団。しかし、相次ぐ怪我で実力を発揮出来ないまま、近鉄、日本ハム、横浜大洋と渡り歩き、最後はヤクルトで、十年間の選手生活を終えた。十年間に五チーム。ろくな成績を残せなかったのに、馘になると拾ってくれるチームがあったのは、俺の未知なる可能性を捨てきれなかった人間がいたからだろう、と思う。あるいは、大学時代の豪打の幻影がいつまでも残っていたのか。

その声もかからなくなった時、坂田はヤクルトのフロントに入った。スカウトとして五年、編成の仕事を五年。それから、縁もゆかりもなかったジャパン・ソフトに突然引き抜かれ、新チーム創設の現場責任者に抜擢《ばってき》された。そして、チームが全貌を現わすのと同時に、ジェネラルマネージャーに就任する。

坂田は胸に手を当て、おぼつかない歌詞を必死に追い掛けながらアメリカ国歌を歌った。自分はアメリカ人ではない。が、その瞬間の坂田は、このままアメリカに骨を埋《うず》めても構わない、と本気で思った。ここまでの道程《みちのり》の複雑さ。責任と権限のあまりの重さに押し潰されそうになりながら耐えた三年間。それを思うと、瞼の裏側に火が点《とも》る。これはあくまで一つのスタートに過ぎず、ピストルが鳴った後には、ゴールがどこにあるかも分からないレースが続くという事は分かっていたが、これまでに経験した事のない達成感を、坂田は感じていた。

初めてニューヨークに降り立ってから三年。出口の見えない紆余曲折の中、マンハッタンの真ん中にあるこのスタジアムで、本当に大リーグのゲイムが開催出来るのだろうか、という不安は、日々高まるばかりだった。どうしてここまで漕ぎ着ける事が出来たのか、ここ数か月の記憶はほとんどない。毎日、起きた途端に全力で走り出し、エネルギィが切れた瞬間ベッドに倒れ込むというパターンが続いていた。日本に残して来た妻子にも、今年に入ってからは会っていない。呼び寄せる事も考えないではなかったが、ニューヨークの喧噪に、京都生まれでおっとりした妻が順応出来るとは思えなかった。一人娘も、間もなく中学受験である。状況は、坂田に単身赴任しか許さなかった。

国歌斉唱が終わり、リバーサイド・スタジアムでの記念すべき一球が投じられた。

次の瞬間、坂田は顔から血の気が引くのをはっきりと感じた。

今日の先発はローテーションの四番手、日本から来た関戸幸作《せきどこうさく》だった。コントロールが身上の右腕で、ベイスターズで長く先発ローテーションの一角を担い、フリーエージェントでフリーバーズに移って来た。少し油が減り始めた年齢ではあったが、それでも二、三年は若いチームの中軸として活躍してくれるのではないか、というのが坂田の期待だった。

その読みは、あっさりと外れた。スプリングトレイニングで腰を痛めて二週間近くリタイヤ。公式戦が始まる直前に復帰したが、調整不足は明らかだった。坂田は日本でも彼の試合を見た事があるが、その時は飛び跳ねるような投げ方が印象に残った。今は、その躍動感が消え、何とかホームプレートまで届いてくれ、と祈るようにボールを投げている。

一球目は、無造作に真ん中に入って来た。先頭のアンドリュー・ジョーンズが、このボールを見逃すはずがない。バットが振りぬかれ、ボールを押し潰したような鈍い音が三階席まで聞こえて来た。ボールは一直線にレフトスタンドへ飛び込んで行く。坂田の心臓が一回鼓動する間に、スタンドでボールが弾んだ。近くにいた子供たちがボールに群がる。いつもの光景だ。球場開きの祝砲、と言ってもいい。

だが、二回目は違う。

打席に入ったチッパー・ジョーンズがストレイトを叩くと、今度はライトスタンドへボールが飛び込む。ボールは、ブーイングと一緒にグラウンドへ投げ返されて来た。二球で二失点。坂田は、何時の間にか立ち上がっていた。落ち着け、と自分に言い聞かせ、かなり努力してゆっくりと腰を下ろす。マウンド上の関戸は、キャップを目深に被り直して、マウンドの土を蹴っていた。

携帯電話が鳴った。ごくりと唾を飲み込み、坂田は傍らのデスクに置いてあった電話に手を伸ばす。近くを囲んでいた球団のスタッフが、同情と哀れみの混じった顔で坂田を見詰める。坂田は、「仕方ないさ」と言いたげに肩をすくめると、電話に出た。

「坂田です」

「関戸は、すぐに下に落とせ」東京にいるはずの、オーナーの西山大典《にしやまひろのり》だった。携帯電話から飛び出し、顔の真ん前で怒鳴られているような感じがした。

「オーナー、落ち着いて――」

「とにかく、すぐに落とせ。あんな調整不足の奴をマウンドに上げるな」

「誰を使うかは監督に任せてあります」

「ジェネラルマネージャーはお前だろう。すぐに関戸を外せ」

「監督にはそう言います」

「いいから、お前の権限で何とかしろ!」

電話はいきなり切れた。坂田は溜息を吐きながら、そっと電話を置いた。そうだ。フリーバーズのゲイムは、全試合、ジャパン・ソフトが出資しているCS放送で中継されている。西山はテレビの前に齧り付いていて、頭に血が上ったに違いない。

前途多難、という言葉が、坂田の頭の中で西山の顔に姿を変えつつあった。

2

西山大典が、西新宿の高層ビル街を間近に一望出来る「ジャパン・ソフト」の社長室の中を、落ち着きなく歩き回っていた。怖い物を無理に見るようにおずおずとテレビの画面に目をやっては、すぐに舌打ちして視線を外してしまう。その度に頬が引き攣った。ワイシャツ、ネクタイの上に、シルバーと黒のフリーバーズのジャケット。サイズが合っていない。だぶついている肩の辺りを、しきりに引っ張り上げる。

対照的に、副社長の大越寛《おおこしひろし》は、ソファの上でリラックスしていた。笑いを押し殺しながら西山に声をかける。

「社長、まあ、落ち着いて」

「これが落ち着いていられますか」西山が大袈裟に手を振りながら、大越の方を振り向いた。

「冗談じゃない、選手のコンディションを把握出来ないようじゃ、監督もジェネラルマネージャーも失格ですよ。何ですか、今日の関戸のざまは。まったく、坂田も気が抜けたのかな。

シーズンが始まったらそれで終わりというわけじゃないのに」

試合は五回まで進み、ブレーブスが一方的にリードを広げていた。七対〇。フリーバーズはここまで僅か一安打に抑え込まれ、まだ二塁を踏んでいない。マウンド上のトム・グラビンは、喜んでいるというよりは、戸惑っているように見えた。スタンドには早くも空席が目立ち始めている。

「まあ、社長、座って下さい。あなたが動き回っていても、点が入るわけじゃないんですから」大越は自分の横のソファをぽん、と叩いた。自分は立ち上がり、西山のためにコーヒーをいれる。

十一時を回り、二人は役員会を早々と切り上げて、本拠地でのフリーバーズの最初のゲイムをテレビ観戦していた。

西山は促されてソファに腰を下ろしたものの、所在なげに、組んだ脚を忙《せわ》しなく上下させている。それを見て、大越は必死に笑いを堪《こら》えた。まるで子供だ。夢中になるものを見つけると、その他には何も目に入らなくなってしまう。もっとも、そういう視野の狭さが、ある種西山の魅力でもある、と大越は思う。猛烈に突き進むパワーの源が、実はこの視野の狭さなのだ。

西山はコーヒーに砂糖とミルクをたっぷり加えると、乱暴に掻き混ぜた。一気に飲み干そうとして、顎に零してしまう。悪態を吐きながら、ジャケットの袖口で口元を拭った。テレビの画面では、またもや惨劇が繰り返されている。ランナーを二人置いて、アンドリュー・

ジョーンズがこの日二本目のホームラン。ホームインするジョーンズは、微かに首を捻っている。大越は、ジョーンズの心境を推測した。ピッチャーがあまりにもだらしないので、これはマイナーリーグとのオープン戦ではないか、と疑っているのかもしれない。

西山が、ああ、と溜息を漏らして頭を両手で抱えた。髪が乱れ、ピンク色の地肌が露《あらわ》になる。また電話を取り上げると、坂田の携帯を呼び出した。

「いい加減にしろ。ピッチャーの在庫はこれまでか？　何？　明日も試合がある？　今日は捨てゲイムだって……冗談じゃない！」西山がテーブルを激しく叩くと、その勢いでコーヒーカップが一センチほど跳ねた。「フリーバーズには捨てゲイムなんかないんだ。一戦一戦全力で戦うしかないだろう。俺達は、奇跡を演出するんだ。いいな！　勝ちに行け！」

その様子を横目で見ながら、大越はやれやれ、と肩をすくめた。西山は、まだ野球という広大な世界に第一歩を踏み入れただけなのだ。ジャパン・ソフトは、数年前にプロ野球のシミュレーションゲイム「熱闘！　ベースボール」を大ヒットさせた事があるが、西山の野球に対する知識は、主にこのゲイムから得られたものかもしれない。後は、高校時代の野球部経験か——それは三日で終わった、と大越は聞いていたが。

常識的に考えれば、エクスパンションで新たにリーグに加盟したチームがペナントを握る確率は、限りなくゼロに近い。スーパースターを九人揃えていても、だ。チームのまとまり、ファンの後押し、メディアの援護。それらが自然に熟するのを待って、慎重に補強を重ね、ファンの苛立ちが頂点に達した頃に快進撃を始める。最初の三年は負け越しでも良いというのが、大越が漠然と描いていたシナリオだった。ニューヨークのファンは奇妙なもので、弱い者に対しては、不思議と肩入れする。同情の声が最大限になったところで反撃に転じた方が、ドラマチックではないか。

そのためには、もう少し時間が必要だ。すぐには補強も出来ない。フリーバーズを立ち上げるために、「ジャパン・ソフト」は金を使い果たしてしまったのだ。

大越は五年ほど前、ジャパン・ソフトが一時的な経営危機に陥った時に、メインバンクから派遣されて来た。西山より十五歳ほど年上で、銀行では、所謂《いわゆる》「再建屋」のスペシャリストとしてキャリアを積んだ。ジャパン・ソフトでもリストラの大鉈《おおなた》を振るい、ほとんど丼勘定だった経理に大手術を施して、会社に基礎体力をつけさせた。大越の手腕と、直後に発売したワープロソフトのヒットもあって、ジャパン・ソフトの財政は一気に改善され、その後の拡大路線につながって行ったのだ。しかしそれは危ういものだ、と大越は今でも思っている。ジャパン・ソフトの発展は、西山というカリスマ的な経営者の手腕に負うところが大きい。しかし、この男の山っ気、激情型の性格、視野の狭さは、いつか会社を滅ぼす事になるかもしれない。とは言え大越は、面と向かって西山に文句を言う事は出来ない。なにしろこの男は、銀行時代とは比べ物にならない給料を保証してくれる。お陰で家のローンも完済したし、車もマークⅡからメルセデスに替わった。いずれにせよ、今回の大リーグ進出だけは手放しで誉《ほ》めてやりたかった。良くやった、と頭を撫でてやりたい。どう考えても無謀な計画を実現した手腕は、やはり評価すべきだろう。大越自身が直接タッチしたわけではないが、淡い夢が現実に変化して行く過程を身近に見るのは、胸躍る経験だった。

慎重派の大越がこの大ギャンブルに反対しなかったのは、彼自身が大の野球ファンだったためである。特定のチームのファンではなかったが、野球は大好きだ、と心から思う。車のハンドルを握っている時、一人でデスクに座っている時、突然「闘魂こめて」や「六甲颪《おろし》」が頭の中を埋め尽くしてしまう。しかし、自分から積極的に話す事はしない。ビジネス上の雑談で付き合うぐらいである。何か、自分が野球好きだという事が、六十近い男としては恥ずかしかったから。結局は、西山の夢が自分の夢にもなってしまった、と思う。「日本色を出して」という彼の考えには未だに賛成出来なかったが、それでもこれは凄い事なのだ。野球チームを持つ。選手を自分の思うように動かす。野球好きの男なら、誰でも一度は夢見る状況だ。しかも大リーグのチームである。これ以上は望みようもない。だから、口にこそ出さないが、西山には感謝している。小さな意見の相違など、何という事もないではないか。

ちらりと西山の方を見たが、彼はテレビに夢中になっていた。フリーバーズの攻撃で、初めてスコアリングポジションにランナーが進んだ。次打者は、深いセンターの奥にライナーで打球を飛ばす。西山は「よし」と大声で叫んで、拳を握り締めた。しかし、ホームランを二本打って調子に乗っているアンドリュー・ジョーンズが、背走に次ぐ背走でボールに追いつき、ほとんどフェンス際で向こう向きのまま差し出した手でボールをもぎ取った。振り向きざま二塁に矢のような送球を送り、飛び出したランナーを封殺する。

大越はふう、と溜息を吐き、そのプレイに対して心の中で小さな拍手を送った。西山はむっつりした顔で、こめかみを揉んでいる。

多分、彼よりも自分の方が真っ当な野球ファンだろう、と大越は思う。相手チームの選手であっても、ファインプレイには拍手を送るべきだ。西山が関心を持っているのはただ一つ、フリーバーズの勝敗のみだ。そのうち、こういう事もじっくり話し合うべきだろうか、と大越は自問した。

「大越さん、近々ニューヨークに行かないといけないね」西山は顔を上げると、真面目な表情で大越に告げた。

「本当は、この開幕戦に合わせて行くべきだった。気合を入れないと駄目ですよ、このチームは」

「まだ四試合目じゃないですか」

「その四試合が、全部負けゲイムじゃないか！」怒鳴ると、西山はガラスの灰皿を取り上げ、テーブルに叩き付けた。粉々に砕け散った灰皿は床に散らばり、四月の光を浴びてきらきらと輝く。こういう灰皿は、社長室に何個も用意してあった。煙草を吸わない西山だが、癇《かん》癪《しゃく》を起こした時の怒りのぶつけ先として、灰皿は欠かせない小道具だった。事情が分かっている大越は、眉一つ動かさない。西山は、小柄な体を怒りで膨らませながら、大股で歩いてデスクの上の受話器を取り上げ、「掃除してくれ」と大声で怒鳴った。それから、デスクの上に飾ってある古いボールをじっと見詰めた。

「大越さん」

「はい？」

「このボールは、俺が高校時代に使っていた物なんだ」彼は壊れ物に触れるように、ボールをそっと指先で撫でた。「下手クソだったけどね。ねえ、そういう人間は多いんじゃないかな？　途中で、自分の能力の限界に気付いて野球を諦める。あるいは怪我をしたりとか、他にやる事が出来たりして、野球から遠ざかってしまう。そういう人は皆、何かをやり残したという気持ちを抱えているんだ。だからこそ、選ばれた彼らは、最高のプレイを見せるべきじゃないのかな？　俺のためにもそうして欲しい。それが何だ。俺は、遊びで大リーグのチームを作ったわけじゃないんだぞ！」両の拳でデスクを叩くと、跳ね上がったボールが床に転げ落ちた。西山が慌ててボールを拾いに行き、愛しそうに両手で包み込んで、何事か囁《ささや》きかけた。

大越は、眉をひそめてその様子をじっと見ていた。この男は、いつか自滅するかもしれない。自分で自分をコントロール出来ないのだから。まったく、この会社における俺の役割は、社長の右腕と言うよりは乳母と言った方が正しいのではないだろうか。

ゲイムが終わり、リバーサイド・スタジアムは巨大な冷蔵庫のように凍り付いた。真新しい監督室では、まだ乾ききらない壁の塗装が湿った匂いを放っている。車椅子の背に分厚い背中を預けたまま、監督のタッド河合《かわい》は、照明が落ちたグラウンドを、窓越しにじっと見詰めていた。つい一時間前まで、そこでは、長いシーズン中でもそう多くは見る事の出来ない虐殺劇が展開されていた。最終スコアは十七対〇。見るも無残な試合を最後まで見届けた観客は、意地になってブーイングを続け、喉を嗄《か》らしていた。

河合は頬杖をつき、何が悪かったのか、と改めて考えた。

考えるまでもない。

全て、だ。

投手陣、打線とも非力である事は、開幕前から分かっていた。エクスパンション・ドラフトにも新人の発掘にも、成功したとは言いがたい。それにしても、これはあまりにもお粗末ではないか。四連敗は仕方ない。長いシーズンのうちにはよくある事だ。しかし、その内容がいかにも悪い。

開幕戦、ピッチングスタッフの中で唯一頼りにしていたエース、ケン・ブラウンで敗れたのが痛かった。フリーエージェントでエクスポズから移籍して来たブラウンは、過去五年、連続して十五勝以上、防御率も二点台を保ち、現在、大リーグで最も安定感のあるピッチャーという評価を得ている。開幕戦でもドジャースを五安打、一失点に抑えて完投したのだが、打線が一点も取れなかった。これでケチがついた。二試合連続完封負けの後、三試合目でようやく一点を奪ったものの、今日はまた零封された。その間、一試合平均の失点は八。河合は頭を振って暗算をやめた。無意味である。この四試合のデータをコンピューターにインプットすれば、野球の神様が舌を出している画像がモニターに浮かび上がって来るはずだ。

試合後の記者たちの辛辣《しんらつ》な質問は、それが的を射ているだけに、河合を余計に苛立たせた。

「このままのピッチングスタッフでシーズンを乗り切れるのか」「四試合で七安打しか打っていない。何時になったら二点以上取れるのか」「内野にプロフェッショナルの選手を置くべきではないか」という、皮肉混じりだが核心を突いた質問だった。確かに今夜も、三つのエラーがスコアブックに記録されている。しかし、数字に表われないエラーは無数にあった。ダブルプレイが取れない。外野からの間抜けな返球で、進めなくてもいいランナーがサードまで走り、傷口を広げてしまう。それ故に、アンドリュー・ジョーンズのファインプレイが、一層際立った。古株の記者たちは、間違いなくウィリー・メイズの「ザ・キャッチ」を引き合いに出して記事のリードを書くだろうな、と河合は思い、憂鬱な気分になった。今夜この球場にいた記者の中で、何十年も前のあのプレイを直接見た事のある人間など、一人もいないはずなのに。奴らは揃いも揃って、見て来たような嘘を書く。

ドアをノックする音が聞こえた。半ば自棄《やけ》になって、河合は「どうぞ」と怒鳴り返す。香苗が、怒りに触れないように気をつけているつもりなのか、そろそろと入って来た。「お疲れ様でした」

河合はぐるりと首を回した。

「君か。疲れたな、確かに。ついでに言えば、首の辺りが冷たいような気がする。坂田の所に、オーナーから何度も電話があったそうじゃないか」

「らしいですね」香苗の顔も曇った。

「何でも自分でやらないと気がすまないようだな、うちのオーナーは。気も短い。そのうち、ベンチで陣頭指揮でもお願いするか」

「それは出来ない事になっています」香苗は真面目に言った。河合は思わず顔をしかめ、顔の前で手を振った。

「分かってるよ、冗談だ。コーヒーでもどうだ？　と言っても、自分でいれてもらう事になるが」

香苗は頷き、二人分のコーヒーをいれると、小さなソファに腰を下ろした。

「今日、日本から二人が来ました」

「そうか」河合は関心なさそうに言った。「どんな感じだ、君の目で見て？」

香苗は急に不機嫌な顔付きになった。「減らず口は得意なようですね。明後日からジャージーシティに合流させます」

「大丈夫なんだろうな、奴らは」頬杖をついたまま、河合は言った。「ニューヨーク中が俺達を笑ってるよ。コメディをやってるわけじゃないんだから、またレベルの低い奴らだったらかなわん。何で、日本人の選手を使わなくちゃいけないのか」

「上の方針ですから。監督の責任じゃありません」

「君も、人を慰めるのがすっかりうまくなったな、ええ？」皮肉混じりで言うと、河合はコーヒーを口に含んでぐるぐると回した。ゆっくり飲み下し、顔をしかめる。「傷口を舐《な》め合ってちゃいけないいんだが」

「だけど、相互批判している場合でもありませんよ。そういうのは、勝っているチームの仕事です」

「そうか——そうかもしれん。例の小柄なキャッチャー、どうだ？」河合は、常盤がオーナーのお気に入りである事は知っていた。二人が並んだ写真は、系列の雑誌のグラビアをこれまで何度も飾っている。

「マスコミに気の利いた台詞《せりふ》を喋ろうと思って、ノートなんか取ってました」

「ふざけた奴だ」河合は、ふん、と鼻を鳴らした。「日本人っていうのは、マニュアルを作らないとコメントも出来ないのか？　その割には、奴らのコメントは面白くも何ともない。だから、日本のスポーツ記事っていうのはつまらなくなるんだよ。原因は選手側にあるな」

「上からもちゃんと喋るように指示されていますから、言い付けを守ってるんでしょう」

「もう一人のピッチャーの方は？」

「こっちは、何も喋らないと決めているようですね」

「ふん、そいつは古い日本人のタイプか。何と言ったか？　不言実行？」

「そうですね」香苗の相槌には、一切感情がこもっていなかった。

河合は長い溜息を吐いて、両手を揉み合わせた。

「ま、いいさ。実際に見てみるまでは分からない。俺は、ガッツのない奴とは仕事をしたくないからな。ところで、君の仕事ではないと思うんだが、隣のクラブハウスに寄って、食い物が残っていないかどうか、見て来てくれないか？」

「いいですよ」香苗は快活な足取りで監督室を出て行った。それを見送りながら河合は、香苗の足が俺にあったら、選手達のケツを一人残らず蹴飛ばしてやるのにな、と思った。どうやらフロントの連中は、「腑抜けである」事を条件に選手を集めて来たらしい。負け犬ども。俺が一番嫌いな奴らだ。

香苗はすぐに戻って来た。水をかけられた猫のような顔をしている。

「どうした」

「何も残ってません。クーラーボックスの氷までなくなっています」

河合はまた、長い溜息を漏らした。「こんな負け方が続いているのに、奴らの食欲は衰えないわけだ。喜んでいいのか悲しんでいいのか、俺には分からんね」

香苗と河合は、香苗が運転するフォードでマンハッタンを南に下っていた。無言のままハーレムを通り抜け、セントラル・パークまで差し掛かると、ようやく互いに口を開く。

河合とは、彼が監督としてチームに招かれてからの付き合いだ。元々香苗は、野球にはまったく縁がなかった。が、仕事上、仕方なく野球に接しているうちに、乾いた砂が水を吸い込むように、野球に関する知識を吸収していった。自分の前に突然広がった広大な世界に、時には目が眩《くら》むような想いを抱く。スポーツとしてもビジネスとしても、野球はあまりにも巨大な存在だ。結局、その真髄を理解する事は決してないだろうと諦めの気持ちを抱きながら、香苗は確実に野球にのめり込んだ。その結果、このチームの複雑な人間関係については、ある程度のエキスパートになった、とも自任している。

助手席で頬杖をつき、外を流れる街の灯をぼんやりと眺めている河合は、香苗が最初にそのキャリアを頭に叩き込んだ人間の一人である。

カリフォルニア出身の日系三世。ロサンゼルスのハイスクール時代から、強肩の外野手として注目を浴び、ジョージア工科大では四年間で通算三割七分を超える高打率を残した。ドラフト四位、全米では六十二番目でジャイアンツに指名され、入団。パワー不足が指摘され、マイナーとメジャーを行ったり来たりの生活を続けていたが、四年後の七八年、転機が訪れる。夢見ていたメジャー昇格ではなく、日本球界からの誘いだった。チャンスを求めて祖父の祖国・日本に渡った河合は、日本ハムで八年、広島で二年の現役生活を送る。その間、日本ハム時代には盗塁王にも一回輝いている。十年の現役生活のうち七シーズンにわたって三割を記録し、八二年には、最後まで首位打者を争った。大物打ちではないが、チャンスに強い打者、守備のうまいセンターとして、玄人筋の評価が高かった。

現役を引退するとアメリカに舞い戻り、コーチとして第二の野球人生に踏み出す。ルーキーリーグからスタートして徐々に階段を上り、九二年には古巣ジャイアンツのサードベースコーチまで上がって来た。が、大リーグの監督まであと一歩、という所で事故が河合を襲う。九四年のシーズン終了後だった。その年初めての雪が降った夜、サンフランシスコ郊外で、自ら運転するピックアップトラックが横転事故を起こし、下半身を潰された彼は、両足の自由を永遠に失った。以来球界から身を引いて故郷に引っ込み、両親の経営するスーパーマーケットを手伝いながら、野球とは縁のない生活を送っていた。

彼を再び表舞台に引っ張り上げたのは、直接はジェネラルマネージャーの坂田である。現役時代、二人は日本ハムで二年間チームメイトだったからという理由で、本社サイドから、自分で直接河合に声をかけるようにと指示されたのだ。日本色を出したチームを作りたかったジャパン・ソフトとしては、日本人の監督を招くのが理想だったが、そこまでやると、アメリカ国内でも非難の声が高まるのは分かっていた。しかし、日系三世とは言えアメリカ人で、大リーグのサードベースコーチまで行った人間なら、誰もが納得するはずである。日本でも、三十歳以上の熱心なプロ野球ファンなら、河合の端整なプレイを覚えているに違いない。日米双方にとって、都合の良い人間だ。車椅子？　それがどうした、足が動かない事だって話題作りになる——理屈は一瞬で理論に昇華し、河合の監督への道が開けた。

一方香苗は、坂田が本社側の意向に諸手を挙げて賛成したわけではない事も知っている。坂田は何度も香苗に愚痴を零した。一年目の成績がひどいものになる事は予想出来る。手厳しいニューヨークのファンやメディアの反応も目に浮かぶようだ。要は、初代監督はスケープゴートで終わる可能性が高い。「痛い目に遭うかもしれないが、あなたしかいないんだ」と坂田が頭を下げると、河合は涼しい表情で「それで、百万回イエスと言ったら頭を上げてもらえるのか？」と言った。後に香苗は、河合が離婚した妻への慰謝料の支払いに困っている、という事を知る。何も純粋な野球への愛だけで監督を引き受けて欲しかったわけではないが、少しばかり興醒めしたのも事実である。この、鋼鉄のような意志を持った男から、家庭生活の匂いを感じたくはなかった。

ようやくオーケイの返事をもらうと、坂田は一気に年老いたような表情で、香苗に打ち明けた。河合ならやってくれるはずだ、と。指導者としてのキャリアも積んでいるし、しかも類まれな忍耐力がある。日本で過ごした十年間、河合は一度も乱闘騒ぎを引き起こした事がない。我慢する事、自分を殺す事の意味を、彼はよく知っている。フリーバーズの初代監督に必要なのは、何よりも忍耐強さなのだ、と坂田は力説したものだ。

しかし河合は、忍耐強いだけの男ではなかった。厳しい。その厳しさを、自分にも他人にも要求する。坂田は、現役時代の河合しか知らずに監督就任を要求したのだが、指揮官ともなると変わるのだろう、と香苗は思った。それにしても今のチーム状態は、燃え盛った河合の心にガソリンを注ぎ込むようなものだ。

「気楽に行きましょうよ、ボス」

「あ？　ああ、そうだな」河合は外を見たまま答えた。「いや、そうはいかない。いいかね、広告屋さんよ、野球っていうのは、どんな時にも気楽には出来ないんだ。特にこの、野球の世界の頂点ではね。遊んで野球が出来るのは日本ぐらいだよ」

言うなり、河合は黙り込んだ。香苗など眼中にないというように。香苗は、自分がこの世界ではまだまだ異邦人である事、どれだけ時間が経とうともその違和感は消えないであろう事を、強く感じていた。野球もビジネスだ。今までと同じように、自分の能力を注ぎ込んで取り組めば、かならず全てを理解し、コントロールする事が出来る、と思っていた。だが、それはどうやら自分の思い込みか自惚《うぬぼ》れだったのだろう、と今になって思う。もしかしたら自分は、永遠に野球も、この男の事も理解出来ないかもしれない。

午後一時、ジャージーシティ・パーク。薄曇りで風はほとんどない。平日の午後、3Aの試合であるにもかかわらず、スタンドが三分の二ほど埋まっている事に、藤原は軽い驚きを覚えた。ウォーミングアップを終えると、ダグアウトの片隅に陣取って、じっくりゲイムを見守る。

3Aは、大リーグからほんの半歩下がっただけの存在である。あと一歩で頂点に手が届く若者達に加え、調整のためにちょっと立ち寄るベテランもいる。去年、ロイヤルズでほぼフル出場を果たしたベテランのジョージ・セイがサードベースを守るのを、藤原はじっと見守っていた。エクスパンション・ドラフトでフリーバーズに移籍したセイは、足の故障で出遅れ、開幕にこそ間に合わなかったものの、コンディションは悪くないようだ。サードへの打球が多いゲイムだったが、いずれも無難に捌《さば》いていた。打っても、二打数二安打。うち一本は、バックスクリーンに飛び込むスリーランホームランとなった。当然、観客の声援も一番多い。チームでは数少ないスター選手なのだ。

五回が終わると、藤原は立ち上がってブルペンに向かった。今日は勝っていても負けていても七回から行く、と監督のビリー・ミラーから告げられていた。

「お前さん、そのうち先発でも見てみるつもりだが」ミラーは葉巻の匂いが染み付いた指先を藤原の胸につきつけ、言った。「今のところはまだお客さんだし、俺もあんたの力がどの程度か、知らない。落ち着くまでは、セットアップで投げてもらう」

この監督は俺を信用していないな、と藤原は密かに憤慨していた。確かに俺には、プロフェッショナルでの実績はない。ミラーも、どこの馬の骨とも分からない奴が来た、ぐらいにしか思っていないのだろう。頼りになるのは自分だけだ。陰で何を言われようが、力で捻《ね》じ伏せれば、少なくともファンは納得する。そしてファンが「藤原のピッチングをもっと見たい」と要求すれば、監督も無視するわけにはいかなくなるはずだ。

ブルペンでの調子は、悪くはなかった。実戦から離れて数年経っているものの、藤原は野球そのものから身を引いていたわけではない。ここに来るまでの肩書きは、武蔵野製菓野球部のコーチだった。コーチと言っても、社会人のチームだから何でもやる。バッティングピッチャーも買って出たし、シートバッティングでも投げていた。本気で投げれば、若い選手の打球を詰まらせる事など簡単だったし、ボールそのものの勢いがなくなったわけではない。毎日かなりの球数を投げ込んでいたので、スタミナにも自信があった。

投球練習を続けるうちに、次第に肩はしっとりと落ち着いて来た。ブルペンのすぐ側《そば》にあるスタンドでは、子供たちが身を乗り出して、興味津々と言った様子で藤原のピッチングを覗き込んでいる。顎の下まで引き上げられる足の動きを。背番号34が捻《ねじ》れるような激しい上半身の動きを。

やがて、周囲の雑音が耳に入らなくなる。ボールを投げ、投げ返されるボールを受け止めているうちに、リズムが生まれて来た。耳の脇を通り過ぎる腕が切り裂く空気。指先を離れるボールが立てる、小さいが鋭い叫び。ボールがミットを叩く乾いた音。首筋に汗が浮かび、やがて背中を伝い始めた。アンダーシャツで額を拭う。外野の芝生を伝って藤原の元まで届く風はやや冷たく、冬の名残の湿り気を含んでいたが、気温そのものは高い。体が解《ほぐ》れるのも早いようだ。

鋭い打球音が響き、一瞬で現実に引き戻される。誰かが「気をつけろ!」と叫んだ。グラウンドに目を向けた瞬間、ファウルボールがライナーで飛んでくるのが見えた。見る見るうちに大きくなり、藤原の顔面を砕こうという勢いで迫ってくる。左手を上げると、グラブにすっぽりと収まる——危ないところだった。冷や汗を拭おうとした時、スタンドの最前列からまばらな拍手と笑いが巻き起こる。藤原は汗を拭うのをやめ、先ほどから自分のピッチングを見守っていた六歳ぐらいの男の子に向けて、ボールを放ってやった。ほら、俺がいなければこのボールはお前の物だったんだぜ、と。危なっかしくボールを受け取った男の子は、藤原に向かって一丁前に右手の親指を突き出して見せる。藤原は、顔をしかめて舌を突き出してやった。

六回裏の攻撃が終わった。セイの攻守にわたる活躍もあり、ここまでフリーバーズが五対二とシラキュースをリードしている。ミラーがホームプレートに近づき、アンパイアにピッチャーの交替を告げた。藤原はベルトを引き締め、自分の名前がアナウンスされる中を、ゆっくりとマウンドに向かった。投球練習の間に、自分がマウンドでの感覚を完全に取り戻しているのが分かる。ここのマウンドは、悪くない。傾斜も高さも俺好みだ。ざわざわとした歓声が、心地よいBGMにさえ聞こえる。投球練習を終え、マウンドをならしていると、キャッチャーのデイヴ・ウォーマックが小走りに近寄って来た。がに股、丸い肩、頑丈そうな胸板と、ふた昔前の典型的なキャッチャーの体型である。マイナーで既に十年。シーズン終盤に何度かメジャーに上がった経験はあるが、翌シーズンが始まれば、またどこか田舎のチームへ逆戻り、という歳月を重ねて来た。その歳月は、彼の顔を、なめし革のように分厚い茶色に変えてしまった。

マスクをヘルメットの上に跳ね上げ、藤原のグラブにボールを落とす。赤味を帯びた白い顔を覆い尽くす髭の中に、笑いが浮かんでいた。

「さて、キャップ、今日はどうする?」チームに合流してから、藤原は早くも「キャップ」という渾名《あだな》を奉られていた。チームで最年長だ、というのがその理由らしい。藤原自身は、そう呼ばれるのがあまり好きではなかった。ここにいる限り、年齢の事は忘れてしまいたかったから。「何を試すつもりだ?」

「何でも。試している場合じゃないと思うぞ。これは試合なんだ」

ウォーマックは真面目な顔で頷くと、ミットで藤原の右肩をぽんぽん、と軽く二回叩いた。

「じゃ、一番良いボールで行こうか」

藤原はまた丁寧にマウンドをならし、バッターを睨み付けた。二、三度軽くバットを振ると、ホームプレートに屈み込むように構える。よしよし。藤原は薄い笑いを浮かべると、ゆっくりと振りかぶった。

内角、胸の高さへ、嚙み付くようなストレイト。バッターは思わず腰を引いて、そのまま二、三歩後ずさった。最初、驚いたように自分の両手を見る。まだ体に腕がくっついているのを確認すると、思い出したように藤原を睨み付けた。また足場を固めて、さらに深くホームプレートに覆い被さる。藤原は、二球目も同じ高さ、しかしさらに内角に食い込むコースに放り込んだ。仰向けに倒れたバッターは、背中を泥で汚して立ち上がるなり、マウンドに向けて一歩を踏み出したが、辛うじて思いとどまった。スタンドのあちこちで、挑発するような口笛が鋭く鳴り響く。

三球目は、頭の高さに行った。のけぞるように顔をそむけると、ウォーマックに向かって何か文句を言った。ウォーマックは軽く肩をすくめただけで、その抗議をやり過ごす。藤原は、キャップを目深に被り、笑いを押し隠した。バッターは相変わらず土を穿《ほじく》り返しているものの、明らかにホームプレートからは離れていた。

狙いすまして、外角の低めぎりぎりにストレイトを投げ込む。バッターは黙って見送った。ウォーマックのミットが押し込まれ、スタンドからは、ほう、という溜息が一斉に漏れる。五球目も同じコース、今度は少し中寄りに。振って来たが、バットとボールの間は二十センチほども開いている。バッターはまた藤原を睨み付けたが、藤原には、何かを懇願しているような表情にしか見えなかった。

同じ腕の振りから、今度は親指と人差し指でボールを挟み込み、抜いたチェンジアップを投げ込んだ。バッターの体が前のめりになり、辛うじてバットには当たったものの、力なく藤原の前にポップフライとなって上がった。藤原はグラブを横に払うようにしてキャッチすると、ボールをサードに送った。ボールが内野を一回りして来る間にロージンバッグで手を叩き、頰を膨らませて大きく呼吸する。よしよし、と自分に言い聞かせ、次のバッターに向かった。初球を内角に見せておいて、外角低め、測ったように同じコースに三球続けて投げ込む。一度もバットを振らず、三振。続く左バッターには、スライダーを試した。膝元へ沈むボールを二球続けて空振りさせ、最後は胸元へ伸びるストレイトを投げ込む。釣られるようにバットが回り、二者連続の三振となった。

ダグアウトでは拍手で迎えられた。常盤も拍手の輪に加わっていたが、どこか悔しそうにも見える。先に行かれてしまったと考えているのかもしれないな、と藤原は思った。

藤原は次の回も、先頭のバッターをぼてぼてのサードゴロ、続く二人を連続三振にしとめて自分の役目を終えた。八回の裏、打順が回って来た所で、ミラーは代打に常盤を送った。

お手並み拝見、とベンチに座り込んだ藤原は、その何秒か後に、とんでもない場面を目撃する事になる。軽く二、三度素振りをし、膝の屈伸運動を終えて左打席に入った常盤は、初球をいきなり叩いた。バットが振り出されるふぉん、という鋭い音が、ダグアウトまで届いた気がした。一瞬遅れて、トマトが潰れるような鈍い音。次の瞬間、ボールは高い放物線を描いてライトスタンドを目指していた。ダグアウトの選手達は、身を乗り出してボールの行方を追う。揃って突き出された顔はゆっくりと捻れ、やがてボールを追いきれなくなった。外野席を遥かに越え、場外へ。程なく、がしゃん、という派手な衝突音が聞こえて来た。

藤原たちは後で知ったのだが、常盤の叩いたボールはライトスタンドのすぐ外側を走っている道路まで飛び出し、走っていたビュイックのフロントガラスを直撃したのだった。運転していた男は、突然降って来た隕石の衝撃に驚き、ハンドルを切り損ねて消火栓にぶつかって、派手な噴水を上げさせた。男はジャージーシティ・パークに怒鳴り込んで来たが、上機嫌のミラーが、三塁ベンチ上の年間指定席をプレゼントして話をつけた。

派手なデビューだった。翌日の地元紙は、デビュー戦でいきなり実力を発揮した二人の日本人選手を持ち上げ、大見出しで伝えた。特に、常盤である。ホームランの飛距離は推定五百フィートと発表された。試合後のインタビューで、「どうしてあそこまで飛んだのか」と聞かれた常盤は「空気が乾燥しているから。日本では、あの当たりでも百二十メートルも飛ばない。自分にはアメリカの方が合っている」と答えて、地元の記者たちを喜ばせた。

対して、藤原は例によってあまり喋らなかった。「特に緊張はしなかった」というのが、コメントの全てだった。代わりというわけではないだろうが、ウォーマックが興奮したようにまくしたてていた。「ストレイトは九十六マイルぐらい出ていたはずだ。あのスピードで、あれだけのコントロールを持ったピッチャーにはお目にかかった事がない。あと、足りないのは経験だけだろう。ランナーを背負って、ピンチを迎えた時にどう抑えるか、だ。――彼がピンチを迎える場面は想像出来ないが」

ミラーも上機嫌だった。「この二人がいれば、今年はかなりの成績を期待出来る。もっとも、二人とも、上がいつまでも放っておくとは思えないがね」とコメントを残した。このコメントを記者達から聞かされた藤原は、にやけた笑いを隠す事が出来なくなった。チャンスはある。意外に近くにあるかもしれない。そう、川を渡るだけで、俺は約束の地に辿り着くのだ。

二人は、ロッカールームで手荒い祝福を受けた。まだビールの飲めない常盤は頭からグレープソーダをかけられて髪をべとべとにしていたし、藤原も生クリームで顔をパックされた。葉巻を勧められ、慣れない匂いに辟易《へきえき》しながらも、一度に三本を咥《くわ》えておどけて見せる。藤原にしてみれば、異例の大サービスだった。

ようやくシャワーを浴びて自分のロッカーの前に落ち着くと、上半身裸のウォーマックが隣のロッカーの前に腰を下ろした。ほう、と大きく溜息を吐くと、身を乗り出すようにして藤原に話し掛けてくる。

「キャップ、あんた、何歳だっけ?」

「三十三」

「そうか」爪の甘皮を剝きながら呟くように言う。「俺より一つ上か。あんた、すぐに上に引き上げられるよ。俺が保証する」

「そうだな」

ウォーマックの言葉が一瞬止まり、好意的な笑顔が凍り付いた。

「凄い自信だな」

「自信がなかったら、こんな所まで来ない」

「そうだな。いや、俺には分かる。俺は今まで何人も、オールスター級のピッチャーを送り出して来たからな。自分の腕はともかく、他人の素質を見抜く力はあるんだ」

「コーチみたいな事を言うなよ」

「まあな」ウォーマックは、拳を固めて藤原の横腹を小突く真似をした。「でも、今年が多分最後だ。三十を超えて、まだ上達しようなんて、馬鹿げてるよ……。おっと、あんたの事を言っているわけじゃないが。俺は、そろそろ真面目に、第二の人生を考えなくちゃならない。夢ばかり追いかけてるような馬鹿じゃないからな。シラキュースには、女房子供もいるんだ」

「そんなに眼力に自信があるなら、コーチでもスカウトでも出来るだろう。でも、そんな事を言い出すのはまだ早いんじゃないか」

「いや、あんたが連れて来たあの坊やな。あれだけのバッティングだ、俺のポジションなんて、すぐに分捕っちまうよ。そうしたら、あんたの言う通りだ、コーチになる事を考えた方がいいかもしれない」

「それはどうかな」

「どうして」

藤原は口をつぐんだ。常盤がキャッチャーとして一人前になるには、下手をすると十年もかかる。あるいは、十年経っても駄目かもしれない。しかし、それは言えなかった。人の可能性を頭から否定する事は出来なかったから。もしかしたら、一昨日の常盤は疲れて時差ボケに苦しんでいただけかもしれない。

そう思いながら、次の瞬間には、そんな事はないな、と考えていた。時差ボケだろうが何だろうが、体が覚えた事は、簡単には忘れないはずだから。実際藤原も、まだ体の奥の方に鈍い眠気と疲労を感じてはいたが、マウンドに立った時はしゃっきりしていた。

「あんたも、頑張れば大丈夫だよ」ウォーマックに声をかけて、藤原は立ち上がった。「自分で諦めないうちは、何とかなるものじゃないかな。それに、あんたを的にすると投げやすい。一緒に上に行こうぜ」

「そうだな。それにしても、あんたはこんなに長い間、どこに隠れていたんだ？　日本のスカウトたちの目は節穴か？」

その質問に対しては、藤原はあやふやな笑顔で心を覆い隠した。

翌日は霧のような雨で始まる一日になった。午前六時過ぎに目が覚めてしまった藤原は、フリーバーズのキャップだけを雨除けに、短い散歩をした。ジャージーシティ・パークまで行き、周囲をぐるりと一周する。昨日、常盤がボールを打ち込んだ道路の真ん中に、誰かが赤いペンキで大きくバツ印をつけていた。気温は低い。吐き出す息が白い塊となって、顔の周りにまとわりついた。

ジャージーシティは平板な街で、目を転じれば、対岸のマンハッタンの摩天楼が、玩具のように聳え立っているのが見える。間もなく、俺はそこへ行く。昨日のピッチングが、揺らいでいた自信を立て直してくれた。自分で設定した締め切りまで、あと半年しかない。部屋へ戻ったら、フリーバーズの年間スケジュールをもう一度確認してみよう、と思った。自分の出番はオールスター明けだろう、というのが藤原自身の予想だった。それから、奴と直接対決する機会が何回あるだろう。中継ぎのままでは駄目だ。対戦する機会は永遠に来ないかもしれない。先発の一角に食い込めれば、まだしもチャンスはある。

自信はあったが、それにしても、何と大それた夢だろう。俺は、随分遠くまで来てしまった。が、その実感はまだ湧いて来ない。リバーサイド・スタジアムで、誰にも汚されていないマウンドに立った時には、実感出来るのだろうか。自分が何千マイルも離れた場所に来てしまった事、一度は離れた野球の舞台に戻って来た事を。

まだまだだ、と藤原は思った。俺には、夢を見ている余裕はない。まずここで結果を出さないと、何も始まらないのだ。

雨が顔を濡らし、全身がじっとりと重くなる。メッシュのジョギングシューズに雨が染み込み、足が冷たくなった。

シャワーでも浴びようと、藤原は踵《きびす》を返した。雨脚は弱くなり、霧のように煙っていた街並みが、くっきりと見えてくる。ジャージーシティ・パークは、低い街並みにあって、堂々とした存在感を見せ付けていた。藤原は、この球場が好きになりかけていた。マウンドも好みだったし、スタンドの声援も上品で温かい。しかし、それでもここは俺のいるべき場所ではない、と藤原ははっきりと確信していた。

藤原が頭角を現わしたのは、大学に入ってからだった。埼玉の県立高校時代から、右の本格派として注目されてはいたが、チームの成績そのものは、三年生の夏、県大会のベスト8まで行ったのが最高だった。甲子園やプロ野球は、ぼんやりと夢見る事はあっても、藤原にとっては決して目標にはなり得なかった。

しかし大学に入り、堅実な守備がバックにつくと、藤原の才能は一気に開花した。一年生の時から試合に出て、最終的に四年間で三十五勝を挙げる。球種はほとんどストレイト、それに時折チェンジアップ気味に投げるスライダーだけだったが、それでも大学野球では十分に通用した。その頃も、ストレイトは優に百五十キロ近く出ていたし、九イニングあたりの奪三振数は十を超えていた。それにも増して、コントロールの良さが大きな武器になっていた。藤原自身はこれを、高校時代の走り込みの成果ではないか、と自己分析していた。公立高校の狭いグラウンドは他の運動部と共用で、十分な練習は出来ない。その分、ロードワークは人一倍こなしていた。潰した数だったら、スパイクよりも、ジョギングシューズの方が多かったはずである。

ソウル五輪の時には大学三年生で、初めて全日本に選ばれた。野茂や古田、潮崎を輩出したスター揃いのチームだったが、そこで主に中継ぎをこなし、十二イニングを投げて自責点は僅かに一と、期待以上の成績を挙げた。

当然、四年生になるとプロのスカウトが群がったが、藤原は早くからプロ入りを否定していた。準決勝まで一点も奪われていなかったし、ヒットも内野安打が一本、ふらふらと上がったフライがショートとレフトの間に落ちた一本、計二本を許しただけであり、ほぼ完璧な内容だった。それだけに、自責点一が大きく心にのしかかっていた。

一点を失ったのは、よりによってアメリカとの決勝戦だった。敗色濃厚な展開だったが、藤原は自分の役目を十分認識していた。豪快な奪三振ショーでアメリカ打線の勢いを殺《そ》ぎ、傾きかけた流れを引き戻すことである。まだまだ死んでいないという事を証明しなければならなかった。

しかし藤原は、その役目を果たす事は出来なかった。七回裏、先頭バッターに投げた一球目だった。最高のボールとは言えないが、悪くはないボールだった、と今でも思う。左打席に立ったバッターの膝元へ、噛み付くようなストレイトが走る。しかし、すくい上げるようなアッパースウィングでバットが振り抜かれると、ボールは消え、つぎの瞬間にはライトの場外へ飛び出していた。打球が空気を切り裂く音は、死刑宣告のようにも聞こえた。その音を聞いた途端、人形遣いに置き去りにされた操り人形のように、藤原はマウンド上に崩れ落ちた。あそこまで遠くに飛ばされた事はなかったし、そもそも自分が打たれるわけがないと高をくくっていたからである。

藤原が浴びたホームランは、日本代表の手から金メダルを奪い去って行った。藤原からホームランを打った選手は、オリンピックの翌年、最大級の評価を得て大リーグ入りしている。

汚点だ、と藤原は思った。あの一球は、俺の野球人生における醜い印だ。拭い去るためには何をすべきだろう。

幾つかの選択肢が考えられた。一番直接的な方法は、自分も大リーグ入りして彼と対決するというものだったが、その当時は、日本人のアマチュア選手が大リーグに挑戦するなどという事は考えられなかった。だから藤原は、復讐の対象を、個人からアメリカという国に変えた。同じオリンピックという舞台で、アメリカをきりきり舞いさせる事。プロ入りなど、全く考えられなかった、少なくともバルセロナが終わるまでは。

バルセロナ。それが藤原のピークだったかもしれない。八年前の栄光の一瞬を思い出すと、いつもむず痒《がゆ》いような思いに襲われる。

バルセロナ、オリンピック・スタジアム。二度目のオリンピックでは、藤原は先発に回っていた。既に社会人野球でも高い評価を受け、今度は絶対的なエースとして全日本に帰って来たのだ。周囲の期待、それに自らのはやる心を満たすだけの結果を、藤原は残した。予選リーグ、アメリカとの対戦は、生涯忘れられないピッチングと言えた。金属バットを相手に、一安打、十四奪三振、四死球はゼロ。二塁も踏ませない完璧な内容だった。初回、先頭打者がショートの深い位置に強い当たりを飛ばし、それが内野安打になったが、それ以降はアメリカ打線を抑え込んだ。思った通りのコースに、完璧にスピードをコントロールしたボールが行き、ゲイムを自分の手中に握った二時間半だった。ストレイトは最高百五十六キロを記録し、覚えたばかりのフォークボールが面白いように決まった。

「手が出ない」敗れたアメリカの監督は、試合後、首を振りながらコメントした。「彼は大リーグに来るべきだ。アメリカに取り込んでしまえば、二度と国際大会で我がアメリカに恥をかかせる事はないだろう」

この一言が引き金になり、オリンピック後、プロの各チームが藤原の獲得に精力的に乗り出した。年齢的に言っても、それが最後のチャンスだった。あれだけのピッチングをすれば、アマチュア野球に未練はないだろう、というのが周囲の観測であり、所属していた武蔵野製菓の関係者も、プロ入りを勧めた。区切りをつけて、プロ入りすべきではないか、と。

しかし、周囲の思惑はまたもや裏切られた。

その頃の事を考えると、藤原は今でも暗い気分になる。目の前に薄いヴェールがかかり、全ての記憶が曖昧《あいまい》に見えてくるような気がするのだ。

藤原は大学を卒業してすぐに結婚し、バルセロナ・オリンピックの直前に子供が生まれた。小さな、体の弱い女の子だった。由佳里《ゆかり》と名付けたその子が、先天性の心臓疾患に冒されているという事が分かったのは、よりによって、決勝トーナメントに入ってキューバと対戦する日の朝だった。大学の同級生だった妻の瑞希《みずき》が、泣きながら宿舎に電話をかけてきたのである。彼がバルセロナで自分の事だけを考えて投げている間に、由佳里が突然意識を失って仮死状態に陥り、病院に運び込まれた事。そのまま病院の暗い待合室で一夜を過ごし、顔の形が変わってしまうほど泣いた事。電話は一時間も続き、ようやく受話器を戻した時には、藤原は、普段の鋼のような精神状態をすっかり失っていた。

何も言えなかった。由佳里が、同じ時期に生まれた他の赤ん坊と比べて元気がないのは気になっていたが、それを振り切ってバルセロナに出掛ける事に、未練はなかった。その頃は、家庭よりも、自分の夢を実現する事の方が、遥かに大事に思えたから。野球とはあと数年の付き合いだが、家族とはこれからもずっと一緒なのだから、と。

その日の試合、先発陣が打ち込まれ、藤原は六回からリリーフに出た。二試合連続登板である。しかし、あの時のような気分でマウンドに立ったのは、最初で最後だった。足元がふわふわして、手がボールを握っている感触がない。キューバの選手の顔に、弱々しい由佳里の笑顔が重なった。打ち込まれた。無様に。そのページを黒く塗りつぶしてしまいたいぐらいだった。

俺は何をしていたのだろう、という迷いを抱いて帰国した藤原は、ある雑誌の記事に目を留めた。アメリカ戦での彼のピッチングを持ち上げる、現役大リーガーのインタビュー記事だった。その男は、藤原に最大限の評価を与えていた。間違いなくこの大会のベストピッチャーだし、同時代でも群を抜いた存在かもしれない。出来る事なら、もう一度対戦してみたい、と。

もう一度対戦する。そう、インタビューに答えていたのは、ソウルで藤原から完璧な一発を放ったあの選手だった。

ちらりと記事を一読しただけで、藤原はふざけるなよ、と思った。そっちは呑気に野球をやって金を稼いでいればいい。こっちは、全てをなくしたのだ。

娘とは短い付き合いしか出来ないのだ、と気付いた時にはもう遅かった。彼の帰国を待って緊急手術が行われたが、完治するには至らなかった。担当した若い医師は、「保証は出来ない。出来るだけ近くにいてあげて下さい」と言うだけだった。

その時点で、藤原はプロ入りを諦めた。一つの大きな夢が、目の前に積まれた大金が、全て砂のように崩れ落ちた。そうやって裸になってみれば、名誉も誇りもいらなかった。そんな事よりも、娘と一緒にいてやりたい。たった一人で泣きはらした瑞希にも償いをしたい。プロ入りすれば、遠征やキャンプで家を空ける事が多くなる。いざという時に家にいなかったら、どうなるか。狂ったように泣き叫ぶ妻の姿を、二度と見たくはなかった。

周囲は、藤原に翻意を促した。毎日のようにスカウトや新聞記者たちが接触して来たが、決して自宅には上げなかった。最初は近くの喫茶店で話を聞きながらやんわりと断わっていたが、やがてインタフォンが鳴っても出なくなる。終《しま》いには、インタフォンの電源を切ってしまった。ベッドに臥《ふ》したままの娘が、甲高い電子音を嫌がったのだ。その時以来、藤原はマスコミに不信感を抱いている。放っておいてくれ。事情を喋りたくない事もある。なのにあいつらは、人の生活に土足で踏み込んで来た。

結局藤原は、武蔵野製菓野球部の監督と部長にだけ事情を説明し、彼らが裏で動いて各球団を説き伏せた。藤原雄大は、家庭の事情でプロ入りはしない。今後は武蔵野製菓野球部のコーチとなり、一線からは身を引く、と。当然、マスコミはさらに詳しい説明を要求したが、喋る立場にある人間は、藤原が望んだ通りに、全員が口をつぐんで首を振るだけだった。

それから七年、由佳里は生き続けた。手術を担当した医者は、「万に一つの希《まれ》な例だ」と驚いたが、それも永遠には続かなかった。

去年の夏、暑い盛りに由佳里は死んだ。ある意味、引き延ばされた生でもあり、藤原としてはこれ以上を望む事は出来なかった。娘との七年の想い出が残り、それだけで十分に思えた。あんなに神経を使った事はなかった、一泊の温泉旅行。はしゃぎ過ぎて倒れてしまった五歳の誕生パーティ。そして、幾日も、幾日も壁を眺めて過ごした病院のベッド。

全てが白い色に塗り込められ、夫婦の傷はゆっくりと癒《い》えつつあった。思えば、七年という歳月は、二人が娘の死を受け入れるための準備期間だったとも言える。引き延ばされた死は、やがて感覚を麻痺させ、悲しみの色を少しだけ薄くする。

夫婦二人だけの生活が戻って来て、ゆっくり時間が流れていた。それが一変したのは、去年の秋だった。一本の新聞記事、アメリカから伝えられたそのニュースが、眠っていた藤原の心に火を点《つ》けたのだ。俺は十分、家族に尽くした。今度は自分のために動いても良いのではないか。

今回の件は、娘の事とは全く関係がない。しかし、自分は何を遣り残しただろうと考えた時、あのシーンが脳裏に浮かぶ。失われた七年を取り戻すためにやれる事は、一つしか思い浮かばなかった。曇りガラスを拭うように、あの日の屈辱が、はっきりと目の前に現われて来る。お前にそんな事を言われたくなかった、お前にだけは。あんな事を言われても、俺にはどうしようもなかった。あの時は。だからこそ、自分のために時間を使うなら、復讐のために使いたい。今度はあいつを屈辱にまみれさせてやりたい。

それからは嵐のような毎日だった、と藤原は思う。そしてその嵐は、今も去っていない。

ゆっくり窓を閉めると、狭いが静かな空間が戻ってくる。隣の部屋では、常盤がようやく起き出したのか、テレビの音が流れている。雨は止みそうだ。今日もゲイムはある。明日も、明後日も。日々転がるゲイムが俺を待っている、と藤原は気を引き締めた。

一枚だけ残しておいた由佳里の写真を、スーツケースの底から取り出した。じっと見詰め、またしまい込む。記憶の中では、娘はもう八歳だ。永遠に訪れる事のなかった八歳の春。娘がこれから見るはずだった全ての夢は、永遠に閉じ込められた。だが、俺の夢はまだ現実の中で転がり続けるんだ、と藤原は思い、肌寒いジャージーシティの陽気のせいではなく、身震いしていた。

3

フリーバーズは負け続けた。

開幕から九連敗。ようやく勝ち星を挙げたのは十試合目で、それもごみ箱から紙くずを拾い上げてみると、たまたま丸めた紙幣だった、というような勝ち方だった。

先発は、開幕以来二連敗のブラウン。これまで二試合の内容は悪くない。二連続完投で、どちらの試合でも一点を失っただけだったのだから。だが、味方打線は長い冬眠を抜け出る事は出来ず、ブラウンが投げたゲイムでは一点も取れない。二試合目、百二十一球が無駄に終わった後、ブラウンは呆然とした表情で新聞記者達に短いコメントを残している。

「信じられない。ここ数年で最高のピッチングが二試合も続いた。これで勝てないというなら、神が与えた試練としか考えられない」

だから何だ。彼のコメントを新聞で読んだ河合は、顔を歪めた。よくある事だ。点は取られないが、取れない。それが野球というものである。そんな事で文句を言うほど、ブラウンは甘ちゃんではないはずだ。

デンヴァーに乗り込んでのゲイムは、野球というよりはフットボール日和の天候の中で行われた。ゲイムが始まった午後七時の気温は五度。時折小雪が舞う天候で、ビールの売れ行きはクアーズフィールド始まって以来最低となった。しかしこの寒さが、先発三試合目のブラウンには幸いした。バッターは体が冷え切ってしまったが、人一倍汗をかきやすい体質のブラウンにとっては、ありがたいぐらいの天候だった。

低めへの制球が、普段よりも冴《さ》えた。リーグ一の強打を誇るロッキーズ打線もこの日ばかりは沈黙し、内野ゴロの山を築く。八回まで終わって、内野ゴロ十五。普段の彼は、低めに沈むボールを見せ球に、高めに伸びるストレイトでポップフライを打ち上げさせるピッチングパターンを得意としていたが、この日はバッターの方で、フライを打ち上げるだけの力もなかった。ロッキーズのヒットは僅かに三本。

もちろん、貧打のフリーバーズ打線はさらにその下を行き、海面下遥か深くを潜行していた。ヒットは、ぼてぼての内野安打二本。外野へ飛んだ打球は三本だけで、バッターは痺れる手を庇《かば》うために、バッティング用の手袋を二枚重ねなければならないほどだった。根性のない奴らだ、と河合は思う。

ブラウンは、いつまで経っても埒《らち》が明かない試合展開に、自分のバットで勝負をつけようと決めたようだった。九回表、チームの中でただ一人十分に汗を掻いていたブラウンは、初球を思い切り引っ張り、あと五センチでオーヴァーフェンスという大飛球を放った。滑り込まずに二塁に達すると、フリーバーズのベンチに向かって右手を突き出す。まばらな拍手に対して、ブラウンは、不機嫌に顔を歪めて抗議した。河合は無愛想な表情でそれを眺めた。あれは、ガッツの表われではない。奴の頭の中には、札束の残像がちらついているだけだ。

打順は先頭に戻り、センターのエルナンデスが慎重に送りバントを決めた。ブラウンは、そのまま一気にホームを落とし入れようかという勢いで、スライディングからサードベース上に立ち上がったが、サードベースコーチに止められた。二人が短い口論を闘わせるのが、ベンチにいる河合にも確認出来た。次のバッターで俺がホームに帰れる保証はあるのか？　ないからって、無理に突っ込んで怪我をしたら、これからどうなる？

ブラウンが引き下がったようだった。河合はどっかりと車椅子に座り込んで、次の手を考えた。

次打者は、日本からやって来たセカンドの花《はな》輪《わ》英《えい》二《じ》。一見してスリムで俊敏そうなイメージだが、ここまで九試合で僅か三安打。古株の辛辣な記者たちは、これはスランプなどではなく、元々この程度の実力の選手なのではないか、と露骨に口にするようになっていたし、それは河合の耳にも入ってきていた。とにかく非力過ぎる。「日本人野手第一号の大リーガー」。華やかな肩書きを伝え続けているのはジャパン・ソフト系列の雑誌やテレビだけで、それもそろそろ真実を隠しきれなくなっていた。

花輪は二十四歳。「右も左も分からない馬の骨」というのが、河合の元に届いている報告だった。いや、そう書いてあったわけではないが、河合流に解釈すると、どうしてもそうなってしまう。日本では阪神でようやくレギュラーの座を摑んだばかり。打順は八番が定位置で、二割を辛うじて超えた打率は、規定打数に達した打者の中では二年続けてリーグ最下位だった。彼が大リーグに挑戦すると言い出した時にも、誰も止めようとしなかったらしい。止めなくて正解だった、と河合も思う。確かにスピードはあるが、バットにボールが当たらなければどうしようもない。どうしてこんな選手を引っ張ってきたのか。フロントの目は節穴か、と河合は頰杖をつきながら一人愚痴を零《こぼ》した。その花輪が、珍しく初球から思い切り引っ張った。最終回だ。河合はスクイズを考えていたのだが、サインを出す暇もなかった。打球は三塁線を襲ったが、いかんせん力がない。サードが逆シングルで摑み、一瞬ボールを持ち直してファーストへ。ゆっくり間に合うタイミングだった。

しかし、しばらく暇を持て余していたサードは、腕がすっかり冷え切っていた。ボールは山なりの抜けたような送球になり、ファーストの遥か上を越えて行った。ブラウンがスキップするようにホームを駆け抜けた時、花輪は状況を把握しきれずに、ファーストベースに頭から滑り込んでいた。「坊や」と呼ばれないようにと伸ばし始めた髭に泥が付き、顔全体が真っ黒になる。冷やかしともブーイングともつかない声が、スタンドを駆け巡った。河合はダグアウトの隅で密かに背中を伸ばした。やれやれ、だ。どうも、俺は何もしない方がいいらしい。

ブラウンがその裏を三人で切って取り、フリーバーズは開幕十試合目でようやく初勝利を挙げた。しかし試合後のロッカールームは、歓喜の渦に包まれたわけではなく、どちらかと言えばほっとした安堵《あんど》の空気に支配されていた。義務は果たした、明日からは気楽に行こうぜ、という雰囲気に向かって、河合はいきなり冷水をぶちまけた。

「いいか」河合は、自分の肩の高さにある折畳式のテーブルをどん、と叩いた。チキンが跳ね上がり、サンドウィッチが倒れる。ロッカールームには一斉に沈黙の幕が下り、誰かが使う電動剃刀《かみそり》の音だけが妙に大きく響いた。

河合は選手達をじろりと睨みつけ、低い声で言った。「まだ一勝だ。ここまで来るのに十試合かかっている。このままだと俺達は、今シーズン二十勝も出来ない計算になる。俺は、年間勝利数の最低記録を更新するつもりはないからな。いいか、もっとガッツを見せろ。ここまで上がってきた人間に、技術の差はない。後は、ガッツがあるかどうかで勝負は決まる。分かったら、さっさとケツを洗ってホテルに帰れ。明日もゲイムだ」

それだけを吐き捨てるように言うと、ゆっくりと車椅子を回して監督室に消えて行った。誰かが冷やかすように口笛を吹き、静かなざわめきが徐々に復活する。しかし、どこか白けたムードが漂っているのを、河合はドア越しに敏感に感じ取った。失敗だった。檄《げき》を飛ばす事によって、逆にチーム全体を白けさせてしまったのだ。

本当に、このチームにはガッツがない。

結局フリーバーズは、翌日以降、再び長い眠りに落ちた。沈黙していたわけではない。マウンド上ではピッチャーの歯軋りが、打席ではバッターが審判に、相手投手に、自分に文句を言う声が、試合後のロッカールームでは河合の罵声が響いた。しかし、拍手や歓声、スタンドを踏み鳴らす賞賛の嵐は、依然としてフリーバーズには無縁だった。

ロッカールームは次第にぎすぎすした雰囲気になり、特に投手陣と野手陣の対立は、すぐにも深刻な全面戦争に発展しそうな気配を漂わせた。しかし、河合は、何も言わなかった。戦争の始まりを期待するように、対立に油を注ぐような言葉を吐き続けたのだ。爆発しろ。爆発して、その怒りを相手チームに向けろ。

四月を終わって五勝二十一敗。確かに、大リーグの年間最多敗戦記録を更新してしまいそうな勢いだった。河合は批判の嵐、その前兆のようなものを早くも敏感に感じ取っていた。間もなく、チームを押し潰すような非難の大合唱が起きる。ニューヨークのメディアは手強《てごわ》い。それ以上にニューヨークのファンは手強いし、せっかちだ。河合は、何時の間にか遠征に出ている時の方がリラックス出来る事に気付いた。リバーサイド・スタジアムに戻ると、待っているのは外野席で振られる無数の白いハンカチである。「もう勘弁してくれ」「降参だ」という無言の抗議。程なくそれはスタジアムの名物となり、フリーバーズが失点する度、得点機を潰す度に、ブーイングとともに白いハンカチがぱらぱらと振られるようになった。翌朝になれば、新聞の見出しが彼らを襲う。「フリーバーズ、離陸に失敗」「フリーバーズ、またも撃墜される」

クソッタレ。しかし河合がいくら歯噛みしても、脱出の方法は何もなかった。彼は、自分が一番嫌いな状況に置かれているのに我慢出来なかった。負けるという状況に。

一方で、ジャージーシティ・フリーバーズはまずまずの好調を維持していた。四月は大西洋岸の都市を転戦しながら、インターナショナルリーグのノース・ディビジョンに所属する各チームと戦い、十二勝十一敗と勝ち越した。この地区では、ポータケット、シラキュースに次いで三位につけている。ベテランの黒人監督であるミラーは、「ハッスル」程度のアドヴァイスしか与えない人間だったが、選手の目は最初からぎらぎらしていた。それが、向こう岸のフリーバーズの敗戦が伝わる度に、さらに輝きを増す。向こうがあの調子だったら、いつ上に呼ばれるか分からない。

藤原も好調だった。最初の三試合こそ中継ぎで投げたが、六イニングで自責点ゼロ。打たれたヒットは三本だけで、三振は九つ奪っていた。フォアボールは一つもない。続く二試合は試合を締めくくるクローザーとして起用され、ここでも無失点記録は続いた。藤原自身は、短いイニングであっても続けて投げるのは好きではなかった——本当は、自分のリズムが作れる先発の方が向いていると思っていたし、連投を続けていると、肩の張りが消えない感じがしていた。クソ、早く先発に回してくれ。実際、ミラーに直訴した事もあった。だが、ミラーは、鉛筆の芯のように目を細めて藤原を眺めては、黙って首を振るだけだった。結局藤原は、ミラーが指示するままマウンドに上り、その怒りをボールにぶつけた。

初めて先発を言い渡されたのは、四月も終わりに近づき、ポータケット、ロチェスターと続いた遠征を終え、ジャージーシティに戻って来た時だった。深夜近くにバスを降りた時、ミラーは「明日のオタワとのゲイムでは頭から行く」と素っ気無く告げた。

そう言われた時、抑えをやらされた事に対する不満が解消されるより先に、不安を感じた。俺は、アメリカに来てからまだ一か月しか経っていない。自分で訴えていたにもかかわらず、リリーフから先発へ急に変わる事に対しては、不安が先立つ。長いイニングを投げるスタミナがあるかどうかも、まだ分からない。しかしミラーは、太鼓腹を揺すりながら「明日のゲイムはあんたにやるからな、キャップ」と言い、藤原の腹に軽くパンチをくれた。

部屋に戻り、窓を開けて埃っぽい空気を追い出しているうちに、次第に体の中で熱いどろどろしたものが流れ出て来るような気がした。このマグマが固まり、明日の試合ではエネルギィを放出する。社会人で投げていた時は、いつもそんな気がしたものだった。吹き込む青臭い微風を全身に浴びながら、誰にも荒らされていないマウンドに上がる快感を、藤原は徐々に思い出していた。あれは……もう八年前の事だ。ミラーは、思っていた以上に俺を買っていたらしい。そう思うと、腹の底から満足感がこみ上げてくる。それまで藤原は、チームメイトとはうまくやっていたが、ミラーとは少しだけ距離が遠いように感じていた。ウォーマックからは、「日本人選手を使うように」というジャパン・ソフト側の要求をミラーが快く思っていないようだ、とも聞かされていたので、藤原の方でも少し遠慮していたせいもある。これまで自分を使い続けたのも、野球を知らない馬鹿なオーナーの我儘《わがまま》を聞いているだけかもしれないな、と思い、少し自信をなくしかけていたのも事実だ。

しかし、今夜のミラーの顔付きは、態度はどうだ。先発スタッフにかけるのとまったく同じではないか。どうやら、ミラーを納得させるだけのピッチングを続けられたのだろう、と思うと、自然に笑みが零れて来る。「3Aとメジャーは紙一重の実力差しかない」というのは——主に3A側からの発言だが——よくある言いまわしだ。確かに、やたらと振り回してくるバッターは、ことごとく藤原のスライダーの餌食《えじき》になったが、そのパワーを軽視する事は出来ない。それでも、まだ会心の当たりを飛ばされていないという事は、俺はまだまだやれるという何よりの証明にならないだろうか。いや、むしろ数年前に比べても調子は上かもしれない。現役を退き、ハードなピッチングをしなくなったのが良かったのかもしれないな、と思う。長年酷使した腕を、休ませる事が出来たのだろう。

次第に自分の才能に自惚れ始めた藤原の思いを中断させたのは、電話だった。思わずびくり、と縮み上がり、慌てて窓を閉める。今まで、この部屋の電話が鳴った事はなかった。ベルが五回鳴る頃には心臓も落ち着き、受話器を取り上げる事が出来た。

「あなた？」

「瑞希か？」一瞬にして喉が渇き、粘膜が貼りついたような感じがした。辛うじて絞り出した台詞は、「元気か？」という間抜けな一言だった。

「そう、ね」寂しく笑う彼女の顔が頭に浮かんだ。

「うん……何とか、やってるわ。あなたは？」

「まあ、こっちも何とかかね」

瑞希の言葉は、水をたっぷり含んだコートのように、藤原の体を不愉快に濡らす。

「あなた、今何をしてるの？」

「もちろん、野球だ」何と馬鹿げた質問だ、それに馬鹿な答えだ、とも思ったが、それ以外に適当な台詞は思いつかなかった。

「野球ね。そう、あなたは野球をやっている。それで、あなたは辛い事を忘れられる？」

「それとこれとは別だ。由佳里の事は——」

「いいの。私は……私はいい。二人とも落ち込んでいても、どうにもならないし。あなただけでも先に元気になってくれれば、私はそれでいいわ」

瑞希の言葉は次第に鋭くなり、藤原の胸にぐさぐさと突き刺さってきた。割れたガラスの破片が降り注ぐように、その痛みは広範に広がり、長く続く。

「君も、こっちへ来ればいいんだ。環境を変えた方がいいよ」

「その事は何度も話したでしょう」瑞希の声は平板で、シナリオに書かれた台詞を棒読みしているようにも聞こえた。

「だけど、気持ちは変わらないわ。私は、日本にいなくちゃならない。由佳里を一人にしておけないもの」

「由佳里も一緒に、だよ」俺は何を言っているんだ、と藤原は混乱し始めていた。娘は死んだ。自分に百万回も言い聞かせたではないか。由佳里は、もういない。

「駄目。とにかく、私はアメリカには行かない。変な話かもしれないけど、飛行機に乗る事を考えると本当に怖くなるのよ。せめて、あなただけでも頑張って」

「３Ａの先発スタッフには入れそうだ」藤原は辛抱強く続けた。「ここで結果を出せれば、メジャーも遠くはない」

瑞希は鼻で笑った。微かに。だが、藤原が気付く程度に。

「無理しないでね。あなた、三十歳の誕生日は何年も前に過ぎてるんだから。これ以上、身近な人間が死ぬのは我慢出来ないわ。ねえ、どうして今更野球なの？　転職しようとか言うなら、私だって応援するわよ。詩人になるって言い出したら、それでも我慢したかもしれない。でも、どうして今更野球なの……ごめん。いい。何言ってるのかしら、私。私は、まだ何も始められない」

「分かってる。でも、今は凄く調子がいいんだ。現役を引退した頃よりも肩が軽いぐらいだ。だから、君は少しゆっくりしていてくれ。調子が良くなったら、アメリカに来てくれよ」会話が嚙み合わない。藤原は歯嚙みするような思いで何とか話し続けた。

「そう、ね。もしかしたら」

藤原は、感情の起伏のない言葉を受け止め続けるのに、いい加減嫌気が差して来た。

「ごめん、明日は投げなくちゃならないんだ。後で、こちらから電話するよ」

「あなたは、いつも自分だけ先に行ってしまう」

「俺が？　俺は一人で歩いていたわけじゃない。野球をやめたんだぞ、子供のために」藤原は、自分の声が低く、暗くなって来るのを、他人の台詞のように聞いていた。「八年近くも、子供のために自分の人生を犠牲にしたんだ。今、好きなようにやって何が悪い？」

「そういう言い方、やめてよ。あの子が死んだから、邪魔者がいなくなったように聞こえるわ」

「そんな事はない」藤原は、ほとんど怒鳴るように応じた。「あの時は、ああするのが一番だと思っていたし、後悔はしていない。でも、もう一度夢を追い掛けるチャンスを貰って、何が悪いんだ」藤原は、同じような台詞を、数か月前、何百回も繰り返した。その説得で瑞希も納得したはずだと思っていたが、実際には彼女の心に食い込んだ傷は深く、その根は腐りかけているに違いない。

「いいわよ」瑞希は冷たい声で言い放った。「あなたはあなたの道を行く。私は……とにかく、しばらくは日本にいるわ。一人で考えたり生きていくのは少しだけ辛いけど、今は、あなたと同じ道を歩くわけにはいかない」

藤原はもごもごと曖昧な言葉を返して、そっと受話器を置いた。気持ちは酷く掻き乱されており、頭の芯が熱くなっている。瑞希は、由佳里が死んで以来、一人で暗闇を見詰めている事が多くなった。娘を亡くした母親の反応としては普通かもしれないが、それが長く続き過ぎているような気もしていた。娘がいつか死ぬ、親である自分達よりも早く死ぬという事は、随分前に分かっていた。俺達は、子供を育てていたのではない。想い出を作っていただけなのだ。由佳里のいない生活に備える時間はたっぷりあったはずなのに、瑞希は未だに、娘がいないという今の状況に順応していない。もちろん彼女が言う通り、俺は卑怯《ひきょう》なのだろう、と藤原は思った。しかし、八年間だぞ？　野球選手としては脂の乗り切った時期を、俺は娘のために捨てた。

そして、今がある。思いも寄らない曲がりくねった道を経て、俺の今がある。

とにかく今は、自分を信じてやるしかない。それが娘の供養になるなどとは思っていない。ひたすら自分のためだ。間違っているか？　そうかもしれない。だが、何者も俺を止められない。

藤原は、スーツケースの底に入れた由佳里の写真を取り出し、皺を丁寧に伸ばしながら、長い間見つめていた。

初先発は、文句のつけようがない出来だった。やや体が重く、初回こそ珍しくフォアボールを二つ出してピンチを招いたが、難しいピッチャーゴロを捌いてダブルプレイでアウトカウントを稼ぐと、一気に調子に乗った。四番打者を三振に打ち取り、二回も三者連続三振。連続三振は三回ツーアウトまで続いた。次打者は辛うじてバットにボールを当ててキャッチャーへのファウルフライに倒れたが、その時にはスタンドから驚きの声と一緒に拍手が起こったほどだった。ダグアウトに帰る途中、外野スタンドで「K」と書いたボール紙をぶら下げている子供たちの姿に気付き、藤原は頬が緩むのを感じた。ダグアウトでは、ミラーがいつものように苦虫を嚙み潰したような顔をしながらも、尻をぽん、と叩いてくれた。

「あんまり飛ばすなよ、キャップ」ウォーマックがミネラルウォーターを飲みながら言った。

「少しは年も考えないと。マウンド上で心臓麻痺でも起こされたら、俺は泣きながらコメントしなくちゃならない」

「コメントなんかいらないよ。お前、いつも喋り過ぎなんだ。それに今日の俺は、二十歳ぐらいだから」

ウォーマックはミネラルウォーターのボトルを口に咥えたまま藤原の顔を見ていたが、やがてぽん、と音をたててボトルを離すと、「そうは見えないがな」とぽつんと言った。

「だけど、ボールは二十歳の力だろう」

「いや、脂の乗りきった二十五歳、というところかな。ま、倒れたら背負って家まで連れていってやるよ」

「そんな事にはならないよ」事実、回を追うごとに体は軽くなり、ボールが指にしっくりと馴染んできた。無駄なボールを投げないようにしていたので、球数も少ない。このまま行けば完投は間違いない、と藤原は密かに欲を出した。うまく行けばノーヒットノーラン。そう、まだヒットどころか、まともにボールがバットに当たらないのだ。

フリーバーズは、三回と五回に一点ずつを奪っていた。五回を終えて藤原の球数は六十二球。九つの三振を奪い、フォアボールは初回に出した二つだけだった。四回にはレフト前にクリーンヒットを打たれノーヒットの夢は破れたものの、微かな苦笑いを浮かべただけで、後続のバッター二人を、嘲笑《ちょうしょう》を振りまくようなチェンジアップで、続けて三振に切って取っていた。

六回の表も三者凡退に抑えた。しかしここに来て、少し腕が重くなっている。スライダーの切れも鈍った。調子に乗って、大分無理をしたのは分かっている。が、もっとアピールしなくては駄目だ。気を奮い立たせてベンチに戻って来た藤原は、そこでいきなり死刑宣告のような台詞を聞いた。ウォーマックに替わって、バッター常盤。

ウォーマックは「年寄りはお役御免だとさ」と自嘲気味に笑い、ベンチの片隅にどっかりと腰を下ろして汗を拭った。常盤は分厚い上半身を誇示するように、マスコットバットを二本持って素振りを繰り返していたが、その張り切りようとは逆に、藤原は暗い気分に陥っていった。この坊やは、キャッチャーの代打に出たという事に気付いているのだろうか。次の回からは、自分がマスクを被らなければならないという事を理解しているのだろうか。藤原は、ダグアウトから身を乗り出して戦況を眺めるミラーをちらちらと盗み見た。常盤にキャッチャーをやらせるのかと聞いてみたかったが、さすがにそれは出来なかった。次の回で交替させてくれ、と言おうともしたが、交替する理由は何一つない。

常盤は、左打席で足場を固めると、ぴたりと静止して構えた。このバッティング・フォームはさすがに美しい、と藤原も思う。全く無理がなく、それでいて力感に溢《あふ》れている。彼は、徹底した初球打ちのタイプだ。この打席も、何球も待って相手のボールを見極めるつもりはないようだった。藤原には、彼の右肩の辺りから、打ち気が陽炎《かげろう》のように立ち昇るのが見えるような気がした。オタワのピッチャーは長身のサウスポーで、ややサイドスロー気味に、外角に流れ落ちるスライダーを投げ込んで来た。様子をうかがうようなボールだったが、ストライクゾーンには入っている。常盤は、思い切り腕を伸ばして、ボールを払うように叩いた。鈍い衝突音が響き、次の瞬間にはボールはレフトスタンドへ向けて高々と舞い上がって行った。選手たちは、ベンチから身を乗り出して打球の行方を眺める。いつもの常盤らしいラインドライブとは打って変わって滞空時間の長い一打だったが、うまい具合に風に乗ったのだろう、ボールはレフトスタンドの最前列に落ち、高く跳ね上がった。常盤は、作品の仕上がりを確認する彫刻家のように気取った仕種でボールの行方を見届けると、やっとバットを放り出し、ゆっくりと走り始める。

堂々としたものだな、と藤原は思い、素直に感心した。常盤はこれまで、全て代打での出場だったが、七割近い打率を残している。うち三本がホームランだ。ウォーマックが、自分の椅子がなくなったと蒼くなるのも無理はない。

常盤とハイタッチを交わした藤原は、彼が一仕事終えて気の抜けたような顔をしているのに気付いた。ベンチでさらに祝福を受けようとしている彼の腕を摑んで引き止め「次のイニングの準備をしておけよ」と短く告げた。

常盤は、何を言われているのか分からない、と言いたげに首を振ってベンチに戻って行ったが、ミラーから何事か告げられると、一瞬にして赤から蒼に顔色を変えた。藤原は、もたもたとレガースをつけている常盤に「さ、準備しよう」と声をかけた。同時に、少しだけ体が重くなって来たのを感じる。まだ完投のペースを取り戻していないのだ。あるいは、体力が戻っていない。

ベンチ前でキャッチボールをしているうちは、常盤もぼろを出さなかった。次打者がショートゴロに倒れてツーアウトになるのを見届けると、座るようにと身振りで指示する。常盤は、尻の下にヘビでもいるように、おっかなびっくり腰を下ろした。ハーフスピードのストレイトを二、三球、真ん中に投げてやる。問題ない。これなら捕れる。内角低めに落ちるボールを投げてやろうか、とも考えた。もしかしたら常盤は、深夜一人で特訓を重ね、キャッチング技術が劇的に向上しているかもしれない。

あり得ない。

こんなところで失敗して恥をかかせたら、奴のチャンスを摘んでしまう事になる。藤原は、自ら進んで悪者になるつもりはなかった。だからこそ、不幸が起こらないように真ん中付近に緩いボールを投げ続けた。

一番打者も浅いレフトフライを打ち上げ、六回の攻撃が終わった。守備につく常盤に向かって、スタンドから拍手が巻き起こる。常盤は、俯いたままマスクをホームプレートの横においた。投球練習でも、藤原は緩い球ばかりを投げ続けた。変化球もなし。この回は打たれるだろう、と藤原は覚悟した。試合が終わったら、ミラーにはっきり告げなくてはならない。このままでは、常盤は使い物にならないと。あるいはミラーは、それを藤原の言い訳だと受け取るかもしれないが、嘘を吐くのは誰のためにもならない、と藤原は思った。

投球練習最後のボールを大事そうにキャッチすると、常盤はセカンドに何の変哲もないボールを送った。弾丸のようなボールを投げて、肩の強さを誇示するわけではない。しかしランナーが走った時に、セカンドに投げられないという事はなさそうだ、と藤原は胸を撫で下ろした。

問題はキャッチングだけだ。だが、それが出来ない事にはキャッチャーにはなれない。藤原の安堵は一瞬の事だった。

藤原は、常盤をマウンドに呼んだ。常盤は、不良学生に呼び出された真面目な優等生のように、おどおどした足取りでマウンドにやって来た。藤原はボールをこねながら、半ば脅すように言う。

「いいか、サインはなしだ」

「そんな――」

「とにかく、全部ストレイトだけで行く。なるべく真ん中から外寄りに投げるから、何とかしろよ」俺が何も知らないと思ってるのか、と言い掛け、藤原は言葉を飲み込んだ。まだ何か言いたそうな常盤を、藤原は手を振って追い返した。何が始まるか、演じるのが自分自身であるにもかかわらず、全く予想出来なかった。

大きく深呼吸し、常盤のミットを覗き込む。右打席に立っているバッターは、土を穿り返し、敵意丸出しで藤原を睨んだ。落ち着けよ、と自分に言い聞かせる。このバッターは、三打席目だ。それまでの二打席は三振、ショートゴロと完全に抑え込んでいる。もちろん、抑えるのは簡単だ。ピッチングの基本――内角で体を起こしておいて、外角に逃げるボール、あるいは落ちるボールでバランスを崩す――通りに行けば、簡単に料理出来る。しかし今は、真ん中から外へ、常盤の捕りやすいボールを投げなければならない。

一瞬、プレートを外した。キャッチャーを替えてくれと要求しようかとも思ったが、うまく説明出来そうもなかった。「あいつは内角が攻められないんです」「何だって？」そこから先は、きちんと説明出来そうもない。俺自身もよくは知らないのだから。こんな野球選手が育ってしまった事が、自分には理解出来ない。リードの勉強をせず、ひたすらバッティング練習だけをしていたのか。

結局、慎重に真ん中付近にボールを集めるしか出来なかった。そして、常盤がボールを捕れないのではないかという藤原の懸念は、すぐには証明される事はなかった。

甘く入ったボールを、相手打者が見逃すはずはなかった。打球は、ライト・センター間を真っ二つに割り、芝を抉るとフェンスに向けて転がった。滑り込んで、二塁で悠々セーフ。仕方ないな、と藤原は首を振った。もちろん、次のバッターにも打たれるだろう。これは俺の自責点にはならないのではないか、と馬鹿な事を考えた。内角を攻められないのはキャッチャーの責任なのだから。だが、次の瞬間、藤原は自分の姑息な思いに苦笑いしていた。誰の責任でもいい。とにかく、ミラーには説明するよりも実際に目で見てもらった方がいいだろう。一番怖いのは、俺が恐れて外ばかりを攻めていると思われる事だが、その辺は、しっかり弁明するしかない。

次打者が右打席で土を穿り返している。こいつも、ホームプレートに覆い被さるようなフォームだ。常盤は、と見ると、マスク越しに目を伏せ、バッターの足の位置をじっと観察している。藤原はゆっくりとセットポジションに入ると、真ん中低めにストレイトを投げ込んだ。力が入って、シュート回転のボールになる。

ストライク、とアンパイアが手を上げると同時に、ミットからボールが零れる。常盤は慌ててボールに飛びつくと、ホームプレートの上で何とか抑え込んだ。藤原は首を捻ってセカンドベースに目をやったが、ランナーはゆっくりベースに戻るところだった。よしよし。あの位のコースなら、後ろに逸らさないかもしれない。

二球目も同じコースに同じようなボールが行く。常盤は同じようにボールを零し、また慌てて飛びついた。ランナーは動かない。

三球目も、寸分違わぬコースへ。しかし、それまでの二球よりも少しスピードが勝っていた。そして藤原のストレイトは、力が入ると少しだけシュートする。

ボールは常盤のミットを弾き、バックネットに向かって力なく転がった。藤原は、何も考えないうちに走り出していた。バックアップのためにホームプレートに到着した時、常盤はようやくバックネットの手前でボールに追いついた。藤原は彼からのボールを受けて、ちらりとランナーを見る。スライディングから立ち上がり、様子を窺っていた。片手をつき、上体を屈めて、隙あればホームを落とし入れようとしている。片足が前に出てバランスが崩れたタイミングを見計らって、サードへ送球するジェスチャーをした。ランナーは慌てて体勢を立て直し、頭からベースに戻る。

常盤が、のろのろとホームプレートに近づいて来た。藤原は何も言わず、ボールをこねながらマウンドに向かって歩き始める。常盤の声が追い掛けて来た。

「あの――」

藤原は振り向かなかった。

次のボールは、少しスピードを落とさざるを得なかった。前のボールは、シュートした分、内角に食い込んだ。クソ、思い切り内角に放り込んでバッターを起こす事が出来れば、と思った。肩が重い。ストレイトの力は落ちている。だが、変化球でかわしていけば、まだまだ行けるはずだ。しかしそのためには、内角の見せ球がどうしても必要だ。

バットが下から上に綺麗に振り抜かれ、打球はロケットが打ち上げられるような勢いでレフトスタンド中段まで飛んで行った。藤原は打球の行方を見送ると、少し眉を上げただけで、すぐにアンパイアにボールを要求した。常盤は、ホームプレートの後ろで、二人のランナーがゆっくりと目の前を通過して行くのを見送った。口が動いているのは藤原からも見えたが、何を言っているかまでは分からなかった。

ベンチが動くのは藤原にも分かった。ミラーがウォームアップジャケットをゆっくり脱ぎ、こちらに向かって歩いて来る。サードのファウルラインを越えたところで、アンパイアに向かって左腕を叩いてみせた。藤原は、両手を腰の高さで広げて、顔をしかめた。が、ミラーが右手を差し出したので、その手にボールを渡さざるを得なくなった。

「疲れたか？」

「いや」

「ストレイトのスピードが落ちてる。まだ完投するまでのスタミナはないな」

「いや」常盤が歩いてマウンドに近づいて来た。藤原は殺意を秘めた視線を彼に送ったが、常盤は俯いたまま歩いており、その視線にも気付かなかった。

「チェンジアップを投げればいいんだ。このリーグで、お前のチェンジアップを打てる奴はいない」

「いや」

「おいおい、どうしたんだ」ミラーは腰に両手を当て、アンパイアに抗議するような調子でまくしたてた。「何だ、一発レフトにぶち込まれたぐらいで、ショックで口もきけなくなったのか？ そんな弱気でどうする。これから先、こんな事は何度でもあるんだぞ。もっとタフになれ」

藤原は何も言わず、キャップの縁に軽く手を触れただけだった。小走りにマウンドを降りると、スタンドからまばらな拍手が巻き起こる。藤原用の「K」ボードをフェンスにかけていた子供たちが、つまらなそうにボードを片付け始めた。

ベンチに腰を下ろし、水を飲んでいると、ウォーマックが音もなく近づいて来た。「どうした、ガソリンが切れたのか？」

「そういうわけじゃない。あと百球ぐらいはいける」実際は、ガソリンが切れかかっていた。

「でも、あんたのボールじゃなかったぞ、この回は」

「俺は一人で野球をやっているわけじゃないんだ。いいから、黙って見てろよ」

二人は、マウンドに目をやった。サウスポーのジョンソンが、小気味良いテンポで投球練習を続けている。しかし、小気味良いのは彼の投球フォームだけで、投球練習そのものは決して良いテンポとは言えなかった。中継ぎで出てくるこのサウスポーのボールは大変な癖球で、内に外にくねくねと切れ込んで行く。しかもコントロールが良くない。一球ごとに常盤はボールを落とし、ジョンソンは苛々しながらボールが返って来るのを待っていた。

「おいおい」ウォーマックは前のベンチに両肘を預けた。「まさか……」

「いいから、黙って見てろよ」藤原は、ウォーマックの頭に自分のタオルを被せた。ウォーマックは、KOされたボクサーのようにタオルに埋もれたまま、じっと常盤の動きを見ている。

プレイボールがかかったが、サインがなかなか決まらない。ジョンソンは不機嫌そうに顔を歪めると、何度目かのサインでようやく首を縦に振った。常盤は、遠慮するように外角に構える。何の工夫もないストレイト。バッターは迷わずバットを振り抜き、打球は三遊間の深い所へ飛んで内野安打になった。ジョンソンは、怒りを隠そうともしないでマウンドの土を蹴飛ばす。次の打者を迎えても、まだサインが決まらない。ジョンソンはタイムを取り、常盤をマウンドに呼び付けた。口元をグラブで隠しているが、かなり険悪な様子だ。常盤は、腰にミットを当てたまま、黙って話を聞いている。藤原には、二人の会話の内容が簡単に想像出来た。「どうして内角に投げさせないんだよ」「逃げてどうするつもりだ」「お前、八百長でもやってるのか?」など。

サインを交換するのをやめたのか、ジョンソンはプレイボールがかかると、次の一球をすぐに投げ込んだ。右打者の膝元へ沈みながら切れ込んでいくスライダー。バッターは思わずコメディアンのように大袈裟に腰を引いたが、常盤の動きはそれよりも遥かに滑稽《こっけい》だった。座ったまま踊るように身を乗り出すと、ボールのコースに体を投げ出し、何とか胸で止めた。藤原とウォーマックは黙って顔を見合わせる。次の一球も、内角へ曲がり落ちるスライダーだった。今度は抑え切れない。バットは回ったが、ボールは常盤のミットも掻《か》い潜《くぐ》り、バックネットに向かって転がって行った。一塁走者は楽々と二塁に達する。

「おい」ウォーマックは複雑な表情で藤原の顔を見た。「そういう事か？」

「そういう事だ」藤原は、ウォーマックの頭からタオルを取り上げると、自分の頭に被せた。目の前で起こる惨劇を、直に見たくはない。

「俺のポジションはまだまだ安心という事か？」

「これからもよろしく頼むよ」藤原は溜息と一緒に言葉を吐き出した。

「俺は構わないし、その方が有り難いが……」ウォーマックは肩をすくめた。「日本では、キャッチャーの練習はしないのか？」

「そういう問題じゃないと思う」

「野球が出来ないってわけじゃないよな？　そんな奴に、あんな馬鹿でかいホームランが打てるわけはない」

「よく分からん」

「冗談じゃない。奴《やっこ》さん、ア・リーグに行くしかないんじゃないか？」

パスボールがさらに二回続き、ミラーもここに来てようやく何が起きているのかを悟ったようだった。ゆっくりと首を回すと、藤原の顔を見る。藤原は、俯き加減に首を振るだけだった。ミラーはぽかんと口を開けて自分の腹を撫でていたが、やがてそそくさと立ち上がり、傍らにいた控えのキャッチャーの背中を叩いた。選手交替を告げるために、またウォームアップジャケットを脱ぐ。背中にどっしりと疲労を背負っているように見えた。

常盤が、肩を落としたままベンチに戻ってくる。レガースを外すのも忘れ、ベンチの一番隅に腰を下ろした。藤原はゆっくり彼に近づくと、隣に座る。常盤の目には涙が浮かんでいた。

「泣くな、みっともない」

「駄目です、俺は」鼻を鳴らしながら常盤は言った。「ここまで誤魔化せたのが奇跡なんだ」

「お前みたいな奴がキャッチャーをやっていて、どうして甲子園で優勝出来たんだ?」

「去年の夏までは大丈夫だったんです」

「何だよ、それ」藤原は首を振った。

「俺、日本に帰ります」常盤はのろのろと言った。「やっぱり、無理だったんです。調子に乗って、こんな所に来るんじゃなかった」

その時、ベンチが一斉に空になった。かりかり来ていたジョンソンが、いきなり相手バッターの首の辺りに力のあるボールを投げ込んだのだ。マウンドとホームプレートの中間で揉み合いが始まっている。藤原も、一番最後にベンチを飛び出した。

乱闘騒ぎはすぐに終わったが、ベンチに戻りかけた藤原は、異様な光景を目にした。常盤が頭からタオルを被り、肩を震わせている。泣いているわけではなかった。この場にいる誰一人として感じていない恐怖に感染し、全身をぶるぶると震わせているのだ。

「常盤？」藤原は常盤の顔を下から覗き込んだ。目が虚《うつ》ろで、蒼くなった唇が震えている。尋常ではない。

藤原は、常盤に付き合ってロッカールームに戻った。球場の雰囲気が伝わらなくなると、彼はようやく落ち着きを取り戻したようだった。自分のロッカーの前で膝の間に頭を落とし、がっくりと全身の力を抜く。

「何なんだよ、お前」

「藤原さん、相手の頭に向かって投げた事、ありますか？」

「それは、あるよ」藤原は即座に答えた。「内角はピッチャーのものだ。それが理解出来ないバッターには、頭に投げて教えてやらなくちゃいけない」

「甲子園の後……国体で、俺、内角に投げさせたんですよ。ちょっと高い位置に投げて、脅かしてやろうと思って。それがすっぽ抜けて、バッターの顎に命中したんです。うちのピッチャー、百五十キロ出ましたからね。顎が砕けて……血が飛び散って、俺のミットの中に、歯が二本、入ってたんです。相手の選手は、今でも流動食しか取れないそうです」

藤原は、顔が蒼くなるのを感じた。「お前、それで――」そんな事があり得るのだろうか。相手バッターにぶつけたピッチャーが、内角を攻められなくなるのは分かる。しかし、キャッチャーが内角攻めを恐がるようになるとは。

「怖いんですよ。また、目の前であんな事が起きたら……あれ以来、まともにキャッチャーの練習もしていなかったんです」

「打つ方は大丈夫なのに？」

常盤は鼻をすすり上げながら、か細い声で言った。「俺、日本に帰ります。大丈夫だと思ったんだけど……あの血が、今でも目に浮かんで。怖くて、内角は攻められない」

ああ、こいつも俺と同じかもしれない、と藤原は思った。何かを背負い込んでしまったという意味で。もちろん、中身は全く違うが、これを乗り越えないと腐った人生を送るであろう事は共通している。

「日本に帰ったって、お前を雇うチームなんかないよ。やるしかないだろう、ここまで来てしまったんだから。死ぬ気で練習しろよ……俺も付き合う」

自分の口からそんな台詞が出た事に、藤原は驚いていた。元々、喜んで他人に手を貸すような人間ではないはずなのに。なのに、何故かこの男は放っておけない。多分、あまりにも純粋で、子供っぽくて、それでいてバッティングセンスは人一倍優れているからだ。何とかしてやりたい、伸ばしてやりたいと思わせるところがある。

それに、負け続けているフリーバーズには、この男のバッティングが必要なのだ。このまま埋もれさせてしまうわけにはいかない。そして何より、この男が朽ち果ててしまうのが怖かった。どこか自分と似たような問題を抱えるこの男が悩むのを見るのは、鏡の中で朽ち果てる自分の姿を見るようなものかもしれない、と藤原は恐れていた。

ミラーがロッカールームに戻って来た。試合中だというのに、何をしているのだろう。

「退場だとさ」ミラーはしわがれ声で言うと、スチール製の椅子を蹴飛ばした。しかし、それですっきりしたようで、椅子を丁寧に戻すと、どっかりと腰を下ろした。葉巻に火を点ける。煙の向こうから、二人に視線を送っていた。

「話してみろ」

「何をですか」藤原は惚《とぼ》けた。

「阿呆。俺に隠し事はなしだ。いいか、俺は腹に何も持っちゃいない。俺が考えているのは、このチームを強くして、一人でも多くの選手をメジャーに押し上げてやる事だけだ。それが俺の給料に直接響くんだからな」

「何でもありません」

「お前さんの人生相談には乗れないが」ミラーは葉巻の先をまじまじと見詰めた。「野球の事なら何でも聞いてやる。俺は、ここのダグアウトに座っている誰よりも、野球についてはよく知っているんだ」

藤原は溜息を吐くと、常盤の頭にタオルを被せた。そうして、彼が知りうる限りの事情を話した。ミラーは頷きも、瞬きもせずに話を聞いていたが、藤原が話し終えると、両の拳を太腿に叩き付けた。

「何とかなる。いや、何とかする。俺は、プロフェッショナルだ」

ゲイムが終わって選手通用口から出ると、藤原は一人の男と出くわした。最初、過去の記憶の中でもやもやとした雲のような形を取っていた彼の顔が次第に固まり、同時にその顔に名前が貼り付いた。

「水谷《みずたに》？」

「よく覚えてたな」水谷亮《りょう》は口の端を歪めるようにして笑った。「十何年ぶりだぜ」

「お前みたいな男の事は忘れない」

「どうして？」

片腕がないからだ、と言い掛けて、藤原は口をつぐんだ。そこにあるはずの腕がない事をジョークの材料に出来るほどには、藤原は水谷と親しくはなかった。

「何だ、水谷じゃないか」藤原の背後からひょいと顔を突き出し、ウォーマックが言った。

「ネタ探しか？」

「いや、そういう訳じゃないんだが」

藤原は少しだけ混乱した。藤原が水谷と知り合いだったのは学生時代の事で、卒業してから彼が何をしていたのかは知らない。しかしウォーマックと水谷は顔見知りのようである。アメリカで？　ネタ探しとはどういう事だ？

藤原は、ようやく事情が飲み込めた。こんな所で遊んでいるわけではないだろうし、藤原の応援をするためにわざわざアメリカに来たとも思えない。

「お前、記者でもやってるのか？」

「フリーだ」水谷は名刺を差し出し、藤原は慎重にそれを受け取った。名前と電話番号、メールアドレスが書いてあるだけの簡単なものである。「五年前からこっちにいる」

「ニューヨーク？」

「ああ。スポーツの取材をするにはいい街だな。元々、バスケットとフットボールが専門なんだ。でも、最近は野球の取材も多くなった」

「で、今日は何だい？」

「随分なご挨拶だな」水谷は、また唇を歪めて笑った。その歪んだ表情が、失われた左腕と同様、交通事故の後遺症であるという事を藤原は思い出した。大学二年の時だった。酔って自転車に乗っていた水谷は、歩道から転げ落ち、そこへトラックが突進して来た。数日後、病院のベッドの上で彼は、「酔っていたので痛くも何ともなかった」と強がりを言ったものだが、その事故で片腕を失い、顔の神経も傷めた。目が勝手に引き攣ると愚痴を零して、キャンパスでも巨大なサングラスをしていた。今でも唇は、彼の意思とは関係なしに引き攣るようだ。

「まさか、取材じゃないだろうな」藤原は自分から彼との間に線を引いた。「苦手なんだよ、取材されるのは」

「苦手？　仲間の記者連中からは、無愛想なだけだって聞いてるけどな」

「自己表現が下手だ、と言ってくれ」

「おいおい、日本語で喋られても分からんよ。まさか、俺の悪口じゃないだろうな」ウォーマックが割り込んだ。

「ああ、すまん」藤原は苦笑いを浮かべた。その後を水谷が引き取る。「丁度いい。あんたたち、最近つるんでるのか？」

ウォーマックは親しげに藤原の肩を抱いた。「ジャージーシティの黄金バッテリーとは俺達の事だ」

「おいおい」藤原は巨大な手を摑んで肩から引き剝がした。彼の顔のすぐ近くまで顔を寄せると「俺はともかく、お前さんがいつから黄金を名乗れるようになった？」と言った。

途端にウォーマックは分厚い口をへの字に曲げた。「分かってるよ、キャップ」

「とにかく、藤原に話があるんだ。ウォーマックにも聞いてもらった方がいいかもしれない」

藤原はウォーマックと顔を見合わせた。

スタジアムの近くにあるピザショップで、特大のペパロニのピザとバドワイザーの六本パックを買い込み、三人は藤原の部屋に戻った。藤原は、常盤も誘おうかと思ったが、結局やめにした。スタジアムを出る時には、まだシャワーも浴びずにユニフォーム姿のままで、ロッカールームの床の模様を眺めていた。しばらくは声をかけない方がいいだろう、と藤原は思った。少し悩んだ方がいい。助けを求めて来た時には手を貸してやろう。助ける用意はある、とはっきり言っておいたのだ。そのうち、恥ずかしそうな表情で泣き付いてくるだろう。

三人は、直に床に座った。荷物も家具も多くない。やはり事故の後遺症なのか、水谷は胡座《あぐら》をかけないようだった。左足を投げ出すように座り、体を傾ける。

「こいつは、とにかくしつこいんだ」ウォーマックは水谷をちらりと睨むと、缶ビールを長く一口飲んで、小さくゲップを漏らした。

「そうなのか？」藤原はちびちびとビールを啜りながら、二人を交互に見た。水谷は、ミネラルウォーターを飲み、藤原とウォーマックのやり取りをにやにやしながら眺めている。

ウォーマックは頷いた。

「あんたがこっちへ来る前だよ。俺達にべったりくっついて、根掘り葉掘り聞き出そうとしていた。俺がどんなパンツをはいてるかとか、女房の髪の色は何色かとか、そんな事までね。それと野球と、どんな関係がある？」

「日本では、そういう事が読者の興味の的なんだ」水谷が涼しい顔で言った。

「日本人の考えてる事は分からん」ウォーマックはピザを手に取ると、顔を傾けて、流れ出すチーズを口で受け止めた。

水谷は藤原の方に顔を向けて言った。

「今『スポーツ・ウィークリー』に書いてるんだ」

ジャパン・ソフトの関連会社が発行しているスポーツ誌は、言わばフリーバーズの機関誌である。

「そうなのか？　気付かなかったな」藤原もピザに手を伸ばしながら言った。ウォーマックは、既に二切れ目だ。

「お前は字なんか読まないだろうが」水谷はにやにや笑いながらピザを取り、半分に折り畳むようにしながら口に運んだ。「それはいいとして、半分専属みたいな形でフリーバーズの事を書いている。要するに、宣伝だな。春先は特に、集中的に原稿を送ったよ。下らない話を一杯書き飛ばしたね、それこそウォーマックのパンツの色がどうとか」

「何だか、回りくどいな。お前、自分の仕事を宣伝したいわけじゃないだろう？」藤原は少し苛立った。

「うん。あのな、ジェネラルマネージャーが解任されるかもしれないぞ」

「ジェネラルマネージャーって、坂田さん？」藤原は、思わずウォーマックの顔を見た。ウォーマックは口をもぐもぐさせながら、首を振った。

「俺は知らないよ。会った事もないし」

藤原は入団契約の時に坂田に会っていた。もちろん、彼の現役時代も知っている。尊敬している、と言っても良かった。坂田の端整な、しかし意志の強そうな顔を思い出し、藤原は胸が少しだけざわつくのを感じた。

「どうして。成績不振か？」

「ま、そういう事だ。それとお前、オーナーの受けが悪いようじゃないか。何か身に覚えはないか？」

「知らんよ」渋い顔で言いながら、藤原には思い当たる節があった。マスコミ対応。いつもにこやかに、自分を売り込め。冗談じゃない。俺にそんな事が出来るか。野球とは全然関係ないのに。もしかしたら、取材に対して無愛想にしていたのが、オーナーの耳に入ったのかもしれない。

「それよりどうなんだ？　今日のピッチングを見ている限りじゃ、お前もスタミナ面で問題がありそうじゃないか」

「そんな事はない」そう言ってから、藤原はビールを一気に飲み干した。「俺は大丈夫だ」

「だって、七回に入ってからいきなり打たれ出したじゃないか」

「俺のせいじゃない」

「だって……じゃあ、何なんだ？」

「企業秘密だ」藤原とウォーマックは、何の合図もなしに、揃って同じ台詞を口にしていた。

4

「人は我慢する方法を覚える。いや、我慢しているようなふりをする方法を覚える。やがては、胸の中は煮えたぎり、握った拳がわなわなと震えていても、笑顔を浮かべる事すら出来るようになる。

もしも今そのような状態にあるとすれば、あなたは本物のフリーバーズファンになりかけている。

フリーバーズは、生まれて間もないチームなのだ。あるいは、まだ巣から飛び立ってさえいないのかもしれない。私たちに出来る事と言えば、温かく見守る事だけだ。

——と、ここまでは、物分かりの良いベテラン野球記者のモノローグである。五十年近い野球ファンとしては、そろそろ爆発せざるを得ない。

何をやってるんだ、フリーバーズは？

彼らは、ブロードウェイにもそっぽを向かれそうなドタバタ芝居を続けている。打てない、守れない、走れない。大人の中に紛れ込んでしまった子供のように、怯え、慌てふためいている。

翻って、私たちには3Aの情報が入ってきている。ハドソン川を隔ててジャージーシティに生まれた弟分は、かなりと言って良いぐらいの健闘を続けているではないか。活きの良い若手、すぐにでもチームに貢献出来る中堅の選手が揃っている。

先日、フリーバーズのタッド河合監督は、『選手を入れ替えてリフレッシュを図るべきではないか』という私の質問に対して、『シーズンは始まったばかりだ。チームの状態は上向いている。しばらくは、同じ戦力でいきたい』と説明してくれた。

だが私は、この説明に納得出来ない。河合は、選手としてのキャリアのほとんどを日本で送っている。あるいは日本の野球は、チームの和を尊び、仲良くプレイする事が大事だ、という哲学の下で行うものなのかもしれない。あるいは、勝敗よりもゲイムの過程の方が大事なのか。

しかし、敢えて声を大にして言いたい。ここはアメリカなのだ。あなたたちが戦っている舞台は大リーグなのだ。才能のある者、人より秀でた者だけが生き残れる世界では、ありとあらゆる手段を使っても勝たなくてはならない。そうでなければ、嘲《あざけ》られ、踏み潰され、ゴミとして処理されるだけだ。

ニューヨーク中のフリーバーズファンを代表して忠告する。フリーバーズのスタッフは、ハドソン川の対岸に目を向けろ。そこには、泥に塗《まみ》れた宝石が埋もれている。今こそ掘り出し、マンハッタンの夜の中で光らせるべきだ。

ミスター河合、我々は、いつまでも待てないのだよ」

「このコラム、何か裏の意味でもあるのかな？」藤原は、床に広げた「ニューヨーク・タイムズ」のコラムを指差した。

水谷は記事を覗き込むと、「ああ、スミスね。それはないだろう。彼は、単なるフリーバーズファンだよ」と言って首を振った。

「こんな大御所にファンになってもらえるとは、フリーバーズも幸せだな」

「そうだな」水谷は顔の前で人差し指を振った。「この人は、本当に野球フリークなんだ。ジャイアンツとドジャースがニューヨークにいた頃からのファンだし、メッツがワールドシリーズで優勝した時には、ブロードウェイでストリーキングをやって逮捕された事もある」

「という事は、単にハッパをかけてるだけなのか？」

「弱いチームが好きな奴なんていないよ」水谷は皮肉っぽく言った。

「俺もそう思う」ウォーマックが他人事のように同調した。

「なあ、藤原、気をつけろよ」水谷は、なくなった左肩の辺りを掻くような仕種を見せた。

「気をつけるって何を？」

「オーナーがこっちに来るんだよ。あのオーナーは、絶対に何かやらかす。俺は会って話した事があるけど、かなりエキセントリックだ」

「エキセントリック？」藤原は水谷の顔を見詰めた。相変わらず奇妙に歪んでいるように見えるが、表情は真剣だった。

「そう、あるいは、英語ではフリークっていうのか？」水谷はゆっくりと水を飲みながらウォーマックに尋ねた。

ウォーマックは肩をすくめた。

「俺は、我らがボスに会った事はない。だいたい、あっちのフリーバーズと俺達とは別のチームなんだから。しかし、本当にフリークって言うのなら、相当なものだよ。六〇年代のカリフォルニアだったら誉め言葉になったかもしれないが、この時代、しかもニューヨークじゃ、ニュアンスが違う」

少し酔ったウォーマックのお喋りを、藤原は途中で遮った。

「フリークって、具体的にはどんな風に？」藤原は、オーナーとまともに話した事は一度もない。いつも愛想笑いを浮かべた小柄な中年男、という程度の印象しか残っていなかった。

水谷は肩をすくめた。

「会えば分かるよ。とにかく、あのオーナーはニューヨークでも一騒動起こすような気がするんだ。お前、昔から喋らないで損をしてる所があるからな。だけどオーナーは、選手に喋ってもらいたがっている。愛想良くしろとは言わないけど、少しは考えろよ」

藤原は、不吉な予感を覚えていた。しかし、オーナーに電話を入れて、「何かやらかすつもりですか？」と尋ねるわけにはいかない。待ち受けるトラブルの中心に巻き込まれないように、と祈るだけだった。つまらない事で躓《つまず》きたくはなかった。

「どうしてこんなに寒いんだ？」空港の外に出て開口一番、西山が吐き捨てるように言った。用意の良い大越は、薄手のコートを着込んでいる。ニューヨークの向こう一週間の天気と最低気温の予報は、インターネットでチェック済みだ。サマーウールのスーツ姿の西山は、大袈裟に肩を抱きながら震えていた。大越を、羨ましそうな顔で見る。が、大越は西山の視線をすっと避けた。

「どうしますか？　今日はナイトゲイムですから、試合開始まではまだ時間がある。先にホテルにチェックインしますか？」

「ああ、それは後でいい。確か、二軍の球場がこの近くにあるんじゃないか？」

「二軍じゃなくて、３Ａです」

「そんな事はどうでもいい」西山は苛ついた口調で言うと、周囲を見回した。「ちょっと見てみよう。良い選手がいるらしいじゃないですか。この目で確認しておけば、後で坂田にプッシュする時の材料にもなる」

「結構ですよ。では、行きますか」大越はスーツケースを引きずって、タクシー乗り場に向かった。クソ、この馬鹿でかい荷物をどうしたらいいんだ？　早めにチェックインして、ナイトゲイムまで一眠りするつもりだったのに。西山は、実にタフだ。飛行機の中でもほとんど寝ないで書類に目を通していたのに、たっぷり八時間寝た後のように張り切っている。それに比べてこっちはふらふらだ。ベッドが恋しい。

しかし、迎えに来た「ジャパン・ソフト」ニューヨーク支社の若い社員がハンドルを握る巨大なシボレーを見つけると、ようやく元気が出てきた。西山の荷物までトランクに積んでやると、若い社員に「ジャージーシティ・パークへ」と告げた。そして、少しだけわくわくしている自分に気付いて驚いた。野球のある場所。俺が唯一気の抜ける場所だ。3Aのチームにも応援歌を作ってやるべきだろうか？　あるいはマスコットは？

馬鹿馬鹿しい。しかし、これから野球の行われる場所に行くのだ、と考えただけで泡のように浮かんで来る浮ついた気分は、どうしても消せそうになかった。


試合は七回まで進んでいた。西山が、真面目な顔で球場の係員に身分を明かしたが、若い女性の係員は、フリーバーズのオーナーの来訪にもさほど驚きはしなかった。つまらなそうな顔をして、眉を上げただけである。西山はその様子を見てまた愚痴を零したが、大越は笑いを嚙み殺すのに苦労した。

客席はほぼ埋まっているが、のんびりした雰囲気が漂っている。気温は低いが、陽射しは強い。大越が、思わず目を細めてその強い陽射しに慣れようとしている間に、フリーバーズのピッチャーが相手バッターを三振に切って取り、静かだったスタンドは、誰かがスウィッチを入れたように一斉にどっと沸いた。

「誰だ、今投げてるのは」西山は眉の上に手を翳《かざ》して陽を遮ると、マウンドを眺めた。

「藤原ですよ」大越にはすぐに分かった。力感溢れるピッチングフォームは、一度見たら忘れる事が出来ない。なのに、西山には見分けがつかないらしい。この男は、本当は野球になど興味がないのではないか、と大越は訝った。

「ああ、藤原ね」

「覚えてるでしょう？」

「ああ」西山は近くのシートに窮屈そうに腰を下ろした。「思い出した。随分変わった奴だった。ま、ついでに取った選手だからな、どうでもいい。やはり、スター候補は常盤だよ」

「藤原は無口なだけですよ」

「そうそう、きちんと喋るように言っておいたのに、あいつだけはノーコメントばかりだったな。けしからん奴だ。チームのイメージが壊れる」

どうも我が社長は、野球選手に一つの典型的なイメージを当てはめようとしているようだ、と大越は思った。若く、快活で、礼儀正しい。確かに藤原は、その条件の全てから外れている。盛りを過ぎたと言っても良い年齢だし、むっつりしているのだから。

「でも、実力は評価しないと」

西山は、不愉快そうにふん、と鼻を鳴らすと、マウンドに、次いでスコアボードに視線を移した。七回まで、両チームともゼロ行進を続けている。ビジターのポータケットは、まだ一安打だった。

藤原はポータケットの四番バッターを速球でツーストライクまで追い込み、胸元にさらに速いボール、嚙み付くように唸りを上げるボールを投げ込んで、空振りの三振に切って取った。大越はスタンドの観客に合わせて拍手をしたが、西山は不機嫌そうに腕を組み、そっくり返りながら顔をしかめただけだった。

二人が座っているバックネット裏からは、スタジアム全体がよく見渡せた。ライトスタンドのフェンスに、子供たちが赤いマジックインキで書いた「K」のボードをぶら下げている。今また、新しく一つ加わって……大越は目を細めて数えながら指を折った。十四個。俺がもう少し若かったら口笛を吹いているところだ、と思った。七回途中で十四奪三振。飛ばし過ぎではないか、とも思えたが、そうではないようだ。藤原はむしろ、軽々と投げているように見える。八分程度の力で、簡単に相手を手玉に取っているようだ。

実力が違い過ぎる。それは大越の目にも明らかだった。多分、近いうちに藤原も上に上がるだろうな、と思った。監督の河合は放っておかないだろう。

七回も零点に抑え、藤原は軽い足取りでベンチに戻って行った。

「どうですか、藤原は」大越は西山に水を向けた。

「どうって、点を取られていないんだから、いいんじゃないのか」西山は組んだ両手に顎をのせた。前の席で子供が三人立ち上がり、笑いながら椅子の上でダンスを踊っている。「見えないな」と文句を言いながら、西山は体を捻った。

「七回までで十四奪三振です。仕上がりは上々ですね」大越は、西山の不満そうな顔をちらりと盗み見て言った。

「大越さん、いつから野球の専門家になったんですか」西山が冷ややかに言ったが、大越はそれを簡単に受け流した。

「素人の私が見ても分かるんですから、本物なんでしょう」

「ふん」西山は大欠伸をして、目を擦《こす》った。「そんなに調子がいいなら、さっさと上に上げればいいでしょう？　フリーバーズのピッチャーは、どいつもこいつも役立たずなんだから。あいつが上で通用するようなら、すぐに上げるべきです。だいたい、日本人選手を優先的に使うのは、うちの方針なんだから」言葉とは裏腹に、大越には、西山が藤原のメジャー昇格を望んでいないように聞こえた。しかし、調子は合わせなければならない。

「そうでした」大越は小さな声で呟くと、グラウンドに目を転じた。そこを見ている限り、大抵の嫌な事は忘れられる。

七回の裏は、藤原からの打順だった。ミラーが、突き出た腹を揺すりながらベンチを出て、代打を告げる。西山は身を乗り出して、ベンチの中を覗こうとした。

「何だ、交替か。怪我でもしたのか？」

「違うでしょう」

「調子が落ちて来たのかな」

「多分、予定の球数を超えたんじゃないですかね。アメリカではよくある事ですよ」

「だったら、完投なんて出来ないだろう。ピッチャーはやはり先発完投だ」西山が大真面目に言った。

「完全分業制で、先発ピッチャーはきっちり中四日で次の試合に出て来ます」

「随分勉強してるんですね、大越さんは」西山が皮肉混じりに言った。

「いや、社長に負けないようにと思いまして。いろいろと本も読んでいます」

「あんたは、日経しか読まないものかと思っていましたよ」

「野球は巨大ビジネスですし、それが大リーグともなればなおさらですからね。いろいろと勉強になります。私が今まで経験した事のない世界ですから、勉強する事も沢山ありますよ」ああ、俺は何を言ってるんだ、と大越は臍《ほぞ》をかんだ。野球に関しては、もっと純粋でありたい。野球は、ビジネスと言い切るにはあまりにもスポーツ然としている。あるいは逆かもしれないが。

「じゃ、大越さんの勉強の成果を教えて下さい。ボロ雑巾のように弱いチームがあったとしますね？　手っ取り早く勝つためにはどうしますか？　一番効果的な方法はなんだろう」

大越は自分の手の甲に視線を落としながら言った。

「方法は、幾らでもあります、金さえかければ」

西山はぼんやりと頷き、言った。

「そう、金さえかければ、ね。でも、金をかけなくても出来る事はある。智恵を出すとか。それをやらずにサボっている人がいるようだね。大リーグのチームで一番力を持っているのは誰ですか？　ジェネラルマネージャーでしょう。そのジェネラルマネージャーが仕事をしない時は、どうするのかな。オーナーっていうのは、さほど力はないようだけど、一つだけ権限があるはずですね」

「……ジェネラルマネージャーに対する人事権？」

「そう、坂田の奴、どうしてあんなに意固地になるのか、俺には全然分からんな。お、代打も日本人か。ああ、あの坊やだな。よしよし」

西山は目を細めて打席に目を注いだ。社長お気に入りの常盤だ、と大越は皮肉に思った。ポータケットのピッチャーが初球を投げ込むと、常盤は内角に食い込んで来たボールを、ぎりぎりまで呼び込んで思い切り引っ張った。切れない。打球はピストルから発射された弾丸のように、凄まじいスピードでライトスタンド中段に飛び込み、スタンドの人垣を真っ二つに割った。大越は舌を巻いた。プラスチック製の椅子を直撃する音が、バックネット裏まで聞こえて来る。

「ほう」西山は溜息を漏らし、大きく頷いた。「いいぞ、やはり、常盤はいい。私が見込んだだけの事はある」

「パワーはありますね」

「大した物だ。まだ若いのに」

「まだ十八ですからね。この三月に高校を卒業したばかりです」

「分かってるよ、そんな事は」西山は面倒臭そうに顔の前で手を振った。「すぐに上へ上げさせよう。若い選手が入ってくれれば、皆ハッスルするでしょう」

「そう、ですね」何か納得がいかなかったが、大越は反論出来なかった。

試合は、フリーバーズが残り二イニングに二人のピッチャーを送り込んで、最小得点差のまま逃げ切った。ゲイムが終わる頃には、西山はすっかり上機嫌になっていた。

二人は薄暗いスタジアムの専用通路を歩き、監督室でミラーに面会を求めた。額にうっすらと汗をかいたミラーは、フリーバーズのオーナーとその片腕が来ていると聞かされ、最初驚いた表情を見せたが、それも一瞬だった。長年、マイナーリーグの埃と熱を吸い込んで生きて来たこの男は、少々の事では感情を露にしないようだ、と大越は思った。ミラーが、監督室の粗末なソファを二人に勧める。自分は折畳式の椅子に座り、二人に向き合った。

「今日は、ナイスゲイムでした。藤原も常盤も、好調ですね」

英語を喋れない西山の代わりに大越が言うと、ミラーはにこりともせずに「ありがとう」と言った。

「さっそくですが、オーナーは、常盤を上に上げるように、と言っています」

「上からは何も指示はない」ミラーは自分の爪をじっと見ている。

「ですから、オーナーの希望で」

「選手が必要なら、河合かジェネラルマネージャーが何か言ってくるはずだ。今の所、何も聞いていない」

「しかし」

「しかし、じゃない」ミラーは不機嫌そうに鼻を鳴らして顔を上げると、「あなたたちは、今までうちのチームの試合を見た事がありますか」と逆に聞いて来た。

「先ほどニューヨークに着いたばかりです。ここに来るのは、これが初めてです」

「俺は、春先からずっと、このチームと一緒にいる。選手とは、毎日のように顔を突き合わせて来た。その俺が言うんだから間違いないが——やはり、まだ早いと思う」

「何だって？」西山が、不安そうな表情を浮かべて大越の方に体を寄せて来た。大越は「ミラー監督は時期尚早だと言っています」と小声で言った。

「フリーバーズには常盤のパワーが必要だ、と言ってやれ。それも今すぐに」

大越はその通りに伝えた。しかし、ミラーは首を振るだけだった。その意味は、西山にも十分過ぎるほど分かった。大越の袖を引っ張りながら、咆《ほ》えるように言う。

「オーナー命令でも駄目だと言うのか？」

ミラーの方でも、険悪な雰囲気をいち早く察知したようだった。それでも、引き下がらない。

「常盤は、まだコンディションが十分に整っていない。今上に上げたら、絶対にパンクする。万全の状態にして、それから上に上げるべきだ。あの若者は確かに才能があるし、長く活躍出来る選手だとは思うが、もう少し準備期間が必要だ」

大越は、ミラーの言葉をそのまま西山に伝えた。西山の耳がみるみる赤くなる。しかし、ミラーも引きそうにない。西山が、言い出したら聞かない駄々っ子のような男だという事はよく知っていたが、ミラーも相当の頑固者である。大越は、この場はミラーを立てる事にした。現場の人間に反感を持たれたくなかったからである。

「分かりました。とにかく、出来るだけ早く常盤を上に上げるように、検討して下さい」

「河合かミスター坂田が要求してきて、その時にコンディションが良ければ、ハドソン川を渡ってもらう」ミラーの答えは変わらなかった。

「何だって？」西山が苛々した口調で大越に尋ねた。

「検討するそうです。それよりも、坂田さんに直接話した方が良さそうですね。ジェネラルマネージャーの命令には従う、という事です」

「よし、いいだろう。坂田なら、俺の話を聞く。どうも俺は、アメリカ人は苦手だ。自分に都合の悪い事だと、徹底して抗弁するからな。今回の件は忘れない、と言っておいてくれ」

大越は、訝しげな表情を浮かべているミラーに向き直ると、「趣旨はよく分かった、と言っています。二人の事をよろしくお願いします」と告げた。常盤だけではなく藤原も、という願いを込めて。大越は、藤原をこのまま3Aに埋もれさせてしまうつもりはなかった。西山は、下手をすると藤原を飼い殺しにしてしまうかもしれない。あれだけのピッチャーだ。西山の目をかいくぐってでも、メジャーに昇格させてやりたい。

ミラーがようやく表情を崩し、立ち上がると、二人に握手を求めた。西山の顔にも、とって付けたような笑顔が浮かんでいる。何とか無事に済んだな、と大越は胸を撫で下ろした。しかしそれも一瞬で、今夜にも坂田と面倒な話し合いを持たなければならないと思うと、胃が痛くなって来た。板ばさみになるのはごめんだ。だが、どう考えても俺の役目は西山と坂田の間に挟まるクッションでしかない。

夕闇が近づく頃、西山と大越はマンハッタンのミッドタウンにあるホテルにチェックインした。別々の部屋に分かれて一人になると、大越はようやく一息ついた。ネクタイを外し、ズボンも脱いでベッドに横になる。柔らかいベッドに体が沈み込み、思わず眠りに引き込まれそうになった。しかし、何とか目をこじ開けるとベッドから降り立ち、部屋の窓から街並みを見下ろす。と言っても、実際に見えるのは隣のオフィスビルの壁だけだ。何と素っ気無い光景なのだろう、と大越は思った。しかし、この街にも野球がある。そう考えると、無機質なその光景が、天国の入り口にも思えてくる。

大越は、街の光景を眺めながら、西山の経歴を頭の中で思い出していた。

西山大典は、一九五七年、甲府市で生まれた。子供の頃から喘息《ぜんそく》気味で、家に閉じこもりがちな子供だったが、勉強だけはよく出来た。長じて東京工業大学に進み、情報処理を学ぶ。卒業後は日本ＩＢＭでプログラマーとして働いていたが、三十歳で独立すると、現在のジャパン・ソフトの前身となる「ＮＤプロジェクト」という小さなソフト製作会社を興した。

「ＮＤプロジェクト」は社員五人ほどの小さな会社で、社長の彼が一番躍起になって働いた。やがて、八〇年代の終わり、世がバブル景気に踊り始めた頃、表計算ソフト「Ｊカルク」のヒットで一気に業績が上向く。事業所を中心に爆発的な売り上げを記録し、事業基盤が出来上がった。九〇年代に入ると社名を「ジャパン・ソフト」に変更し、その頃には社員も百人を数えるようになる。それまで、渋谷の小さな貸事務所で細々と営業していたのが、すぐ近くにあるビルのワンフロアを借り切るようになり、さらにその二年後には渋谷区初台《はつだい》に自社ビルを持つまでになった。倍々ゲイムどころではなく、業績は年ごとに二乗のペースでアップしていった。

西山はプログラマーとしても優秀だったが、それ以上に経営者として人使いが上手かった。それは主に、父親からの影響である。甲府で明治時代から続く八百屋だった彼の父、大尚《ひろなお》は、一代で街の八百屋から、山梨県内に広くチェーンを展開するスーパーマーケットグループのオーナーに成り上がった。どちらかと言えばのんびりして、適当に業績を守って食べていければ良い、という生ぬるい家風を一掃したのが、大尚だった。激しいワンマン経営者で、家に腰を落ち着ける事なく県内の店を回り、視察を続ける。品物の陳列が悪いと言っては自ら腕まくりしながら並べ替えた。サービスが悪いと苦情が来れば、すぐに店長の首を挿《す》げ替える。そうやって組織を引き締め、グループの業績は着実に伸びていった。

西山は、その父の背中を見て育ったのだろう。経営に対する姿勢は厳しかった。しかし西山は、硬軟両面の態度を使い分ける事が出来た。

「軟」とはつまり、金である。西山が日本IBMを退社して独立する頃、丁度父が脳溢血《のういっけつ》で死んだ。グループを引き継いだのは、まだ三十歳そこそこだった西山ではなく父の弟で、西山は経営権そのものを譲り渡す代わりに、グループの筆頭株主となった。西山グループの業績は堅調を保ち、毎年巨額の配当金が回ってくる。西山は、その金を自分の会社のために

──正確に言うと社員の士気高揚のために──注ぎ込んだ。報奨金という形で。臨時ボーナスという形で。優秀なプログラマー、営業マンには特に重点的に金が投下され、それが人参となって社員の意気も揚がった。新規開拓に成功した営業マンには報奨金三十万円。他人が作ったプログラムのバグを見つけた技術者には二十万円。

それが可能だったのは、西山が全ての情報を自分の元に一元化していたからである。どんなに社員が増えても、彼は一日に一回は社内の各セクションに顔を出し、社員と言葉を交わした。父がそうしていたように。同時に、そうする事で澱《よど》んだ社員を見つけ、容赦なくブラックリストに載せる目的もあった。毎日のように社員の首が飛び、代わりに、より優秀な社員が門を叩いた。これが「硬」の一面である。

順調に業務を拡大するジャパン・ソフトにも危機はあった。バブル経済の崩壊に伴い、九〇年代初頭、取引先の企業が一斉に財布の紐を締め始めた時である。主に企業向けの商品を中心に商売をしていたジャパン・ソフトは、その影響をもろに受ける。

突然窮地に陥った同社を救済するためにメインバンクから送り込まれて来たのが、大越だった。大越は、西山以上の非情さで社員を切り捨て、会社を身軽にした。時には、西山が涙を浮かべて抵抗する事もあったほどだったが、大越は手を緩めなかった。やがて二人の間には、ワンマン社長と、外部から送り込まれて来た立て直し屋という関係を超えた強い絆《きずな》が生まれた、と大越は信じている。

そして、ジャパン・ソフトは立ち直った。大越が辣腕《らつわん》を振るったせいもあるが、インターネットのブームでコンピューターのすそ野が広がり、ジャパン・ソフトの営業対象が企業から個人へと展開された結果である。「Ｊカルク」もワープロソフトの「Ｊワード」も個人向けの商品が開発され、それが爆発的に売れた。

会社がバブル崩壊以前の業績を取り戻し、さらに規模を拡大して行くうちに、西山は以前からの夢に取り掛かった。それがメディアの征服であり、娯楽分野への進出である。大リーグのチームを持つというのは、会社にとって両方の夢を一度に叶える最大のチャンスだった。最初、西山がこの話を持ち出した時、大越は賛成も反対もしなかった。よく、突拍子もない思いつきを口にする男だったし、五分後にはそれを忘れてしまう事も多い。今回もそのような思いつきだろう、と思っていたのだ。だが、西山は程なく自分のアイディアに溺《おぼ》れた。特命を受けてニューヨーク支社が設立され、大リーグ機構や議会に対する根回しも始まった。エクスパンションの時期と重なったのも、西山にとって追い風になった。

大越は一度、西山に「どうして野球なのだ、大リーグなのだ」と正面から聞いてみた事がある。西山はビジネスの可能性をとうとうとまくしたて、日本よりもアメリカの方が可能性が高い、と延々と説明を続けたが、やがて根っこにある本音をぽつり、と漏らした。ガリ勉小僧だった西山は、実は密かな野球ファンだったのだ。事実、高校に入学した時は、親に内緒で野球部の門を叩いている。もちろん入部は許されたが、結局三日で追い出された。初日はキャッチボールの時顔面にボールを受けて。二日目はランニング中に両足を痙攣《けいれん》させてぶっ倒れた。三日目は、球拾いをしている時に喘息の発作を起こして病院に担ぎ込まれたのだ。

「だからガリ勉は駄目なんだ」と馬鹿にされ、「ボールとしてなら使ってやる」とからかわれる。結局、「怪我をさせたくない」という理由で、彼は部から追い出された。

「それが忘れられなくてね」西山はしみじみと言ったものだ。「下手クソだろうが、体力がなかろうが、誰でも野球をする権利はあるでしょ？　俺はその権利を奪われたんだ。野球は、大好きなのに」彼のデスクに飾られた古いボールは、彼と野球とをつなぐ唯一の物理的な懸け橋なのかもしれない、と大越は思っていた。そうだ、これは一種のトラウマだ。そのトラウマが、やや歪んだ形で表われたのが今回の大リーグ進出なのだ、と大越は一人納得した。野球に対して無限の妄想を抱いた、なりそこないの野球少年。まあ、いい。金はある。酷い無茶をしない限り、しばらくはこの玩具で遊んでもらってもいい。

チームを立ち上げる時に西山が見せたリーダーシップは、改めて大越を感心させた。これならうまく行くかもしれない、とも思った。究極の目的は何か？　金儲け？　それは副産物であると信じたい。強いチームを作って、ファンを増やす事だ。たかが日本のベンチャー企業――ベンチャーというには、あまりにも巨大な存在になっていたが――が、ニューヨークに野球チームを持つ。大越にすれば、ドラマを見るようなものだった。この年になって、夢を見させてもらえるとは。大越は、西山に感謝さえしていた。後は、手綱《たづな》を引き締めるだけである。そして、いつか自分がこのチームのオーナーになれたら、と何時の間にか大それた事を考え始めていた。本来、でしゃばらないのが自分の性分だ。しかし、自分が全て自由に出来るとしたら、どうするだろう。もしもそんな日が来るとしたら、俺は思う存分腕を振るう。今までの人生を全て差し出しても構わないとさえ、大越は思った。

深夜に近い時間になっていた。セントラル・パーク・ウェストにある中華料理店の個室でテーブルを囲んでいるのは、西山と大越、坂田と河合の四人。その夜のゲイムは、リバーサイド・スタジアムにジャイアンツを迎えての一戦だったが、関戸がいつ崩れてもおかしくないような苦しいピッチングを続けていたにもかかわらず、珍しく打線が活発で、十二対七で勝ちを拾っていた。関戸にとっては、記念すべき大リーグ初勝利である。

西山は上機嫌だった。次々と料理を運ばせ、赤ワインで流し込んでいる。それを、大越はげんなりした様子で眺めていた。一眠りしたのに時差ボケは回復する兆しもなく、食欲は全くなかった。

「監督、今夜のように打って勝つ試合は気分がいいですね」西山が、スペアリブの炒め物を箸の先で振りかざしながら大声で言った。それを見て、大越は軽い吐き気を覚えた。

河合は野菜の炒め物をワインで飲み下すと、慎重に頷いた。

「今夜のような試合展開だったら、監督はいりません」

「何をおっしゃいますか。監督あってこその野球ですよ。やはり、野球は監督ですね」

「監督が何もしないゲイムこそ良いゲイムです。実際にプレイするのは選手なんですから」

「でも、どの選手にプレイさせるか決めるのは監督ですからね……。どうですか、これをきっかけに、フリーバーズも上昇気流に乗りたいですね」

「いつも、そう願っています」

「そろそろ、いろいろな選手を試してみてもよいのではありませんか？」

来た、と思って大越は思わず身構えた。坂田と視線を合わせると、彼は何かを諦めたように軽く首を振った。

河合は平然とした表情で、豚肉の皿に手を伸ばしている。ゆっくりと料理を味わうと、まっすぐ顔を上げて西山を見た。

「時期尚早です」

「しかし、実際にフリーバーズは勝てないわけです。何故結果が出ないのか。それは、現在やっている事が間違っているからではないですか。それを打破するためには、やり方を変えるしかない。やり方を変えられないなら、人を替えてみるしかないでしょう」穏やかに、だがはっきりと西山は言った。

河合も引かなかった。

「それにしても、まだ早過ぎます。今の状態で選手を入れ替えると、残った選手が不安になる。大リーガーだって、割り切ってやっているわけではない。ましてや、フリーバーズは新しいチームです。何が起きるのか、選手も毎日びくびくしている。だから、出来るだけ今のメンバーを固定して一つでも勝つ事で、まず自信をつけさせたいんです」

「監督、あなたは、私の言っている事が分かっていますか？」

「分かっている、と思いますが」

「ジャージーシティのフリーバーズに、有能な日本人選手がいる。若いパワーヒッターだ。こいつは本物です。すぐに上に上げなさい。彼なら、あなたのチームを救ってくれる」西山は、「あなたのチーム」を強調した。が、河合は首を振るだけだった。西山は、右手で持った箸を、左手に何度も叩き付けた。危ない兆候である。酔っていて、相手が自分の言葉に同意しない時に、彼はよくこういう下品な仕種をする。大越はトイレに逃げようかとも思ったが、自分が逃げたら坂田も河合もやり込められるだけだと考え直し、浮かしかけた腰をもう一度椅子に落ち着けた。

西山は、今度は坂田に話を振った。

「坂田君、どうするつもりですか？　監督はこんな風に言われているけど、あなたはこのまま良いと思っているんですか？」

「現場の事は、監督が一番よく知っています」坂田は静かに箸を置き、答えた。「私は監督をサポートするだけですから」

「では、フリーバーズが負け続けて、ニューヨークで恥をさらすのも構わないと思っているんですね？　戦力を補強すれば道は開けるはずだ。それが分かっているのに手を打たないのは、どういう事ですか？」

「監督の言われた通りです」坂田の口調は変わらなかった。

「ジェネラルマネージャーの権限は、もっと強い物だと思っていたが」西山は言った。

坂田は平然とした調子で答えた。

「そうかもしれませんが、私は現場を尊重したい。フリーバーズは新しいチームです。内外で、いろいろな事を言う人がいる。でも、それを一々聞いていたらきりがない。私たちは、長期ビジョンで考えています。最終的には、マンハッタンに根差したチームを作るのが目的ですが、それには時間がかかります。もちろん、すぐにチームを強くする事も可能ですよ。金さえ使えば、ですがね。あちこちから良い選手を引き抜いてくればいい。でも、そうやってペナントを摑んでも、後が続きません。マーリンズが良い例だ。一度ワールドシリーズで勝った後は、年俸の高い選手を引きとめられず、ずるずると沈没してしまったではないですか。栄光を金で買って、その後、立て直しに何年もかかるようでは、本物のチームは作れません」

「いや、ご高説ごもっともですね」西山が皮肉たっぷりに言った。拍手でもするのではないか、と大越は思った。「でも、私は金をかけろと言っているわけではない。下から選手を上げろと言っているだけです。どうしてそれが出来ないかな」

坂田と河合は顔を見合わせたが、二人とも何も言わなかった。大越は助け船を出した。

「まあ、社長。現場の事はお二人に任せておいた方が良いんじゃないですか。何しろ、チームの事を一番よく知っているのはこの二人なんですから」

「私も十分知っていますよ」西山がむきになって反論した。「とにかく、このチームで一番大きな影響力を持っているのは私なんだ。その辺りの事を忘れないでいて欲しいね」

言い捨てると、西山はふらふらとした足取りでトイレに立った。残された三人は、同時に溜息を漏らすと、顔を見合わせて弱々しい微笑を浮かべた。

先に口を開いたのは大越だった。

「申し訳ないですね。うちの社長は、負ける事が嫌いな人間なんです」

「でも、会社を経営するのと、大リーグのチームを運営するのとは違いますからね」坂田は肩を上下させてまた溜息を吐いた。「そんなに簡単に人を動かす事は出来ませんよ。とにかく監督の言う通りで、今選手を入れ替えたら、今度は自分が落ちるかもしれないと考えて、皆萎縮してしまうかもしれない。歴史のある完成されたチームならともかく、今のフリーバーズにはそれは危険ですよ。何と言うか……今、フリーバーズはチームになっていない。ただの寄せ集めです。まず、チームとしての体裁を整えるのが先だ。負ける事も良い勉強になりますよ」

「でも、ファンも下から選手を上げろ、と言っているんじゃないですか？　『ニューヨーク・タイムズ』のコラムを読みましたが……」

「ロジャー・スミスの？」坂田が言った。「私も読みましたけど」

「彼、コラムニストとしては影響力が強いんじゃありませんか？」

「そうですが、あれがファンの声を代表するものとも言えないでしょう」

「それはそうですが、そういう意見がある事も気にとめておいた方が良いのではないですか？」

「そうです……ね」坂田の言葉は、語尾が曖昧に途切れた。

大越は訝っていた。露骨に強権を振りかざす西山のやり方は誉められたものではないが、この二人の頑《かたく》なさも自分の理解を超えている。チームを強くしたいという気持ちはないのだろうか。長期的視点に立ってチームの強化を考えるのは大事な事だが、そんな呑気な事を言っていると、近い将来、二人の首が飛びかねない。

「とにかく、ご検討を」大越は、これでこの話題は打ち切りだというように、両手をテーブルの上にのせて、坂田と河合の顔を交互に見た。二人は黙って頷き、黙々と食事に取り掛かった。

この沈黙もそう長くは続かないだろう、と大越には分かっていた。西山がトイレから戻ってくれば、また蒸し返しになるのだ。大越は、背広の内ポケットから制酸剤を取り出すと、痛みを訴える胃を宥めるために、水なしで飲み下した。

「何だ。こんな時間まで働いても給料は変わらないんだぞ、広告屋さん」河合は、香苗の顔をまじまじと見上げた。香苗はどこかせっぱ詰まったように眉をひそめている。河合を車に乗せると、すぐに喋り出した。

「どうだったんですか、オーナーは」

「どうという事もない。彼の理想はスタインブレナーだな」

「そんなにワンマン？」

「ジャージーシティにいる若いキャッチャーを上げろと、しつこく言って来たよ。どうしてあんなに意固地になるのか、さっぱり分からん。個人的なつながりでもあるのか？」

「そういう話は聞いていませんが」

「確かに、調子は良いみたいだな。よく打っているようだ」河合は誰に言うともなく呟いた。

「君、ちょっと見て来てくれないか？」

「私がですか？」香苗は露骨に顔をしかめた。

「ああ、あんたの仕事じゃない事はよく分かってるよ。でも、あんたは時間外の仕事も嫌いじゃないみたいだから」

香苗は顔を真っ赤にしたが、河合は気付かないふりをした。「下からも報告は上がっているんだが、俺は数字で出て来ない部分を知りたい」

「いいですけど……監督、常盤君を上げないんですか？　私も、十分結果を出していると聞いています」

「分かったような事を言うなよ、広告屋さん」河合は目をむいて香苗を睨んだ。「野球っていうのは、数字だけじゃ分からない。あんたも、この世界で生きていくつもりなら、数字に表われない選手の調子を見抜けなくちゃ駄目だ」

「それじゃ、答えになっていません。どうして上げないかと聞いたんです」

「俺は日本人が嫌いなんだ」河合はぽつりと、だがはっきりと呟いた。「時々、自分の体をバラバラにしたくなる事があるよ、この体にも日本人の血が流れていると思うと。おっと、あんたを嫌いだと言ってるわけじゃないんだが」

深夜近くになっていた。

寝付かれないまま散歩に出掛けた藤原は、気が付くと、ジャージーシティ・パークに足を運んでいた。日本にいる時は、寝付けない事などなかったのに。少し体調も変わって来たのかもしれない、と思った。そして深夜の散歩では、いつも球場に足が向く。いつものように、球場の周りを一周する。ミラーに言われた事が引っかかっていた。彼は、オーナーが訪ねて来た、と前置きして続けた。

「お前にははっきり言っておく。オーナーは、常盤がお気に入りのようだ。奴を上に上げろと、俺に圧力をかけてきた。だが、奴はまだ上に上げない。その理由は、お前さんもよく知っての通りだ」

「俺はどうなんですか」藤原は憮然とした表情で尋ねた。

ミラーはゆっくりと首を振った。

「お前さんも、まだだ。正直に言おうか、お前は今まで俺が見て来たピッチャーの中でも五本の指に入る。スピード、ブレーキングボールの切れ、コントロール、何をとっても申し分ない。今現在、リーグ有数のピッチャーだと言ってもいいと思う。

だが、それも五回か六回までだ。自分でも分かってるだろう？　あんたのピッチングは九十球を超えた頃から急に変わる。もちろん、打たれているわけじゃない。ただ、かわしに行く事が多くなるな。そう、確かにそれでも抑えているよ。でも、ここは３Ａだという事を忘れるな。メジャーのバッターは、少しでも球威が落ちてくると、砂糖に群がる蟻みたいに襲い掛かってくるよ。

原因は分かっている。スタミナ不足だ。といって、シーズン中にスタミナをつける決定的な方法はない。あんたの場合は、ひたすらここで投げる事だ。投げながらスタミナをつけていくしかない。何、心配する事はないよ。絶対に今シーズンのうちには上に上がれる。ただそれが、今日明日ではないというだけの話だ」

ミラーの話は、藤原には十分理解出来た。スタミナに難がある事は、自分でも分かっている。最初から飛ばさずにセーブして行けば、最後まで一定の球威を保つ事も出来るかもしれないが、今の藤原は欲望の虜《とりこ》になっていた。

三振を奪う欲望の虜に。

それは、自分の運動能力——パワー、スピード、センス等を含めた全て——が相手よりも優れていると証明する、最も簡単で手っ取り早い方法であり、三振を奪う度に、藤原の鼻は無限の高みに向かって伸びていくのだ。そしてその快感は、変化球を使った時よりもストレイトで押して奪った三振の方が強い。だから最近は、意識して変化球を投げないようにしていた。ウォーマックもそれでいい、と言ってくれていた。常にベストピッチで行くべきだ、と。

裏口を通りかかると、中から微かな音が聞こえて来た。壁一枚隔てた向こうには、屋内練習場があるはずだ。その中で、一定の間隔を置いて「しゅっ」と空気を押し出すような鋭い音がする。その間には、モーターがゆっくりと回っているような連続的な機械音。何の音であるかはすぐに分かった。バッティングマシンだ。しかし、それに続く打球音が聞こえて来ない。屋内練習場でバッティング練習をしていると、狭い壁と壁の間で増幅されて、戦場の直中《ただなか》にいるような音がするものだ。

不審に思って、藤原は裏口をノックした。夜勤の警備員がぬっと顔を出す。藤原だと認めると、相好を崩した。

「やあ、ミスターK」

「俺のイニシャルはKじゃないよ」我ながらつまらない冗談だと思い、咳払いすると、「誰かいるのか？」と尋ねた。

「あの坊やが——哲也が練習してるんだ」

「こんな時間に？」

「さあ、ね。一人になりたいのかもしれない」警備員は肩をすくめたが、藤原が中に入るのを止めはしなかった。

屋内練習場のドアは、少しだけ開いていた。ドアに顔を押し付けるように覗き込むと、予想した通り、バッティングマシンが唸りを上げてボールを投げ込んでいる。その先には——打席には誰もいない。ホームプレートの後ろに、常盤がいた。完全武装で、マスクまでつけている。荒い息が、屋内練習場の中で一定のリズムで響いた。彼の周囲には、無数のボールが転がっている。何が起こっているのか、藤原はようやく悟った。

バッティングマシンから、ボールが弾き出された。速い。スピードはマックス近くにセットしているのだろう、と藤原は見当をつけた。ストレイトかと思ったそのボールは、ホームプレート直前で鋭く落下し、ワンバウンドして、下から常盤の顎を直撃した。常盤は、くう、と喉の奥から絞り出すような声を出してしゃがみ込んだ。そうしている間にも次の一球が飛び出す。常盤は慌ててミットを構えたが、ボールは左肩を直撃した。思わず肩を押えてへたりこむ。

藤原は、慌てて中に飛び込み、バッティングマシンを止めた。常盤が、目に涙を溜めて藤原の方を見上げた。

「何ですか」怨むような声だった。

「何ですか、じゃないんだよ」藤原は足元に落ちたボールを一つ取り上げると、山なりで常盤に投げた。常盤は辛うじてミットを上げると、慎重にボールをキャッチした。

「機械のボールを受けても、練習にならないぜ」

藤原はそう言って肩をぐるぐると回し、ボールを寄越すように常盤に合図した。常盤は座ったまま、山なりのボールを返したが、その目からは涙が消え、弱い照明の下できらきらと輝いていた。

「俺も、少しスタミナをつけなくちゃならない。肩はずっと休ませていたんだから、少しぐらい無理に投げ込みをした方がいいだろう。これから毎日投げ込みをやるからな、付き合えよ」

常盤は、うんうん、と頷くだけだった。藤原はむず痒い物を感じながら、腕を大きく回して常盤にボールを投げた。彼のためだけではない。自分のためだけでもない。強いチームを作るためなのだ、と自分に言い聞かせながら。

5

ニューヨークの春は遅い。五月に入っても、フリーバーズが長い冬眠から抜け出せないのは、この気候のせいかもしれない、と河合は思った。ヒューストンで三連敗、転戦したアリゾナでも三連敗。ニューヨークに戻って、本拠地でのドジャース、ジャイアンツとの六連戦では何とか五分の星を残したものの、シカゴではまた三連敗と、地を這うような戦いぶりだった。河合は、制酸剤を手放せなくなった。

本拠地でも、遠慮がちな白いハンカチに代わって、容赦ないブーイングが飛び交うようになる。観客数は減り続け、意地になって球場に通い続けるファンは、フリーバーズを応援しているというよりは、そこでストリートファイトの相手を探しているか、デモ隊を煽動する練習をしているようにしか見えなかった。事実、五月十日には、球場内のトイレでプエルトリカンの少年が若い黒人の男に刺される事件が起きている。この分だと、ベンチ内で殺人事件が起きるのも時間の問題だ、と河合は自嘲気味に思った。

投手陣の中でそれなりの成績を残しているのはブラウンだけだった。勝ち数と負け数が並んでいるものの、防御率はリーグでもトップを走っている。その状態が、野手に対する彼の不信感をさらに煽《あお》り立てているようだった。幾ら抑えても味方が打ってくれない、その怒りをバッティングにぶつけているせいか、彼の打率は四割近くを保っていた。ただし監督としては、彼を、毎試合出場させるわけにはいかない。

河合は、意固地になって変えようとしなかったラインナップとピッチャーのローテーションに、ついに手を入れた。打率が一割台の前半をうろうろしている花輪を先発から外し、辛うじて一勝を挙げただけの関戸を先発から中継ぎに回した。この扱いに対する様々な憶測が、担当記者の間で流れ始めたのも、河合は知っている。何しろ、控えの選手の方がましなわけではなかったのだから。関戸に替わって先発のローテーションに入ったピッチャーは、初回、先頭打者から三者連続のホームランを浴び、結局ワンアウトも取れないまま関戸に交替した。この関戸がまた、フォアボールとヒットを挟んで一発を浴びたものだから、記者席の皮肉屋たちは、溜息を漏らしながら呟いたものだ。「何も変わっていない」と。当然、そういう声は河合の耳にも入って来る。そしてまた、制酸剤に手が伸びるというわけだ。

花輪の代役に指名された三十三歳のベテランのセカンドは、別の意味でスタンドの溜息を誘った。打つ事は、打つ。初先発となったゲイムで、初回に回って来た打席でいきなりセンターの頭上を越える当たりを飛ばした。このリバーサイド・スタジアムのセンターは、現存する大リーグのどの球場よりも深い。ボールが転々とする間に、あっという間にダイヤモンドを一周してランニングホームランになった。ところが、守りは目茶苦茶だった。同じ試合の三回には、一、二塁間の強烈な当たりにダイブを試み、何とかボールをグラブに収めたものの、あわやスタンドに飛び込みそうな悪送球で、打者走者を二塁まで進めてしまう。七回には、ダブルプレイを狙ったショートからの送球を零し、悪い事にスライディングしてきたランナーに吹っ飛ばされて、あっという間に退場した。

スタンドの溜息に押し出されるように、どこか申し訳なさそうにセカンドのポジションに戻って来たのは、もちろん花輪だった。

メディア側でも、フリーバーズに対する扱いを変え始めた。皮肉な見出しが消え、代わりに記事の扱い自体がぐっと小さくなって、スポーツ面の片隅に追いやられるようになったのだ。フリーバーズ担当を命じられる事は、各社のスポーツ記者の中で「北極送り」と同じ意味を持つようになったという皮肉が、河合の耳にも入ってくる。いいじゃないか。北極の王、河合は自分で自分にニックネームをつけた。凍り付いた選手達の上に君臨する暴君、それが俺だ。そしてこの氷は、俺がどれほど炎を吐いて怒ろうが、溶けてくれそうもない。いかにも、今の状況に相応しいではないか。

もちろん、他人にそんな事を言われたら、車椅子でひき殺してやるつもりだった。

水谷は、空席が目立つようになった記者席にぼんやりと座り、掌に後頭部をのせて、目の前で展開されるサーカスを見ていた。いや、サーカスではない。サーカスには、特有の熱っぽい笑いがある。それは、意識して観客を笑わそうとする努力の成果であり、何かしただけで失笑を誘うようなフリーバーズのプレイぶりとはレベルが違う。サーカスに失礼だな、と思い、水谷は思わず苦笑した。

水谷は相変わらず、フリーバーズを持ち上げる原稿を書き送っていた。政治家の秘書になったような気分だったが、金のためだと割り切るぐらいは簡単な事だった。事実、原稿料は悪くないのだ。

気になっていたのは、水谷自身が藤原に忠告していた事でもあるが、西山がニューヨークをうろついている、という事である。今のところは隠密行動を取っているようで、メディアにも気付かれていない。しかし、いずれ誰かが嗅ぎ付けるだろう。そうなったら、インタビューを求めて記者が殺到するのは間違いない。どうしてこんなに負け続けるのか。オーナーとしてはどうするつもりか。誰かに責任を取らせるのか。

西山がお喋りで、つい口を滑らせてしまう性格なのは、水谷もよく知っていた。記者が上手く誘導尋問すれば、監督とジェネラルマネージャーを更迭する、という口約束ぐらいはするかもしれない。そうなったら、彼らの思う壺だ。ニューヨークのメディアは甘くない。そして、アメリカにおいて、「日本」という存在は未だに一種のタブーである。オーナーは日本企業。それだけでも人々を苛立たせる材料になるのに、日本人のジェネラルマネージャー、日系三世の監督、日本からやって来た選手達が加わる。幹部に対する風当たりが、ハリケーン並みの風速になるのは目に見えていた。今は、西山に下手な失言はして欲しくなかった。

「どうして弱いのか」と聞かれたら、西山は坂田や河合を血祭りに上げるに決まっている。水谷は、そんな暴言を望んではいなかった。水谷は坂田も河合も好きだったし、驚くべき事に、何時の間にかフリーバーズというチームにも肩入れし始めていたから。昔からの知り合いである藤原がいるという事も原因かもしれないが、このチームに対して、何か、奇妙な魅力を感じ始めていたのだ。フリーバーズには、人の気を引く何かがある。放っておけない、と感じさせるものがある。

「しかし、何だな」水谷の隣で、腕に顎をのせてだらだらとゲイムを見ていた「ニューヨーク・タイムズ」のベテラン記者が呟いた。「このままだと、六二年のメッツより酷い成績になるかもしれないな。あの時は、年間百二十敗か?」

「記録は破られるためにあるんだぜ」水谷がまぜっかえすと、隣の記者は低い声でむせるように笑った。

「何というか、その弱いチームの担当をやっていると、自分までクソみたいな人間に思えてくる」

「そうかもしれない」言いながら水谷は、だったらそのクソみたいなチームの提灯《ちょうちん》記事を書いている俺は何なのだろう、と思った。せいぜいクソにたかる蝿か。「ま、そのうち勝ち出すさ」

「ニューヨーク・タイムズ」の記者は、疑わしそうに肩をすくめただけだった。

六回を終わって二点のビハインド。この回からマウンドに上った関戸は、アウトカウントを稼ぐのに大変な苦労を重ねていた。先頭打者には十二球を要し、結局フォアボール。次打者にはライト前に運ばれ、一、二塁となった。次の打者はフルカウントから三球ファウルを続け、最後はライトのフェンス際まで届く大飛球を打ち上げた。セカンドランナーがタッチアップからサードへ。続く打者にはボールが先行して苦しいカウントになったが、内角へ沈むボールを上手く引っかけさせた。ショートへの強いゴロ。ダブルプレイだ、とスタジアムの誰もが思った瞬間、セカンドベースに入った花輪が、ファーストランナーのスライディングで吹っ飛ばされた。サードランナーは、その様子を見届けてから、ゆっくりとホームインする。

関戸が、一点も与えずにイニングを切り抜けた事があっただろうか、と水谷は記憶を手繰った。あったかもしれないが、今は思い出せない。溜息を吐くと、彼は一本しかない腕をデスクに横たえ、顎をのせた。隣の記者は、チームに対する同情と憐憫《れんびん》の入り混じった、酷く情けない表情を浮かべている。

ゲイムの後、坂田は監督室に河合を訪ねた。来る度に、部屋の様子が変わっているような気がする。多分、気晴らしに模様替えでもしているのだろう。

「ちょっといいですか」

「いいも何も、もう中に入ってるじゃないか」河合は、一瞬不愉快そうに顔を歪めたが、溜息と一緒に怒りを吐き出してしまうと、穏やかな笑顔を浮かべた。デスクの袖の引き出しからバーボンの瓶とプラスチック製のコップを二つ、取り出した。それぞれ指二本分を注ぎ、一つを坂田に寄越した。坂田はソファの一つに腰を下ろした。河合は車椅子に座ったままである。

二人は向き合い、言葉もないまま、コップを同時に顔の前に持ち上げた。力ない笑顔をかわし、そっとバーボンを啜る。二人とも、ほとんど酒は飲めない。それなのに、傷ついたジェネラルマネージャーと監督という芝居を続けるために、無理に酒を流し込んでいる。俺達は何をしてるんだ、と坂田は苦笑を浮かべた。河合は少し痩せたようだ。何年も車椅子の生活を送っているが、上半身だけはウェイト・トレイニングで鍛えているので、少なくとも腰から上は現役時代の体型を今も維持していた。

坂田は軽く咳払いをして、喉に引っかかったアルコールの感触を追い払った。

「良くないですね」

「良くないね」河合は葉巻に火を点け、盛大に煙を吐き上げた。「チームの雰囲気も最低だ。ロッカールームはぎすぎすしているし、いつ爆発してもおかしくない……。もっとも、少し爆発してくれた方がいいんだがな。皆落ち込んでしまって、声も出ない。まったく、こんなにガッツのない連中ばかり、よく集めて来たと思うよ」

「ブラウンは？」坂田は、河合の皮肉を受け流して逆に尋ねた。坂田の耳にも、いろいろな噂が入っている。最悪の噂は、ブラウンの代理人がエクスポズと裏交渉しているのではないか、というものだった。「随分我慢しているようだけど、いつ切れてもおかしくない状態でしょう」

「奴は、代打の切り札に転向させようかと思う。今、一番当たっているのが奴だよ」そう言って、河合がくっくっと短く笑った。坂田は笑わなかった。世界中の人間が腹を抱えるような冗談を言われても、多分今は笑えないだろう、と思う。

「オーナーが言っていた事は、どうですか？」

「坂田さんも、オーナーと同じ考えですか」煙の向こうで、河合は不機嫌そうに目を細めた。

「日本人選手をたくさん使って、海の向こうでチームの人気が出ればいいと思っている？それは違うんじゃないかな」

「いや、私が言っているのはそういう事じゃないですよ。確かに、自分の国の選手が活躍していれば、応援したくなるのは心情だろうけど……河合さんもご存じのように、島国根性ってやつでね」

「それは、メディアが作り上げた幻影に過ぎないんじゃないか？」河合がふん、と鼻を鳴らした。

「とにかく、ジャージーシティの方はどうなんですか？」

「いろいろ聞いてみたけどね、もう少しかかりそうだ。藤原というピッチャーはスタミナ不足だし、常盤という若い方は、キャッチャーとしてはまだまだ使えない。せいぜい代打ぐらいだな。ま、花輪や関戸を見れば、何となく日本人選手のレベルが分かるよ。どうして闘志を前面に押し出さないのかな。お前さん達は、そういう教育を受けているのか？」

坂田は河合の愚痴を受け流した。

「とにかく、考えておいて下さい。オーナーの圧力は私の方で何とか防げるかもしれないけど、それもいつまで保《も》つか、分からない」

「考えるよ、もちろん。考えるのが俺の仕事なんだ」

無理矢理酒を飲み干し、坂田は監督室を出て行った。河合は俺の事もオーナーの手先だと思っているのだろうか、と考えると、微かな酔いが追い討ちをかけて、暗い気分になった。もちろん俺は、現場の味方だ。しかし先程の台詞は、河合にはオーナー側の回し者の弁明と受け取られたかもしれない。そう、確かに俺だって保身は考える。このままチームが負け続ければ、俺の首だって危ういものだ。そんな時のために、オーナーの指示に従って点数を稼いでおいた方がよいのではないか。それより何より、勝つためにはあらゆる手段を使ってみるべきだろう——。

まったく、こんな商売をしていると、実にいろいろな事を考えるようになるものだ。現役時代の方がどれだけ楽だったか、分からない。坂田の想いは、炎熱の甲子園に、秋風の中でトンボが舞う神宮に飛んでいた。

香苗は、３Ａのゲイムを見るために、シラキュースへ飛んだ。三連戦の三試合目で、先発は藤原である。この日はストレイトの走りが今一つで、毎回のようにヒットを浴びていたが、それでも要所を締め、七回まで何とか一点だけに抑えていた。八回、先頭打者に右中間を真っ二つに割られたところで、ミラーが立ち上がり、ピッチャーの交替を告げる。藤原は、重い足取りでベンチに戻った。香苗には、彼がひどく疲れているように見えた。

スコアブックを見直してみた。被安打七、三振は僅かに三つ。フォアボールが五つもある。何とかかわしている印象が強い。いつもの藤原らしくないピッチングだった。

九回の表、代打で常盤が打席に立った。香苗は記者席から身を乗り出すようにして、常盤を見守る。一回り、小さくなったような気がした。打席でも、迫力がない。構えが小さくなり、スウィングにも力がないように見えた。この打席は駄目かもしれない、と思った矢先、常盤は二球目に手を出し、ライトへの浅いフライに倒れた。

こちらも、らしくない。

ゲイムが終わった後、香苗は監督室に顔を出した。ミラーは、渋い顔をして腹を摩っている。

「胃痛ですか？」

「いやいや、違うよ」ミラーは目を細め、声をかけてきた相手が香苗だという事を確認すると、顔に笑顔を広げた。「一試合落としたぐらいで胃が痛くなっていたら、３Ａの監督なんて務まらんよ。まあ、入りなさい。今日は何だい？　査定にでも来たか？」

「さあ、私は雑用係ですから」

香苗は狭い監督室の中で、ミラーと向き合った。微かな汗の臭いと葉巻の香りが入り混じり、鼻を不快に刺激して来る。香苗が顔をしかめると、ミラーは口に咥えた葉巻をウォームアップジャケットのポケットに仕舞い込んだ。

「藤原と常盤なんですけど」

「うん?」ミラーの表情が、一瞬にして不愉快なものに変わった。彼にとってもデリケートな話題なのだ、と香苗は見抜いた。

「あまり調子が良くないようですね」

「香苗、君はプロフェッショナルか?」

「もちろん」憤然とした調子で香苗は言った。試されるのは嫌いだ。アマチュアと言われるのはもっと嫌いだ。

「いや、野球においてもプロフェッショナルか?」

痛いところを突いてくる。

「そうなるように、努力しています」

「そうか……」ミラーはまた葉巻を取り出し、火を点けないまま口の端に咥えた。「何だい、河合から言われて来たのか?」

「ええ、まあ」

「奴さんも、あの二人を上に上げるつもりなのか?」この前オーナーが来て、常盤を上に上げろと騒いで行ったよ」

「いや、上で出来るかどうか、実際に見て来いと言われたんです」

「それで、あんたが二人を査定しているわけだ……で、何点ぐらいつけるつもりかね?」

「藤原は、スタミナに不安がありますね？　今日も、五回以降はボールの切れが悪くなったし、ストライクを投げるのに苦労しているようでした」

「常盤はどうだ？」

「少し痩せたんじゃないですか？　こっちの生活が体に合わないのかな……。まだ十八歳だし、仕方ないかもしれませんけど」

「十八？　十分大人じゃないか。俺が十八の時には、もう子供がいたよ」

香苗はむっとした表情を浮かべた。

「でも、スウィングにも力がないし。監督、どうして彼を先発で使わないんですか？」

「企業秘密だ」

「私はチームの関係者ですよ」

「そうであっても、だ。いいか、今日の藤原は、確かに俺が見た中で最低の出来だ。でも、それには理由があるし、この件については、俺も奴も納得している。いずれ、本調子に戻るよ」

「病気か怪我でも？」

「いや、オーヴァーワークだ。でも、今の奴にはそれが必要なんだ。この時期を乗り越えれば、上でやれるスタミナも自信もつく。それは、俺が保証するよ」

「常盤は？」

「奴もオーヴァーワークだ。主に精神的なオーヴァーワークだが」

刺すような香苗の質問に、ミラーは身を引いて笑顔を浮かべた。

「どういう事ですか？」

「考え過ぎなんだよ。それと、あいつは英語がまだ駄目だ。キャッチャーっていうのは、コミュニケーションが仕事みたいなものだからな。身振り手振りでピッチャーの尻を叩けと言っても無理だろう」

その言葉を額面通りには受け取れない、と香苗は思った。ミラーは何かを隠している。そして、自分が部外者扱いされているのが気に入らない。

「今の調子だと……。下に落とすつもりですか？」

「それは、ない」ミラーは即座に断言した。「ここで、俺が全面的に面倒を見る。とにかく、バッティングに関しては俺が言う事は何もないし、ここ一番でチームに勝ち星をプレゼントしてくれた事も何度もある。うちにとっては大事な選手なんだ」

「じゃあ、守備ですか？」香苗は疑わしそうにミラーを見た。

ミラーは一つ咳払いしてから続けた。

「そう。ええ……重大な問題がある、としか言えないな。ごく基本的な事だが、これが解決しない限り、上には行けないだろう」

「どういう事ですか？」

「あんた、すぐ目の前でメジャーのピッチャーのボールを見た事はあるか？」

「いいえ。だけど、それが何か？」

ミラーは首を振るだけだった。香苗は馬鹿にされたような気分になったが、言い返すだけの材料を持っていなかった。

選手通用口で待っていると、まだ髪が濡れたままの藤原が出て来た。薄い黄色のポロシャツにジーンズ。革のフライトジャケットを左肩に背負っていた。香苗は腕組みを解き、寄りかかっていた壁から背中を離した。彼の方でも香苗に気付いたが、どうして良いのか、戸惑っている様子だった。香苗は大股で藤原に歩み寄ると、さっと腕を摑んだ。

「何だい、俺を拉致するのか？」

「いいから」

レンタカーの助手席に藤原が大柄な体を押し込むのを待って、近くのコーヒーショップまで車を走らせた。藤原は押し黙ったまま、助手席で体を縮めている。店に入っても、背中を丸めたままだった。

「しゃきっとしなさいよ」香苗は藤原の背中を叩いた。

「よしてくれ」藤原は顔をしかめた。「投げた後は、全身がばらばらなんだ。それに君、相当鍛えてるだろう。並の男より力があるんだから、その辺、わきまえて欲しいな」

「ごめん」香苗は軽く唇を嚙むと「何か食べる？　カーボローディングする必要があるんじゃない？」

「それは、投げる前。今は、何でもいいよ」

夕方の時間帯で、店は閑散としていた。先程のゲイムを見ていたのか、シラキュースのキャップを被った五歳ぐらいの男の子が、盛んに母親の上着の袖を引いている。口の周りは、チョコレートアイスクリームでべっとりと茶色くなっていた。母親が背中を押して送り出すと、転がるように藤原の所にやって来て、店の紙ナプキンを差し出してサインをねだった。藤原は、男の子の柔らかい金髪を右手でくしゃくしゃにしながら、香苗に「何か、書く物、ないか？」と言って左手を伸ばす。香苗が細身のサインペンを差し出すと、藤原はナプキンにサインして男の子に渡した。男の子は、興奮で顔を真っ赤にして母親の所に戻って、抱きついた。若い母親は、藤原に向かって手を振った。

「すっかり慣れてるじゃない」

「サインするのも契約のうちだよ」

「そういう憎まれ口を叩くのも、大リーガーらしくなった証拠かしら？」

「俺はまだ大リーガーじゃないよ。で？　今日は何だい。いきなりこんな所まで来るほど、暇じゃないだろう？」

「当たり前じゃない。私は、無駄な事は絶対しないわ」

藤原は、彼女の全身を、頭の天辺から爪先までとっくりと眺めた。

「メジャーのフロントで働いている事が、そもそも壮大な無駄かもしれないよ」

香苗は憤然とした表情で鼻を鳴らすと、コーヒーを受け取るために、床を踏み抜きそうな勢いでカウンターに向かった。藤原の言う通りかもしれない、と思う。何回かの転機、それを私はいつもものにしてきた。しかし今回ばかりは違う。未だに目的地が見えない旅を続けているようなものだ。手に触れるのも、曖昧模糊とした雲のようなものばかりである。自分は結局、男達が支配するこの世界に入っていけないのではないか。実際、いつも身近にいる河合の心さえ読みきれない。

河合？　どうして彼の顔が頭に浮かぶのか。風雪の歳月を顔というキャンバスにそのまま写したような表情。皮肉からはっきりと一歩踏み出した辛辣な台詞の数々。動かない自分の下半身を憎むような自虐的な態度。彼は、周囲に壁を張り巡らせている。固く、厚い壁を。私はそれを破りたい。

本当に？　香苗はゆっくりと首を振り、その拍子にコーヒーを零してしまった。

二人はボックス席で向かい合って座った。最初に口を開いたのは藤原だった。

「今日は偵察かい？」

「味方を偵察する人間なんて、いる？」

「ああ、言葉は悪いかもしれないけど、実際にはそういう事じゃないのか？　オーナーが何か言ってるんだろう」

香苗は、あやうくコーヒーを噴き出しそうになった。

「あなた、何を知ってるの？」

「俺だって馬鹿じゃないよ。こっちは、毎日がサバイバル戦争なんだ。情報を仕入れるのも、生き残るためには大事なんでね。で、君はこっちの様子を見に来たんだ。俺じゃなくて、常盤の」

「違うって言ってぎゃふんと言わせたいけど、まあ、そうよ。オーナーは常盤君を早く上に上げたがっている。でも、監督とジェネラルマネージャーは渋っているというのが現状ね」

「どうして？」藤原は不服そうに目を細めた。

「経験不足……それで、あなたに聞くのも変だけど、彼の事を教えて欲しいの」

「失礼な話だな」

「あなた、彼より年上でしょう」香苗が憤然とした口調で言っても、藤原は受け流すだけだった。「もっと大人になって、落ち着いて答えてよ」

「年は関係ない。いいじゃないか、奴の事を上手く報告してやれよ」藤原は投げやりな口調で言い捨てた。「奴はオーナーのお気に入りなんだ。日本にいる時からずっとそうだったんだから。せいぜい、慌てて上に上げて、恥をかかせてやればいいよ」

「そんな事言って、あなたはどうなの？　すぐに上でやって行ける自信があるの？」

「俺はちゃんとやってる。だけど、アピールっていうのは、口でするものじゃないだろう。俺を見ろよ。監督は、自分の目で俺を見ればいいんだ。そうすれば、そのまま俺の手を引いてマンハッタンへ連れて行くよ」

「それは、どうかしら」

「どうして」

「監督は……」香苗は言葉を切った。非常に奇妙な感じがする。この会話の登場人物は、二人の日本人と一人の日系三世だ。どこか、軸がずれている。「日本人選手が好きじゃないの。率直に言えば、嫌いだって断言してるわ。だから、あなたたちを上に上げるのを渋っている」

「そんな馬鹿な。人種差別じゃないか」藤原は言ったが、口調ほどに怒っている様子には見えなかった。「ここは偉大な自由と平等の国だろう」

「そんなおためごかし、言わないで」

「第一、河合さん自身が日系人じゃないか。日本人を嫌いっていうのは、よく分からない理屈だな。どうしてなんだ？」

「ガッツが足りない」香苗は、藤原の怒りを正面から受け止めるつもりで、河合の言葉をそのまま伝えた。「監督は、上でやってる二人に対しても苛々してるわ。表情を出さない。負けても淡々としている。プレイぶりに覇気がない。監督は、そういう選手が大嫌いなの」

「それは、日本人に限らないじゃないか」

「そんな事、私は知らないわよ。私は、監督が愚痴を零してるのを聞かされるだけなんだから。日本人はガッツがないって。逃げ回っているって。いつもそう言ってるわ。チャンスがあったら自分で聞いてみたら？」一気に言葉を吐き出して、香苗は一呼吸置いた。藤原はむっつりしている。怒らせてしまったのかもしれない。しかし、河合の言葉を伝えるのも自分の仕事だ、と彼女は自分で決めていた。自分だけが、彼の言葉を本当に理解して、正しく伝える事が出来る。「ところで常盤君、何か致命的な欠点でもあるの？」

「ある」藤原はデニッシュを一口頬張ると、コーヒーで流し込んだ。

「解決出来るの？」

「解決すべく、今、俺も協力している」ミラーそっくりの口調だ、と香苗は思った。事務的で冷たく、私を部外者扱いしている。疎外感は、この仕事に必ず付いて来るおまけのようなものかもしれない。

「スカウティングの能力が問われるような話なの？」

「スカウティングの能力なんて大袈裟なものじゃない。少しでも野球を知っている人間なら、あいつを絶対スカウトしなかっただろうな」

「どういう事？」

「直接聞いてみたらどうだ？　俺の口からは言いにくい。でも、一つ言える事は、奴は着実にその欠点を克服しつつある、という事だ。今年は無理かもしれないが、来年には出てくると思うよ。それでもまだ十九だからな。俺が奴の年齢に戻れるなら、金は幾らでも払う」

藤原が溜息を吐き、デニッシュを口に入れて、ゆっくりと嚙み砕いた。香苗はペンでテーブルの上をこつこつと叩きながら、藤原の顔を見詰めた。一番初めに日本で会った時に比べると、随分陽に焼けている。顔に刻まれた皺の数は増え、頰の肉も削げたようだ。彼の年齢では、そのような外見の変化は、「精悍になった」というよりも「年を取った」と見られがちだし、実際に香苗もそう思った。それでも、傲慢《ごうまん》で力強い感じは消えていない。二つに割れた、意志の強そうな顎のせいだ。

「とにかく、あなたがまだ本調子でないという事は、監督に伝えておきます」

「待てよ」立ち上がろうとする香苗の腕を、藤原は摑んだ。思いもかけない強さで、香苗は椅子に引き戻された。「君は、俺の邪魔をするつもりなのか？」

「客観的な事実を報告するだけ」

「いいか、俺に関する客観的な事実は、数字で残った成績だけだ。六勝一敗、その一敗だって味方のエラーが足を引っ張ったせいで、俺には自責点はついていない。防御率は一・〇二だし、六十イニング投げて八十二奪三振だ。一体、何の問題がある？」

「後半になると、急にボールに力がなくなる事。私は自分の目でちゃんと見てるから。大リーグでは、もっと気を遣うわよ？　今は七回まで保っているのが、上に行ったら五回も保たないかもしれない」

「頼む」藤原は真剣な表情で、また香苗の腕を摑んだ。ブラウスの袖の上から指が食い込む。香苗は短い悲鳴を上げた。はっと気付いたように藤原は手を放した。「今年中だ。それも出来るだけ早いうちに上に上がりたい。君も協力してくれ」

「大リーグで投げるのが、そんなに大事な事なの？　でも、焦って結果が出なかったら、却ってショックじゃない。もう少しゆっくり、時間をかけてやってもいいんじゃないの？　あなた、確かに若くはないけど、まだまだチャンスはあるでしょう」

「俺にはチャンスはある」藤原は真剣な表情で香苗の顔を覗き込んだ。「だけど、奴にはチャンスはないかもしれない」

「奴って？」

「ヘルナンデス」

「メッツの？」

「そう。アレックス・ヘルナンデス。三十四歳。ナ・リーグのベスト5に入るバッターだ」

アレックス・ヘルナンデスは、十歳の時、両親とともにキューバから亡命して来た。ニューヨーク、ブロンクスの裏街で育った少年時代は、生きるための戦いの連続だった。それも、相手のナイフからいかに体をかわすか、というレベルの話である。ヘルナンデス自身も、十二歳の頃から、何度も警察のお世話になっている。やらなかったのは人殺しぐらいだったし、十四歳になる頃には、世界で最も危険な街といわれるブロンクスでも、いっぱしのギャング気取りになっていた。生きるために他人の金を奪い、傷つけ、騙す。

キューバにいる頃は大好きだった野球からは、すっかり遠のいた。互いに支え合うように立っているアパートメントの窓から微かに見えるヤンキー・スタジアムは、故郷で想像していたよりも、遥か遠くに思えた。このまま裏通りで、長生きする事など望めず一生を終えるのだろうと、ヘルナンデスは早くも諦めていた。キューバにいた時と比べても、状況が好転したとは思えなかった。

しかし、両親の死が運命を急転させた。

十五歳の時である。ヘルナンデスの両親は、二人とも自宅近くの食料品店で働いていたのだが、そこにショットガンを持った二人組が押し入った。深夜で、従業員は彼ら二人だけだった。強盗たちは、床に伏せた二人の頭を撃ちぬき、悠々と金を奪って逃走した。

その一報を自宅で聞いた時、ヘルナンデスは一人ではなかった。先にキューバから亡命し、カリフォルニアで食料品店を開くまでに成功していた伯父が、はるばるニューヨークまで訪ねて来ていたのだ。ヘルナンデスは、両親とは口もきかないようになっていたが、この伯父の言う事だけはよく聞いた。伯父は元々キューバでも指折りの野球選手で、その時も街のギャングを気取っていたヘルナンデスを諌《いさ》めて欲しい、と弟から頼まれて、ニューヨークへやって来たのだった。伯父は、静かに、だが力強い口調でヘルナンデスを説得した。お前は、もう一度野球をやれ。絶対に上手くなるはずだ。

ヘルナンデスは何かを誤魔化すように、曖昧に笑うだけだった。

翌朝、二人がまだ眠っているときに、警官が家にやって来た。ヘルナンデスがそれまで何度もお世話になっていたという経歴からすれば、彼らの態度は非常に紳士的だった。端的に、ヘルナンデスの両親が殺されたという事実を告げ、遺体の確認を要求した。警官が話をしている最中、ヘルナンデスは眉をひそめたまま、何の反応もなく聞いていた。

二人は揃って警察で遺体を確認し、家に戻って来た。ヘルナンデスには、誰がやったのか見当がついていた。最近、自分達のグループと敵対するプエルトリカンのグループが、あちこちで乱暴な強盗事件を起こしている。そいつらだ、と直感的に分かったのだ。奴らは、自分達より遥かに乱暴である。ほんの少しの金やドラッグのために、平気でナイフを人の腹に突き刺し、引き金を引く。ヘルナンデスは、ベッドの下に隠しておいたアーミーナイフと拳銃を取り出すと、家を出ようとした。

そこに、伯父が立ちはだかった。太い腕と逞《たくま》しい胸で、文字どおりヘルナンデスの前に立ちはだかる。抵抗したヘルナンデスがナイフを振り回した瞬間、刃先が伯父の胸を斜めに切り裂いた。

血が噴き出し、ヘルナンデスの目に入った。ヘルナンデスは凶器を取り落とすと、混乱する言葉で伯父に詫びた。伯父は、血が床に滴り落ちるような怪我をしていたにもかかわらず、平然と凶器を取り上げると、ヘルナンデスの頬を平手で打った。二回、三回と。呆然とするヘルナンデスを抱きしめ、「お前は野球をやるんだ。クソみたいな生活とはこれでお別れだ。カリフォルニアに来い。私の所で、野球を学べ。お前ならきっと、この国でも最高の選手になれる」と囁く。

体を張ってまでヘルナンデスを引き取った伯父の予言は当たった。高校に入る頃からぐんぐん背が伸び始めた。一見、枯れ枝のようにスリムな体型だったが、実際にはしなやかな筋肉に覆われた、強靭《きようじん》な肉体が完成しつつあるのを、ヘルナンデスは自分でもはっきり意識した。ブロンクスで、命を賭《と》して逃げ回るような生活をしていたせいではないだろうが、足も速く、高校のチームでは、早々とセンターのポジションを獲得し、打順は一番が定位置になった。

体の大きさに筋力が追いつき始めた頃、ヘルナンデスはその実力を遺憾なく発揮し始めた。

打力、守備、走塁、どれを取っても高校生のレベルを遥かに超えていたが、他の選手を圧倒したのはその静かなファイトだったはずだ、と彼自身は思う。余計な事は言わない。黙って打球に飛び込み、ボールに食らいつき、スライディングで相手を吹き飛ばす。その激しさは、ニューヨークのギャングたちに鍛えられたものだ、と陰口を叩く者がいたのは、ヘルナンデスも知っていた。だが、そういう連中はやがてチームから脱落していった。

高校を卒業する頃には、西海岸にある幾つかの大リーグチーム、それにNBAのチームもスカウトに訪れるようになったが、ヘルナンデスはそれらの誘いを振り切って、テキサス工科大に進んだ。オリンピックを目指すためだった。自分が捨てた祖国・キューバと、野球という同じ舞台で対決したい、という気持ちが抑えきれないほど膨れ上がっていたのだ。

出場したソウル五輪で、ヘルナンデスは、キューバまで届けと願いを込めて、大アーチを連発した。アメリカ優勝の立役者となり、卒業後はメッツの一位指名、全米でも七位という高い評価を得て大リーグに身を投じた。

そこから先は、まさにアメリカンドリームの世界だった、と思う。一年目、五月末にメジャーに引き上げられて、すぐさまセンターのポジションを獲得した。百二十八試合に出場し、三割丁度の打率と二十三本塁打、九十一打点、三十五盗塁という文句無しの好成績を挙げ、新人王にも選ばれた。二年目、三年目は、打点でリーグ二位。四年目に百三十五打点を稼いで、念願のこのタイトルを獲得すると、次の年も続けて打点王。六年目には首位打者も獲得した。五年目、六年目には連続してナショナル・リーグMVP。「コーチ」と「ブルックス・ブラザース」のCMに起用され、ヘルナンデスは自分がアメリカという国でポジションを得た事を確信した。定番。信頼性。ステイタス。

ヘルナンデスは、典型的なクラッチ・ヒッターとして大リーグに順応した。長打力に自信はあったが、一発狙いよりも、チャンスで打点を稼ぐ事にしたのだ。

程なくヘルナンデスは、自分がリーグ内でも、一目置かれる存在になった事を意識した。誰もが「ランナーがいる時に迎えたくないバッター」の上位に名を挙げるような選手。ヘルナンデスは、密かにそれを誇りに思った。

ヘルナンデスは、ブロンクスで送った少年時代の暗い想い出を隠そうとはしなかった。むしろ機会が与えられれば、進んで講演に出掛けた。当時の想い出を話し、自らの罪を告白し、両親の死を悼む。そういう話の最後を、ヘルナンデスは必ず同じ言葉で締めくくった。「野球が私を救ってくれた」と。自伝の『アット・バット』はブック・クラブ推薦の一冊となり、コマーシャル契約は巨額の金をもたらしてくれた。その金の多くを、ヘルナンデスは、幼い時期を過ごしたブロンクスに建設予定の小さな球場に注ぎ込んだ。自分と同じようなキューバからの亡命者が計画していたもので、子供たちが思い切り野球を楽しめる専用の球場を造ろう、というのがその狙いだった。九六年に完成した小さな球場は「ヘルナンデス・パーク」と名付けられ、荒れ果てたブロンクスの街で、数少ない安全と夢を保証する場所になった、とヘルナンデスは自負している。

そのシーズンの終わり、ヘルナンデスはロベルト・クレメンティ賞を獲得した。

メジャー十二年で、通算打率三割一分八厘。打点千二百七。本塁打二百九十八。俊足を生かして、盗塁も通算二百を超えていたし、守備でも、外野手としてゴールドグラブ賞を六度獲得した。記録に表われない数々のファインプレイは、メッツ投手陣の防御率を押し下げた。ヘルナンデスの誕生日は十月三日で、チームがポストシーズンゲイムに突入していない限り、レギュラーシーズンの最終戦を終えた時点で、メッツの投手陣は、バースデイ・ケーキを用意するのが習慣となった。

「ピッチャーからこんな事をしてもらえる野手はいないよ」とは、ヘルナンデスと同じように、守備でメッツに貢献し続けるレイ・オルドニェスの台詞である。

長く続くキャリアの絶頂期。そこでヘルナンデスは、今シーズン限りでの引退を突然表明した。理由は、誰に対しても明かされる事はなかった。

「ヘルナンデス？　彼がどうしたの？」

「ああ」香苗の質問にも、藤原は指についたパウダーシュガーをゆっくりと舐めて答えをはぐらかすだけだった。

「ねえ、どういう事よ」香苗が急かすように尋ねると、藤原は怒ったように睨みつけた。

「笑うから、嫌だ」

「笑わないわよ」

「いや、絶対笑う」

「どうして決め付けるの?」香苗は体を椅子に預けると、腕を組んだ。「そんなに変な話なの？」

「変じゃない、と思う。俺にとっては極めて真面目な話だ」

「じゃ、話してよ。本当に真面目な事だと思うなら、他人も簡単には笑わないものよ」

「野球をやっている人間なら、笑わないかもしれない。でも、君は……」

「性差別じゃない、それって」

「いや、スポーツ差別だな。実際にやっているか、やった事のある人間でないと、説明しにくい事もある」

「どうしてそんなに意固地なの？」

「ピッチャーっていう人種は、意固地じゃないと駄目なんだ。自己中心的で、陶酔しやすくて、お山の大将じゃないとやっていけない」

「もう、はっきり言ってくれないと、こっちだって報告出来ないじゃない」

「手札はそっちにあるわけか……いいけど、報告は駄目だ。フリーバーズの関係者には言っていないんだ。報告するなんて、とんでもないよ」

「いいわよ」香苗は、ここだけの話だ、とでも言うように、ペンをテーブルの上に転がした。それを見届けると、藤原はおもむろに口を開いた。

「俺はあいつを許せない、絶対に」

あまりにも真剣な表情だったので、香苗は一瞬、二人の間に私的なトラブルでもあったのではないか、と勘ぐったほどだった。

「どうして？」

「二十年も野球をやっているけど、今まで、完璧なホームランを打たれた事は、一回しかない。打ったのは、奴だ」

香苗は眉をひそめ、頰の内側を嚙んだ。どう反応して良いのか、分からない。

「今、笑わなかったか？」藤原は、顔をしかめながら尋ねた。本気で怒りかけている、と香苗は思った。

「笑ってないわよ」

「本当に？」

「本当だって」真剣な表情を作る。「それより、どういう事？　いつの話なの」

「ソウル五輪。アメリカが優勝した大会だよ」

「あなたが国際舞台にデビューした時じゃない？」

「そう、そしてヘルナンデスにとっても国際舞台のデビュー戦だった。そこで、完璧な一発を打たれたんだよ。分かるかな……いや、無理に理解してくれなくてもいいけど、体中を電流が流れるようなショックだった。その後で、地面に足がつかなくなる。ふわふわした感じで、自分がどこにいるのか、分からなくなってくるんだ。『フォアボールを出すよりも、すっきり打たれた方がいい』なんて、よく言うよな？　でも、それは噓だ。完璧な当たりで、しかもそのボールがとんでもなく遠くまで飛んで行った時は、ピッチャーのプライドはずたずたになるのさ。ジョークで笑い飛ばせるピッチャーもいるかもしれないけど、俺はそうじゃない。

その大会で、俺は好調だった。ヘルナンデスに打たれた以外は、まともに打たれた記憶がない。それだけに、あの一発は頭に残って離れなかった。今でも夢に見る」

「ヘルナンデスと対決するためにアメリカまで来たの？ 随分時間も経っているのに」香苗は呆れたように言った。「信じられない執念ね」

「それだけじゃないよ」

「まだあるの？」

「バルセロナ」

「ヘルナンデスって、その頃はもうメジャー入りしていたんじゃないの？」

「もう押しも押されもしないスターだったよ。ところがその頃、奴は故障者リスト入りしていてね。暇を持て余していたせいもあるだろうけど、『スポーツ・イラストレイティッド』にオリンピック観戦記を書いてたんだ。そこで、無責任に……」

「無責任に、何？」

「俺を誉めた」

香苗は思わず椅子から転げ落ちそうになった。

「だったら、何も問題ないじゃない」

「メジャーへ来るべきだって、そう書いてた。十分通用するって。奴は本当にそう思ったのかもしれないけど、俺には厳しい話だった。俺は、メジャーには行けない。プロ野球の世界に入る事も出来ないのに、そんな事を言われたって、却って困るじゃないか」

「どうして」

藤原は、一瞬押し黙った。自分の質問が、彼の痛いところを突いてしまったようだ、と香苗は瞬時に悟った。藤原の言葉を引き出すため、その疑問を置き去りにしたままで続ける。

「でも、それから何年も経っているのよ。どうして今なの？　チャンスがなかったわけじゃないでしょう」

「チャンスはあったかもしれないけど、潰れてしまった。そしてこれが、最後のチャンスなんだ」

「最後のチャンス？」

藤原は、信じられない、といった表情で香苗を見た。

「君、新聞を読んでないのか？　ヘルナンデスは今年で引退するんだよ。理由は分からないが」

その理由は、香苗も知らなかった。

「年齢的な問題かしら」

「ヘルナンデスは、俺より一歳年上なだけだ」藤原がむっとした声で言った。たかだか一歳か二歳の違いをどうしてこんなに気にするのか、香苗には理解出来なかった。

「去年の成績は？　年齢には関係なく、力が落ちてくる人もいるでしょう。もうピークを過ぎてしまったのかもしれない」

「ヘルナンデスはそんなタイプじゃない」自分の事を言われたように、藤原が顔をしかめた。

「去年は、打率三割四厘、打点九十二、ホームラン二十一本。八年続けて三割をキープしているし、今もメッツの中心打者だ。全然衰えていない」

「確かに引退を考えるような成績じゃないけど……引退するって言い出したのはいつなの？」

「俺が知ったのは、日本で新聞を読んだ時だけど、それが、去年の十一月だ」

「理由は？」

「理由は？　そうか、記事には書いてなかったんだ」

「個人的な理由で、としか書いてなかった。考えてみれば妙だよな。アメリカ人って、基本的にあまり隠し事をしないだろう？　怪我なら怪我、病気なら病気で、はっきり理由を言うはずだ。特にヘルナンデスのような有名人だったら、それは義務みたいなものになっているんじゃないかな」

「でも、言いたくない事だってあるじゃない。もしかしたら、何かまずい事に巻き込まれているのかな」

「まずい事って？」

「ギャングに狙われているとか、何かギャンブルに手を出したとか。あるいは、野球賭博に手を出して、八百長をやっているのが発覚しそうになっているとか」

藤原が冷やかすように肩をすくめた。

「君ね、大リーグはそういう事には厳しいんだ。黙って身を引いたからって、許してもらえるわけじゃないよ」

「そうか」香苗は冷めたコーヒーを啜り、背筋を伸ばした。「確かに、そういう噂も聞かないわね。あるいは、ドラッグ？」

「それもないと思う。そういう事は、ギャンブル以上にすぐに噂になるだろう。君は、そういう話を聞いているか？」

「ないわね、最近は。ヘルナンデスに限った事ではないけど」

藤原が頷き、コーヒーを少しだけ口に含んだ。

「どういう事なのか、随分考えてみた。こっちに来れば分かるんじゃないかと思ったけど、まだ何も分からない……。結局、年齢的なものかもしれないな、君の言う通りに」

「そうじゃないって、さっきあなたが言ったじゃない」

「そう。でも、年齢の事は、本人にしか分からないから……あるいは、本人にも分からないかもしれない。正直言って、俺だって、三十を超えてからこれだけやれるとは思ってもいなかった。逆にヘルナンデスは、限界を感じているのかもしれないな。成績だけを見れば、満足出来ないものではないはずだけど、微妙にずれてくる事もある。打球の勢いがなくなったり、守備の時に、最初の一歩が踏み出せなくなったり。そういう事は、数字の上では分からない。本人の感覚的なものだからね」

「本人に聞いてみればいいじゃない」

「え？」藤原は、戸惑ったような表情を浮かべ、明らかに一歩引いた。逆に香苗は、身を乗り出すようにして畳み掛けた。

「私、ヘルナンデスがどういう選手なのか、どういう人なのか知らないけど、そんなに気になるなら、直接聞いてみたら？　だいたい、あなたが上に上がれる保証もないわけだし」

藤原は香苗を睨み付けたが、それも一瞬だけだった。

「俺は、彼が引退する理由を知るためにアメリカに来たんじゃない。勝負するために来たんだ。そもそも俺を誘ったのは奴だし、俺だって勝負はついていないと思っているんだから。だから、すぐにでも上に上がらなくちゃならない」

香苗は頭を振った。実際、自分の理解を超えた考えであり、行動である。

「あなた、奥さん、いたわよね」

「だから？」藤原は自信なさそうにコーヒーを啜り、テーブルに零れたデニッシュの屑を集めた。

「奥さん、今回の事については何て言ってるの？」

やや躊躇《ためら》った後、藤原は小さな声で言った。

「狂ってる、と」

「私もそう思うわ。それは、あなたのやっている事は、スポーツマンなら誰でも考える事だと思う。夢に見る事だと思う。自分を叩きのめした男をターゲットに決めて、自分の力、相手の力が衰える前に、復讐を果たしたい。でも、普通の人は、今の生活を捨ててまでそんな事をしようとは思わないでしょう」

「そう、普通じゃないんだ、俺は。女房とはずっと冷えた感じだよ。話をしても、すぐに息が詰まってしまう。でも、今やっておかないと、俺は残りの人生を後悔しながら生きて行かなければならなくなる。それだけは、嫌だ」

「酷い我儘を言っている事は分かるわよね？　そこまで理解していないわけじゃないでしょう」

「十分、分かってる。酷い奴だと思うし、女房にも同じ事を言われたよ。でも、ここまで来たら止められないんだ。だから、分かってくれ。俺は、一日も早く上に上がりたい。俺の炎が、ヘルナンデスの炎が燃え尽きる前に、もう一度勝負して、奴を抑え込みたい。屈辱をたっぷり味わわせてやりたい」

「その後は――」

藤原が、自分に言い聞かせるように頷いた。

「そんな先の事まで、考えた事はない」

6

クイーンズ、シェイ・スタジアム。ここの芝は綺麗だ、と藤原は思う。未だ見ぬ、メッツファンの聖地。かなり古くなっているのに、芝の緑とスタンドの青のコントラストは、目に痛いほどである。

藤原は、自分のアパートメントで、メッツのゲイムを見ていた。ヘルナンデスが、画面の中にいる。

フィリーズを迎えてのナイトゲイム。カメラがメッツのダグアウトを映し出し、ヘルナンデスの姿をアップで捉えた。藤原は思わず膝を摑んで身を乗り出す。ヘルナンデスは片隅にじっと腰掛け、ゲイムの流れに入ろうともせずに、頭からタオルを被っていた。チョコレート色の頰を一筋、汗が伝う。長い手足は、どちらかと言えばバスケットボール選手向きの体型だが、このリーチの長さは、外角低めのボールを彼にとっての絶好球に変えてしまうだろう、と藤原は思う。

ゲイムは八回に差し掛かり、メッツが一点のビハインド。ここまでメッツ打線を四安打に抑えて来たフィリーズのピッチャーが突然崩れた。先頭打者に浅いライト前ヒットを許し、次打者にフォアボールを出した時点で交替した。リリーフピッチャーは、三振でワンアウトを奪ったものの、次打者にフォアボールを与えて塁が埋まった。

ヘルナンデスの名前がコールされる。観客席を歓声が走り回り、何かを期待するようなよめきが、スタジアム全体をそわそわした雰囲気に染め上げた。

ヘルナンデスはヘルメットを目深に被り、カクテル光線の中へ足を踏み出した。一、二度ゆっくりと素振りをすると、左打席に入る。無駄なエネルギィを使いたくないとばかりに、ぴたりと構えて動きを止める。ほぼ直立に近いバッティング・フォーム。藤原は唇を噛み締めながら画面に見入った。ピッチャーを射すくめる視線の鋭さは以前と変わっていないはずだが、今はヘルメットを目深に被っているので、その迫力がテレビの前の藤原までは伝わらない。

フィリーズのピッチャーは、今年になってメジャーに定着し、主に中継ぎ役をこなしている若いサウスポーだった。サイドスロー気味のフォームから投げ込まれる速球は、左バッターには厄介な存在である。しかし今は、ヘルナンデスを相手に、非常に投げにくそうにしていた。何度もプレートを外し、アンダーシャツの袖で額を拭う。ようやくサインが決まって、一球目を投げ込んだ。

ヘルナンデスの視線は、ずっと動かない。内角にナチュラル気味にシュートしながら食い込んでくるボールに対して、軽やかに右足を踏み出し、腕を畳むようにして綺麗にバットを振り抜いた。鈍いミート音に一瞬遅れ、打球は鋭いライナーとなって一、二塁間を綺麗に抜けて行く。内野の切れ目でボールは芝を嚙み、そこからさらに加速するように外野の奥深くへと転がった。ライトが大きく回り込んでボールを掴み、体を百八十度回転させると、その勢いを利用してダイレクトでバックホームする。三塁ランナーは、とうに同点のホームを踏んでいた。二塁ランナーとはクロスプレイになったが、滑り込んだランナーの左手が、一瞬早くホームプレートをはらう。

ヘルナンデスは楽々と二塁に達した。腰の辺りで両手を揃え、次第にストライドを短くしながら、慎重にセカンドベースを踏む。上手い、と藤原は思う。ソウルでのスウィングはパワー任せの荒々しい物だったが、今では上手さが加わっている。

それでも、何かが違う、と藤原は思った。

何かが、どこかがおかしい。本来のヘルナンデスなら、先程のボールはスタンドに運んでいるはずだ。小さな画面を睨んでいるだけの藤原にも、それははっきりと伝わって来た。調子が狂っているのか、それとも体力の限界なのか。見極めたい。ヘルナンデスの身に何が起こっているのか。しかし、カメラはヘルナンデスから外れてしまった。

チクショウ、と呟いて、藤原はミネラルウォーターをがぶ飲みした。俺がそこへ行くまで待っていてくれるのか？　それとも、その前に力尽きてしまうのか？

「いい加減にして下さいよ」丁寧な口調に怒りと権勢をくっきりと滲《にじ》ませながら、西山が言った。手を後ろに組んだまま、ジェネラルマネージャーの部屋を行ったり来たりしている。ぴたりと足を止めると、芝居がかった仕種で坂田に人差し指を突きつけ、「本当に」と決め付けた。

坂田は溜息を吐きながら、ソファの中で姿勢を立て直した。ともすれば、ずるずると腰が崩れてしまいそうになる。坂田の視線は西山から逸れ、窓越しに広がるマンハッタンの夕景に注がれていた。アッパー・ウェストサイド、リンカーン・センターを見下ろせる高級住宅地の一角にあるビルの十五階が、フリーバーズの球団事務所である。ジェネラルマネージャーの部屋は東側に面しており、セントラル・パークがほぼ真下に見えた。ニューヨークでも最上級の場所だ。最下位を低迷するチームの事務所には相応《ふさわ》しくない、と坂田は自虐的に思った。

西山が坂田の向かいのソファに座り、短い脚を組んだ。そっくり返るようにしながらソファに背中を預ける。両手でテントを作り、二本の人差し指を忙しなく叩き合わせた。

「坂田さん、監督はどういうつもりなんだろう」

余計な事は喋らないぞ、と坂田は決心していた。

「時期尚早、それだけです」

「何かね、彼は日本人が嫌いなのか？　関戸を先発から外したし、花輪も使わない。私の方針を理解していないんだろうか」

あんたの方針なんかクソくらえだ、と坂田は思った。が、顔には相変わらずの微笑を浮かべていた。面と向かって対決出来ないのは、坂田にも河合の真意が理解出来ないせいもある。「二人とも調子が悪いですからね。ごく真っ当な起用法だと思います。調子の悪い選手を使っても、勝てませんから」

「使わなくても勝てないんじゃないか」西山が嫌味たっぷりに畳み掛けた。「花輪が外れる前の五試合は一勝四敗だ。彼がラインナップを外れてからの五試合は全敗じゃないですか」

「十試合ぐらいは誤差の範囲ですよ」

「確率的には、十試合で起きる事は、ペナントレースの全日程に当てはめる事が出来る」

「計算の上では、そうです」坂田はうんざりしていた。今まで、こんな人間に会った事はなかった。計算だけで全てを決めようとして、その通りにいかないと駄々をこねる。どうしたらいい？　頭でも撫でてやるか？

「君の判断で何とかしたまえ」

「私の判断は一つです。選手をどう動かすかは、監督に任せるという事ですね」

「君はジェネラルマネージャーでしょう？」西山は右の拳を左手に叩き付けた。「大リーグのジェネラルマネージャーは大変な権力者だと聞いているが」

「そういう権力を使いたがるジェネラルマネージャーもいるでしょう。でも、私は違う。現場の事情を一番よく知っているのは監督なんだから、その意思を尊重するだけです」苦しい。何と苦しい言い訳だ。

「オーナー命令ですよ、これは」決め付けると、西山はまた立ち上がって部屋の中をうろうろし始めた。こんなに気の短い男が、どうして日本有数のソフト開発会社を作り上げる事が出来たのか、坂田は常々不思議に思っている。「とにかく、ジャージーシティから常盤を呼べ。チームのカンフル剤にするんだ。きっちり仕事の出来る日本人もいると、アメリカの連中に思い知らせてやれ」

「カンフル剤も、あまり早く使い過ぎると、逆効果になりますよ」

「この状態が手遅れじゃないとでも言うんですか？　今すぐにでも、効果的な治療が必要だ」西山は自分の台詞をじっくりと噛み締め、次いでにっこりと笑って最後の切り札を出した。「シーズン途中でも、監督やジェネラルマネージャーを解任する事は出来るんです。この成績だったら、その事を批判する人間はいないでしょうね」

西山に脅しをかけられた翌日、坂田はシカゴ遠征から帰って来た河合を球団事務所に呼んだ。河合は不機嫌な表情を隠そうともせず、車椅子から坂田を見上げながら、厳しい視線を送ってくる。

「ここへわざわざ呼び付けたという事は、あまり良い話ではないんだろうね」葉巻を咥えると、ガムを噛むようにもぐもぐと口を動かした。

「昨日、オーナーが押しかけて来ました」

河合は顔をしかめた。

「何なんだろうね、あの人は。野球を知らないなら知らないで、大人しくしていればいいのに。どう見ても、子供の頃は勉強ばかりやっていたタイプじゃないか。頭でっかちの人間には、野球は分からないよ。もちろん、馬鹿にも野球は分からないが」

「とは言っても、ね。一応権力は持っているわけだから」

「常盤は、まだ呼ばない」河合は、坂田の機先を制して素早く宣言した。「まだ早い。私は私で独自に報告を受けているが、まだ上でやるだけの力はない」

「成績を見た限り、十分やっていけそうですけどね」

「自分の目で見て来るんだね。厳しいよ、現状では。そういう人間を入れても入れなくても、チームに変化はないと思う。明確な効果が期待出来ない以上、俺は動きたくないんだ。それよりあんたは、上と下と、どっちを向いて話をしてるんだ？」

坂田は言葉に詰まった。河合とは古馴染みだし、これまでは互いに遠慮なく話し合って来た。いずれ、何年か後にフリーバーズの戦力が整った時には、二人三脚でナ・リーグの覇権を争いたい、と夢想する事もあった。最初の苦しい一年を乗り切る事さえ出来れば、名コンビになれるのではないか、とさえ思っていた。何しろ、古くからの顔見知り、一緒にプレイした仲なのだ。あの頃のようなコンビネーションが球団運営の上でも生かされれば、単なる夢が、いずれは達成可能な目標に変わる。

「河合さん、常盤を上に上げない理由は、本当にそれだけですか？」

「他に何が？」

「オーナーの方針に無理に逆らっていませんか？」

「どういう事かな」河合は陽焼けした顔の下から坂田を睨んだ。

「あなたは日本人選手を使わない。使いたがらない。違いますか？」

「俺が日本にいる間、どんな扱いを受けたか知っているかね？」河合は葉巻に火を点け、煙を高く吹き上げた。「日系の選手っていうのは、一体何なんだろうね。俺は、日本に行く前には期待していたんだよ。一度も見た事はなくても、あの国は俺のルーツだ。大リーグで芽が出なかった俺だけど、故郷でなら巻き返せる、と思っていた。

ところが、だよ。俺を歓迎してくれたのは、クソの役にも立たない島国根性だった。俺が一回だけ首位打者を取りそうになった事があるんだが、知ってるか？」

坂田が頷くのを見て、河合は続けた。

「最後は、首位打者を争っていた選手のいるチームとの三連戦だった。最初のゲイムで俺は、四打数四安打と馬鹿当たりして、三厘差で首位に立ったんだ。それでどうなったと思う？翌日のダブルヘッダーで、九打席連続敬遠だぜ？　優勝を争っていたわけでもないのに、こんな馬鹿げたやり方があるか。ガッツのある選手なら、ベンチの命令を無視してでも俺と勝負しただろう。当たり前だ、十回対戦すれば七回は打ち取れる。確率的にはピッチャーの方が有利なんだからな。なのに、皆にやにやしやがって、俺と顔を合わそうともしなかった。

その時俺は、日本に来た事を心底後悔したよ。外国人選手がそういう目に遭うというのは、聞いた事がある。でも、俺は日本人じゃないのか？　祖父《じい》さんの故郷はあの国だし、顔も日本人そのものだ。なのに、アメリカの国籍を持ち、アメリカから来たというだけで、どうしてあんな差別を受けなくちゃならないんだ。日本人っていうのは、あんなに汚い事をするものかと思って、心底嫌になったよ。それに、ファンも酷い。いつまで経っても『ガイジン』扱いだ。俺は日本語も喋れるのにな。メディアも、少しでも打てなくなると滅茶苦茶な記事を書く。何なんだ？　日本で生まれた人間じゃないと、日本で野球をしてはいけないのか？　それでもこっちへ戻って来なかったのは、アメリカには居場所がなかったからさ。程度の低い日本の野球でなら、俺でもそこそこやれる。でも、その首位打者争いの一件があってから、日本に溶け込もうとするのは諦めたよ。馴染めば、自分もクソみたいな人間になってしまうような気がしたからな」

一呼吸おいて、河合は吐き捨てた。

「日本人にはガッツがないんだ。戦争で負けて、どこかに置き忘れて来たんだろう」

滅茶苦茶な理屈だ、と思って坂田は少したじろいだが、引き下がりはしなかった。

「でも、このチームの監督を引き受けてくれたじゃないですか。オーナーが日本人で、日本人選手を優先的に使おうとしているようなチームの監督を。分かっていたでしょう、こういう圧力がかかって来る事は」

坂田の激しい言葉にも、河合は、皺の奥に沈んだ目を鈍く光らせるだけだった。

「俺は、メジャーのチームを自分の力で動かしてみたかっただけだ。事故に遭う前は、それが一番の夢だったからな。あの事故で、一度は完全に諦めたが、ひょんな事からあんたが拾ってくれたんだ。もう一度っていう気持ちになるのも当然だろう。何としてもしがみ付くよ、俺は。そう、たとえ嚙ませ犬になってもいい。俺は、チャレンジしたい。ゼロから始めて、一人前のチームを作るチャンスなんて、滅多にないからな。俺は、そういうガッツの塊なのさ。だから、ガッツのない人間は許せないんだ。とにかく、あのオーナーは駄目だ。野球の精神を捻じ曲げようとしているんだから」

「それは――」坂田は、思いも寄らない河合の強い口調に、つい口籠《くちご》もった。二人の間に緊張感という名前の壁が迫《せ》りあがってくるのをはっきりと感じた。そして、今にも河合が「監督を降りる」と言い出すのではないか、と恐れた。

ノックの音に、二人は同時にドアの方を振り向いた。坂田は、目線で「どうする？」と河合に尋ねたが、河合は肩をすぼめるだけで、せっせと葉巻を吹かす事に専念していた。

「どうぞ」坂田が声をかけると、ドアが遠慮勝ちに開き、香苗が顔を見せた。

「あら」愛想笑いを浮かべる。「お揃いでしたか？」

「どっちに用かな？」坂田は、何とか硬い笑顔を浮かべた。

「監督ですけど……坂田さんにも聞いてもらった方がいいかな」

河合がすっと眉を上げる。香苗は部屋に入ると、後ろ手にドアを閉めた。河合が声をかけた。

「どうだった、あの二人は。数字に表われている以外の事が知りたいんだぜ、俺は」

「藤原君は、スタミナ面でまだ難あり、です。百球を超えると、目に見えて球威がなくなるし、制球が乱れます。百球までは、間違いなくリーグ有数のピッチャーですが」

河合は頷き、先を促した。

「常盤という坊やは？」

「何年か先には、リーグを代表するパワーヒッターに成長するかもしれません。でも、守備は全く駄目です」

「今は代打でしか使えないという事だな。どうだい、坂田」

坂田は眉をひそめた。

「監督は、粗探《あらさが》しばかりしているんじゃないですか。アメリカ的なやり方とは思えないな。プラス面を見て、育ててやらなくちゃ」

「俺は慎重な性格なんだ。こいつは、日本で身につけた習慣で、唯一役に立つものだよ」そう言って、河合は歪んだ笑顔を浮かべた。

「でも」香苗が口を挟んだ。坂田と河合は同時に彼女の方を見た。「少なくとも藤原君は、出来るだけ早く上に上げた方が良いと思います」

「何だって？」河合が、大袈裟な仕種で耳に手を当てた。「俺の聞き違いかな」

「いえ」香苗は毅然とした調子で言った。

「藤原を上に上げるべきだ、と言ったんです。もちろん、これは私の個人的な意見です。最終的に判断を下すのは監督ですが」

坂田が見ているうちに、あっという間に河合の耳が真っ赤になった。爆発の予兆を感じ、坂田はこの場を収めるための言葉を懸命に探した。あるいは、ふっと力の抜けるようなジョークとか。しかし、彼が適切な台詞を思い付く前に、河合が先に口を開いた。

「話してみろよ」

自分は少し感情に流されているのかもしれない、と香苗は思っていた。あるいは、藤原の話そのものがでっち上げかもしれない。早くメジャーに上がりたいという一心で、他人が聞いたらつい気持ちを動かされそうな話を作り上げたとも考えられる。それでも、香苗の気持ちは揺り動かされた。そして、河合にも打ち明けざるを得なくなった。

河合の反応は読めなかった。クールな男だ、という前評判だったし、一緒に仕事をしてみると、その評判が単なる噂ではない、という事がよく分かったから。間違っても、情に流されるタイプではない。無愛想な仮面の下に、さらに無愛想な本心を隠している。余計な事を進言すれば自分の首が危ないかもしれない、という事は十分分かっていた。もっとこの男の側にいて、もう少し内側を覗いてみたいのに、それも出来なくなるかもしれない。

それでも香苗は話さざるを得なかった。馬鹿みたいに単純な話なのだ。真っ直ぐな話なのだ。しかし、時が経つにつれ、その単純な話が、香苗の胸の中で大きな炎を上げて燃え始めている。

「分かった」葉巻の火はとうに消えていたが、河合はそれにも気付かない様子だった。

「分かったって、どういう事ですか、監督」坂田は疑心暗鬼のまま尋ねた。

「分かったって言ったら、分かったんだよ」河合は、不機嫌な口調で言い捨てた。「藤原はこちらに呼ぶ。常盤は、もう少し下で我慢してもらおう」

「オーナーは、藤原の事には全く触れていませんけどね」

「関係ない。オーナーがどの選手を贔屓《ひいき》しているかは、俺の計算には入っていない」

「でも、どうして……」香苗は、余計な事かもしれないと思いながら、つい口を挟んだ。

河合は、拳で両目を思い切りマッサージしながら、ぽつんと言った。

「そういう馬鹿野郎が、今のフリーバーズには必要なのかもしれないな。自分の我儘のために、ありとあらゆる物を捨ててアメリカにまで来るような馬鹿野郎が。そんな奴が、今のフリーバーズにいるか？　一人もいないだろう、俺を除いてだが。面白いじゃないか。やらせてみよう」

「いいんですか、監督？」坂田が遠慮勝ちに尋ねる。河合は首を振って、また葉巻に火を点けた。

「俺の裁量権を最大限に生かしてくれるって、あんたは言ったよな。そうさせてもらうよ。いいか、野球選手にとって一番大事なものが何か、あんたはよく知っているだろう。技量じゃない。欲望だ。メジャーまで這い上がって来たのに成功しない奴は、技術的に劣っている訳じゃない。夢見る力が足りないだけなんだよ」

これで良かったのだろうか。香苗には分からなかった。３Ａでどんなに活躍していても、それがそのままメジャーで通用するという保証はない。もしかしたら、藤原はもうしばらく調整する必要があるかもしれない。自分の進言が、彼が成熟するために必要な時間を奪ってしまう可能性を、香苗は恐れた。

でも、と香苗は思い直した。遥か海を越えてここまで来た藤原の執念があれば、何とでも出来るはずだ、と。それこそあの男には、夢見る力が溢れている。


酷く乾燥し、空気が冷たい。巨大なスポーツバッグ一つをぶら下げてサンフランシスコ国際空港に降り立った藤原は、思わず首をすくめた。ポロシャツの袖から出た腕に吹き付ける風は、予想外に厳しい冷たさを孕《はら》んでいる。空は抜けるように青いが、その青さが、逆に寒さを際立たせているようにも思えた。

タクシーを捕まえ、パシフィックベル・パークまで向かうよう、告げる。気の良さそうな太った黒人の運転手は、「ジャイアンツのゲイムかい？」と尋ねた。

「そうだ」と答えると、運転手は「今日は良い席は取れないかもしれないよ」と忠告してくれた。ジャイアンツはナ・リーグ西地区の首位を快走しているし、今日は土曜日のデイゲイムだ。子供たちでごった返しているスタジアムの様子を、藤原は簡単に想像出来た。

「大丈夫、特等席があるんだ」

「そいつは良かった」

特等席というのがダグアウトである事は、藤原は言わなかった。ただ、バッグの底に忍ばせた娘の写真を取り出し、じっと見入るだけだった。外の風景も目に入らない。さあ、父さんはここまで来た。お前は、お前だけは、上手く行くように祈ってくれるよな？

随分静かだな、と藤原は思った。これが、負ける事に慣れ始めたチームというものかもしれない。ロッカールームの中で、選手同士、会話を交わすでもなく、ジョークを言い合うでもなく、ただ黙ってゲイムの準備を進めている。関戸と花輪は軽く会釈をして来たが、言葉をかけるまではしなかった。薄いが高い壁の存在を、藤原ははっきりと感じた。ただ一人、握手を求めて来たのがブラウンだった。

「ようこそ、ジャングルランドへ」ブラウンが、端整な顔を皮肉に歪めて言う。「あんたも、獣の仲間入りだな」

「ジャングルと言うほど騒々しくない」

ブラウンは引き攣ったような笑いを浮かべて、肩をすくめた。

「負けてるチームなんて、こんなものだよ。皆、牙を抜かれちまうからな。さて、俺は今日投げるんだ。悪いけど、歓迎会はまた後でな」

藤原は34番のユニフォームがかかったロッカーを見つけ、黙って着替えた。グレイ——実際には、光沢のある深いシルバーだ。人はこれを見て「巨大なチューインガムの包み紙」と揶揄《やゆ》する——と黒を基調にした、ビジター用のユニフォーム。袖を通してみたが、電流が走るような感動はなかった。これが、ヤンキースのピンストライプのユニフォームだったら、あるいは突き抜けるようなドジャー・ブルーのユニフォームだったら、気分も違っていたかもしれない。要するに、このユニフォームには歴史が足りないのだ。着る者を緊張させ、対戦相手には畏怖を植え付けるような歴史が。

着替え終えたところに、河合が近づいて来た。ブラウンに短く言葉をかけると、そのまま藤原に向かって車椅子を進める。藤原は、座った方が良いのか、立ったままでいるべきか、一瞬迷った。その間に、河合が目の前に到着してしまった。結局、立ったままでいる事にした。

「遠い所をご苦労」河合は、流暢《りゅうちょう》な日本語で言った。

「あなたの現役時代のプレイを、後楽園で何度も見ています」

「そいつは名誉な事だが、随分と古い話だな。だいたい、後楽園球場なんて、とっくの昔になくなってしまっただろう」河合は硬く笑った。「そんな古い事は忘れて、今度はあんたが、サンフランシスコの奴らの度肝を抜いてやれ」

藤原は頷き、同時に腹の底から熱いものが溢れ出て来るのを感じた。

とうとう、ここまで来た。

ほんの数か月前までは、自分でも妄想だと思っていた事である。途端に足元がふわふわと浮き上がり、体がぐらぐら揺れるような感覚に襲われた。いけない、落ち着け、と自分に言い聞かせる。今からこんな調子だったら、マウンドに上がった時には心臓麻痺を起こしかねない。

そう言い聞かせると、すうっと鼓動が落ち着き、呼吸が楽になった。思ったより緊張していないのかもしれない。それに、僅か一か月強とはいえ、3Aでそれなりに納得出来るピッチングをして来た。手の届かない高みにあった藤原の夢は、今や実現可能な目標にすり替わったのだ。そして、その目標は、別の、本当の目標に変わりつつある。

本物のプレイボールだ。

ほんの十数時間前だった。

ナイトゲイムの後、ジャージーシティ・パークの監督室に呼ばれた藤原は、ミラーの冷たい視線に迎えられた。

「すぐに荷物をまとめろ」氷を削ったように冷たく、感情の感じられない台詞だった。

「は？」

「サンフランシスコだ」

「サンフランシスコ？」

ミラーは、苛立たしげに椅子の肘あてを指で叩いた。

「あのな、俺は何百人という若い奴を、マイナーからメジャーへ送り出してやった。最初の頃は、いろいろな台詞を考えて楽しんでいたよ。『とうとう、お前の夢が実現する時が来た』と言って有頂天にさせる事もあったし、『お前は、ここではもう用なしになった』と言って、相手が蒼くなるのをにやにやしながら見ていた事もあった。昔はそんな事も楽しみだったが、今は気の利いた台詞を考えるのにも疲れた。

だから、回りくどい事は言わない。上の連中が、明日から西海岸へ遠征に出る。サンフランシスコで合流しろ。直接球場に行けばいい」

藤原は、事情を飲み込もうと、しばらくミラーの顔をじっと見詰めた。ミラーは呆れた様子で、ほう、と短く息を吐いた。

「お前さん、これだけはっきり言っているのに分からないほど鈍いのか？　それとも、英語が分からないのか？」

「いや」

「じゃ、何だ？」

「こんなに早く上に上がれるとは思っていなかった」

「阿呆。いつも自信たっぷりのくせに、こんな時だけ謙遜するな」ミラーはデスクの引き出しからバーボンを取り出して、瓶から直接一口呷《あお》り、アンダーシャツの袖口で口を拭って藤原に突き出した。藤原は戸惑ったように瓶を受け取って口をつけ、軽く一口含んだ。喉が燃え、目の前が赤くなる。しかし、アルコールが胃の襞《ひだ》に染み込むのと一緒に、現実が藤原の脳の皺にも満ちて行った。

「こいつは餞別《せんべつ》だ」藤原の手から瓶を奪い取ると、ミラーはまた一口飲んだ。ゆっくりと口の中で転がし、飲み下してから、間延びした口調で続ける。「河合とは、昔殴り合った事がある」

「いつの話ですか？」

「随分昔だ。奴も俺も、パシフィック・コースト・リーグにいたんだよ。俺達は二人ともまだ若い監督で、今と同じように若い奴らの面倒を見ていた。

あるゲイムで、奴のチームの選手がホームプレートではなく、キャッチャー目掛けて露骨に危ないスライディングをした。結構荒れた試合でね、肋骨《ろっこつ》を狙ったぶつけ合いから、とうとうキャッチャーへの攻撃にまで発展したってわけさ。アウトかセーフかは覚えていないが、とにかく、ホームプレートが血で赤く染まった。あれだけ見事な流血事件は、俺のキャリアの中でもあの時だけだったね。それを見て俺は、ホームに突進した。涼しい顔をしているランナーの顔目掛けて右フックを一発だ。パーンと、ライフルで撃ち抜くみたいな一撃を、だよ」ミラーは、その時の様子を再現しようと、藤原目掛けて鋭いパンチを寄越した。藤原は慌てて左の掌で受け止める。重いパンチだった。

「そいつは、あっという間に膝から崩れて泡を吹いた。それを見た河合が飛び出して来てね、走りながら、俺の顔面目掛けてパンチを繰り出して来た。良い左のストレイトだったな。腕で受けたけど、びりびり痺れが来るほどだった。もちろん、やり返したよ。その頃は奴も、自分の足で立ってたからな、遠慮はしなかった。ところが殴り合っていたのは俺達だけで、選手もアンパイアも、呆気に取られて見ているだけだった。熱くなっていたのは監督同士だけだった、というわけさ」

ミラーはふっと笑みを漏らしたが、すぐに真面目な表情に戻った。

「それから奴とも長い付き合いになるんだが……今は、そんな事は流行《はや》らないかもしれないが、殴り合わないと、男同士は腹を割った仲にはなれない。ま、今となっては立場も違うし、直接話す機会はあまりないがね。奴も随分いろいろなところから苛《いじ》められて神経質になっているとと思うが、これだけは言える。奴はガッツのある男だし、選手の事を第一に考える監督だ。俺がそうであるようにな。

さ、行ってこい。行って、お前さんの腕っ節を奴らに見せ付けてこい。自分の所でプレイした選手が、金の計算ばかりして胡座《あぐら》をかいているメジャーの選手を手玉に取るのを見るのが、俺にとっては何よりの楽しみなんだ」

随分空いているな、と藤原は思った。オープンしたばかりのパシフィックベル・パークは、目新しさで人気を呼んでいると聞いていたが、それにしては空席が目立つ。タクシーの運転手は、良い席を取るのは一苦労だと言っていたが、少なくとも外野席はがらがらで、初夏の陽光の中で、小波《さざなみ》がゆらゆらとうねるようにシートが光っている。ひんやりとした海風が、気紛れに内野の芝を揺らして行った。この季節、ナイターにはまだ防寒着が必要だろう、と藤原はぼんやりと思った。

ベンチの片隅に座りながら、自分がゲイムの流れに没入出来ていない事に藤原は気付いた。味方のヒットには拍手を送るが、気付くと、神経質に貧乏揺すりをしている。そんな事は、今まで経験した事がなかった。おそらく、観客のせいだろう。数万人の観客の前で投げた事など、何回もない。一瞬たりとも途切れる事のないざわめき。ヒット一本、三振一つに対して送られる、津波のような拍手。借り物の舞台に、借り物の肉体で登場してしまったような気分だった。

五回を過ぎると、促されてブルペンに向かった。太陽は中空にあるのに、空気はひんやりと冷たい。長袖のアンダーシャツで正解だったな、と藤原は思った。

ブルペンでは、アレグザンダーという名のほっそりとした白人のキャッチャーが、ボールを受けてくれた。

「気楽にな」軽いキャッチボールをしながら、声をかけてくる。「今日も多分、出番はあるよ。ブラウンは、あまり調子が良さそうじゃなかったから。でも、あんたの出番が来る頃には、どのみち試合は壊れてしまっているんだ、気楽に行こうよ」

そう言われて初めて、藤原はスコアに気付いた。五対一、ジャイアンツは七本のヒットを積み重ねている。効率の良い攻撃だ。今日のブラウンは、味方の援護がない事を言い訳には出来ない。

この分だと出番は早いかもしれない。そう思って、藤原は急いで肩を作った。若いサウスポーのピッチャーが並んで投球練習をしている。スクリューボールが面白いように落ちるが、球の勢いそのものは俺の方が上だな、と藤原は思った。

「今日も忙しくなりそうだぜ」そのピッチャーが、ワインドアップしながら藤原に語り掛ける。藤原は、その通りだと頷き、投球練習のピッチを上げた。

肩は、良い具合に軽い。汗をかくうちに、体の中心部にどっしりとした重心が生じるのを感じた。体の全てがそれを中心に回っていくような軸が出来た。この軸が大きければ大きいほど、俺のピッチングは安定感を増す。風の音。歓声。オルガンの音色。全てがホワイトノイズに溶け込み、藤原を包み込んだ。体の動きはいつになくスムースで、噴き出す汗が潤滑油になっているようだった。

出番が回って来たのは八回の裏だった。フリーバーズは一点差にまで追い上げていたものの、ブラウンがこの日九本目のヒットを打たれ、ツーアウトながら二、三塁のピンチ。声がかかった時、初めて藤原は現実に引き戻された。ここで打たれれば、ゲイムはぶち壊しになる。

だが、その現実は恐れるようなものではなかった。

いざマウンドに上がってみると、ゲイムの序盤に藤原の体を支配していた緊張感はどこかへ消え去り、澄んだ空気の匂いさえも嗅ぎ取れるほど落ち着いているのを感じた。ピッチングコーチのマイヤーからボールを渡され、尻をぽん、と一つ叩かれる。キャッチャーのテリー・フォックスが、マスクを腰の辺りで持ち、気取った仕種で口髭を撫で付けていた。二十年前のロックスターのようにカールさせたブロンドの長髪が、汗に濡れて艶々と光っている。

藤原は、彼の顔を正面から見て、「髭の手入れは後にしてくれないか？」と言った。

フォックスは、にやりと笑うとマスクを持ち直した。

「さて、どうする？　あんたはまだサインも覚えてないだろう」

「ボンズ、か」藤原は、ネクストバッターズサークルで素振りをするバリー・ボンズの姿を見守った。一時期に比べればパワーは衰えているとは言え、今シーズンは好調を保っている。リーグで最も危険なバッターの一人である事は間違いない。「ストレイトだな。全部ストレイトだ」

フォックスは大袈裟に肩をすくめた。

「おいおい、それだけで打ち取れるバッターじゃないよ。正真正銘のオールスター級なんだから」

「とにかくストレイトで一、二球様子を見よう」そう言いながら、妙な自信が湧き上がってくるのを藤原は感じていた。「通用しそうもなかったら、また相談する」

「手後れになってから泣き付いても知らないよ」そう言って首を振りながら、フォックスは自分の持ち場に戻っていった。

投球練習をしている間にも、自分の中に生じた軸がどんどん太くなるのを感じた。ふと、外野席に反射する陽光に目を細めた時、藤原はまた現実感を失った。確かにここはサンフランシスコの郊外であり、自分は大リーグのマウンドに立っているはずなのに、未だに夢の中にいるように思える。

一段と高まる歓声が、藤原を夢想から現実に引き戻した。ボンズが左打席に入る。左耳のピアスが、陽光にきらきらと輝いた。黒い瞳が狂暴な光を放ち、藤原を見据える。藤原は、大きく一つ息をして、状況をもう一度頭に叩き込んだ。ツーアウト、ランナーは二人。積極的に打ってくる場面だ。

振りかぶった。瞬間、全ての音が消える。芝を渡って来た風が耳をくすぐり、それで無駄な力が全て抜けた。天に向かって両腕を突き上げ、胸元まで左足を引き上げて、体を前後に折った。腰を中心に体が綺麗に回転し、腕の捻りが縦方向への回転に変換される。右耳のすぐ脇を右腕が通過し、アンダーシャツが空気を切り裂く音がはっきりと耳に聞こえた。リリースの瞬間が見えるようだった。指先がボールに最後のスピンを与え、腕は地面に叩き付けられるような勢いで振り抜かれる。完璧だ。

ボールはストライクゾーンの低めぎりぎり、内角を抉るコースに走った。メジャーのストライクゾーンは低い。ボンズのフォームも、低めに対応したクラウチングスタイルだ。踏み出したスパイクが打席の土を鋭く抉るが、結局見送った。ストライクワン。微かに首を振り、藤原を睨み付けた。

どうした、振って来いよ。

行ける、と藤原は確信した。相手はMVP三回という大物中の大物であり、気合負けしたらそれで終わりだ。しかし、俺は負けていない。タイミングは合っていないのだ。必ず、打ち取れる。

二球目、同じ高さで、さらに内角寄りへ。ボール。ボンズはそのボールを見切ったが、体を捻るようにして避けなければならなかった。ボール。微かなブーイングが起こるが、それもすぐに消える。雑音が、実際に消えているのを藤原は知った。自分のピッチングが周囲に渦を巻き起こし、自分がその中心にいるという事を、悟った。腹の底から興奮が湧き上がる。その興奮はやがて、高く巻き上がる炎に変わり、藤原にさらなるエネルギィを注ぎ込んだ。矢は番《つが》えた。後は、弓を引け。

フォックスは長い脚を折り畳むように、低く構えた。サインはなし。よし、俺のストレイトの威力が分かったようじゃないか。藤原は笑みを隠すと小さく頷き、三球目を膝元へ投げ込んだ。タイミングが合わない。ボンズは思わず手を出したが、途中で諦めたように力ないスウィングになった。ストライクツー。

あのコースなら、行ける。フォックスも同じように感じたのだろう、寸分違わぬコースに構えた。

次の球ではボンズのバットスウィングはさらに鋭く、踏み出したスパイクが打席の土を抉った。タイミングは徐々に合って来ている。鈍い音を残し、ボールはバックネットをライナーで直撃した。ボンズは、スウィングを終えて片足で立ったまま、バットを右手から左手に持ち替えたが、ふと顔をしかめ、バットを入念に点検した。一、二度地面にこつこつと当てると、バットが真ん中から裂けるように割れる。瞬間、沈黙がスタジアムを覆い尽くし、やがて溜息の洪水に変わった。ボンズがフォックスに何か言う。フォックスは肩をすくめただけで相手にせず、藤原の方に目をやった。マスクの奥で目が笑っている。

ボンズはバットを替え、気を取り直すように二、三度素振りをすると打席に入った。ぴたりと構え、動かない。風が途絶えた。

同じコース。遊び球はなし。悲鳴を上げそうなボールが行った。バットが真芯でボールを捉える。鈍い音が響くと同時にバットは真っ二つに割れ、ヘッドの部分が真っ直ぐマウンドに向かって飛んで来た。藤原は慌てて左足を突き出し、スパイクの底でバットの破片を受け止めた。無事で済んだとほっとする暇もなく、ボールの行方を追って視線を動かす。粉々になったバットの破片が霧のように舞い、視界を塞いでいる。目の前だった。

ふらふらと力のないハーフライナーが迫っている。慌ててグラブを差し出し、地面に落ちる直前のボールをダイレクトに掴んだ。

球場全体を、溜息の雲が包んだ。まばらな拍手がリレー式に連なり、やがて誰かの口笛がそれに混じった。その渦の中心にいる藤原は、ごうん、と足元から沸き上がるような地鳴りを全身で感じていた。マウンド上にそっとボールを転がす。ボンズが、藤原を指差しながら、何か怒鳴っていた。努めてそれを無視し、足早にベンチに戻る。ボンズは、折れたバットのグリップを持ったままで、何が起きたのか、まだ状況を把握出来ていないようだった。

そこから先はおまけのようなものだった。九回表、フリーバーズは内野安打二本にフォアボールで塁を埋めると、フォックスがセンターオーヴァーのツーベースを放ってランナーを一掃し、逆転。藤原はその裏を三者連続三振に抑え、初登板で大リーグ初白星が転がり込んで来た。

ゲイム前と打って変わって、ロッカールームは明るい雰囲気に包まれていた。３Ａで初めて投げた時のような馬鹿騒ぎにこそならなかったが、明るい笑いがあちこちで渦巻き、ビールの栓を抜く音がBGMとして色を添えた。ハンバーガーを両手に持ったフォックスが踊るように近寄って来て、藤原に握手を求めようとして戸惑っている。藤原はハンバーガーを一個引き取ってやり、二人は互いに空いた手で握手を交わした。

「やるね、あんた」

「伊達《だて》に年は取ってない」

「日本人は、あまり年を取らないのか？」

「そんな事はないけど」

「まさか、ストレイトしか投げられないわけじゃないよな？」結局藤原は、九回裏も全てストレイトで押し通してしまったのだ。

「何でも来い、だ。次からはちゃんとサインを決めよう」

「結構、結構。俺、ガキの頃に、デビューしたばかりのクレメンスを見た事があるけど、あんたは間違いなくそれ以上だね。あの頃のクレメンスには、あんたほどのコントロールはなかった」

「君は、クレメンスのボールを直接受けたわけじゃないだろう」

「それはそうだけど、イメージの問題だよ……。おっと、そのハンバーガーは俺からのプレゼントだ」

言い残すと、フォックスはおどけた調子で残ったハンバーガーを口に咥え、シャワールームに消えていった。

続いて祝福に訪れたのはブラウンだった。ビールを瓶からラッパ飲みにしながら、握手を求める。「俺の指定席を取らないでくれよ」と茶目っ気たっぷりにウィンクする。

「ベンチでは大人しくしてるよ」

「だけど、マウンドでは遠慮するなよな。これで、チームの雰囲気が少し変わるかもしれない」

「だといいが」

「正直に言おうか。俺は、負け犬の中でプレイするのはもうたくさんなんだ。確かにこのチームにいれば金にはなるが、金で買えないものは沢山あるからな」目を細めて首を振る。大分ストレスが溜まっているな、と藤原は思った。「また頼むぜ」ブラウンは、自分の負けを消してくれた藤原を、仲間と認めたようだった。ぽん、と左肩を叩くと、ロッカールームの中央に盛り上げられた料理の山に戻って行った。

「ボスが呼んでるぜ」誰かに呼ばれて振り向くと、監督室のドアの隙間から顔を覗かせた河合が、右手で手招きをしていた。藤原は、小走りに監督室に向かった。

河合は小さなペットボトルの水を飲みながら、壁に向かってぼんやりしていた。藤原が入って来たのに気付くと、ゆっくりと車椅子を回して向き直る。車椅子から身を乗り出すようにして右手を差し出した。藤原は、壊れ物を扱うようにそっと、その手を握った。

「おめでとう」

「ありがとうございます」

「俺は基本的に、日本人っていうのはガッツがないと思っていた」河合はいきなり切り出した。「日本にいた十年間、ガッツのある選手に会ったのは二、三回だけだった。だけど、君は違う。本物のガッツを持っている」

藤原は面映《おもは》ゆい思いがして、思わず頬を人差し指で掻いた。河合は表情を崩さずに続けた。

「ご覧の通り、うちのチームにはすっかり負け犬根性が染み付いてしまっている。あんた一人が来たところで、それが急に変わるとも思えないが、少なくとも勝ち星をみすみす逃すような事はなくなると思う。今まで、終盤になって勝ちを逃した事が何度もあったからな。抑えに回ってくれ」

途端に、藤原は不安に襲われた。３Ａでは中継ぎ、抑え、先発と一通りこなしたが、やはり先発が自分の性に合っている、と思っていた。河合の目が大きく見開かれた。不安を見抜かれたかもしれない、と藤原は思った。

「どうした、自信がないか？」

「自信は……あります。経験がないだけです」

「結構だ」河合は大きく頷くと、水を一口含んだ。「何事もやってみるべきだし、このチームなら、多少の失敗は大目に見てもらえる。それに、君のピッチングはクローザー向きだ。今日も、意識してずっとボンズの内角を攻めたな？」

「そうです」

「ああいうバッターの内角を攻めるには勇気がいる。クローザーには、その気持ちが大事なんだ。逃げない事、自分がこの世で一番偉いと思う事。それにもう一つ、君がスタミナ面に不安がある事は分かっている。百球を超えると、急に力がなくなる、という報告は、俺の所にも入っているからな。思うに……」空中に指で素早く円を描いた。「ブランクと、年齢的な問題だと思う。ブランクは、急には埋まらないよ。その意味でも、しばらく抑えをやってみるといい。投げ込んでいくうちに、持久力を取り戻せるはずだ」

「やってみます」

河合は頷き、独り言のように続けた。

「明日もあいつらをやっつけるんだ。これからは、フリーバーズの悪口は誰にも言わせない」

藤原は、河合の目の中でぎらぎらと滾《たぎ》るものを見た。この男も、誰にも負けない欲深さを持っている。クソみたいなチームを率いている事で、その欲望はどれほど満たされるのだろう、と藤原は思った。

そんな藤原の思いを知ってか知らずか、河合は腕を伸ばすと、厚い掌で藤原の腰の辺りを思い切り叩いた。

「さ、早くロッカールームに戻れ。新聞記者連中がお待ちかねだよ。あんたはあまり喋らないタイプらしいが、大リーグでそれが許されるのは、スティーブ・カールトンぐらいのクラスになってからだぜ」

その夜遅く、藤原は久しぶりに日本に電話をかけた。しばらくぶりに聞く瑞希の声は、実際の距離よりも遠く、宇宙の彼方から聞こえて来るようだった。藤原は無事大リーグに昇格し、初勝利を挙げた、と淡々と報告したが、彼女の態度は彼以上に静かなもので、会話は全く弾まなかった。

「体は大丈夫なの？」そう言いながら、彼女は全く別の事を考えているようだった。

「快調だよ。まだ始まったばかりだけどね。これから旅の毎日が続くけど、そうなったらどうなるかな……経験した事がないから分からない」

「そう」

藤原は自分が苛ついている事に気付いた。そう、俺は祝福してもらいたいのだ。電話をかけてくれる友人はいない。何か言ってくれるとしたらお前だけじゃないか。どうしておめでとう、の一言が出て来ないんだ。

「しばらく実家に帰ろうと思うの」

「どうして」

「だって、ここに一人でいたって仕方ないし」

「アメリカに来いよ。こっちで二人で暮らそう」

「だから、それは嫌なの」

「分からないな」藤原はホテルの壁を見詰めた。そこに、何か答えが書いてあるとでも言うように。「どうしてそんなに意地を張るんだ？　俺達、ずっと二人でやってきたじゃないか。これからだって、そうだろう」

「私には、分からない」瑞希の声は、氷のように冷えていた。藤原は、背中に冷水をかけられたような気分になった。「あなたは、あなたの道を歩いている。私は、ずっと同じ場所に座っているだけ。でも、どこにも行き場がないのよ」

「何言ってるんだ。俺達はいつも一緒だよ。由佳里も、な」

「あなたには、分からないと思う」感情的な言い方ではなかった。むしろ、一切の感情が感じられない口調だった。「とにかく、体にだけは気をつけてね」

「君は、どうしたいんだ」

「それが分かれば、とうに動き出してるわ。私は、まだ答えを見つけていないのよ」

藤原は、通話の切れた受話器をじっと見詰めた。一つの事がうまく行けば、それで人生の全てがぱっと明るく開けるわけではない。藤原がアメリカにいて、自分の好きな事をやっている以上、瑞希の心には、おそらく自分でも理解出来ないどろどろとした感情がずっと渦巻くに違いない。俺が羨ましいのか？　それとも、喪に服する時間が短かったとでも言うのか？

それこそ、藤原には理解出来なかった。俺達は、おそらく普通の夫婦よりも多く、心に傷を負っている。しかし、お前が歩み寄ってくれなければ、解決しようがないじゃないか。いつか瑞希も分かってくれるはずだ。俺はこうするしかなかった。消えた八年間を埋めるためには、この場所に来るしかなかった。藤原は、何とか楽天的に考えようとした。しかし、考えれば考えるほど、瑞希の冷たい声が、藤原の心に大きな影を落とすのだった。

7

「カリフォルニアでは、我々東部の人間の想像力などとても及ばない事がしばしば起きる。しかも、こちらが見ていない時に限って。先週の土曜日、パシフィックベル・パークで、ジャイアンツと我がフリーバーズのゲイムが行われた。ここで、カリフォルニアの奇跡が起きたのだ。あちらの人にとっては、この程度の奇跡はありふれた物に過ぎないかもしれないが、後にその事実を知った我々東部の人間は、最初我が耳を疑い、次いで互いの頬をつねりあった。

夢ではなかった、友よ。

ボックススコアも、それが事実である事を裏付けている。Y・フジワラ。投球回数一回三分の一、奪三振三、自責点ゼロ。ああ、しかもこの冷徹な数字の裏には、MVP男、バリー・ボンズのバットをへし折ったピッチャーフライという驚愕の事実が隠れている。全てストレイトで勝負を挑み、『あの』バリー・ボンズを完全に捻じ伏せたのだ。もちろん、九回の裏を三者連続三振に打ち取り、初登板で大リーグでの記念すべき一勝を挙げた事も見逃してはならない。彼は日本人にありがちな寡黙な男であり、インタビューでも問われれば答えるという程度だったが、『緊張はしなかった。今日は七分の出来だった』と頼もしい言葉を残している。

これこそ、フリーバーズの歴史の中で、特大の文字で書かれるべきシーンだし、仮にもフリーバーズファンを名乗る人間なら、孫の代まで語り継ぐべき出来事だ。

真摯《しんし》なフリーバーズファンなら、おそらくこのゲイムの結果に閃《ひらめ》くものがあったはずだ。重大なターニング・ポイントになるゲイムだ、と気付いたはずだ。彼には実力にプラスして、幸運を手繰り寄せる力が備わっているに違いない。運。それは、今までのフリーバーズに、実力以上に足りなかった要素である。

フジワラ。この名前を胸に刻み付けよう。彼は日本でプロフェッショナルとしての実績はなく、三十歳を超えてから一人でアメリカにやって来た人間だ。そのキャリアは、ほぼ白紙である。もちろん、一試合を見ただけで、全てを予想する事は出来ない。しかし彼は、キャリアの有無や年齢を恐れず、目標に向かって一歩一歩を積み重ねて来た男である。そのガッツを、フリーバーズに植え付けたい。

そう、奇跡は近い。フリーバーズは間違いなく生まれ変わる。その日は、多分、あなたの家の角を曲がった辺りまで来ているのだ。

取り敢えず、ブラボー！」

「どうだね」ジェネラルマネージャーの部屋では、西山が坂田の椅子に腰掛けてふんぞり返っている。本来その椅子に座っているべき坂田は、叱られた子供のように、デスクの前で後ろ手に組んで立っていた。大越は、二人の様子を目を細めて眺めながら、思わず苦笑してしまった。何というか、ビジネスの現場には見えない。どこかの小学校の校長室といった雰囲気だ。

「結構でした」坂田が、西山の言葉に素直に頷いた。

「人の使い方っていうのは、そんなに難しくはないんですよ。可能性を拾い上げ、チャンスを与えてやる。それだけで、大抵の人間は、自分の実力以上の力を発揮するようになるんです。ビジネスの世界でも、スポーツの世界でも、それに変わりはない。ついでに言えば、良い経営者に最も大事なのは、実は運なのです。たまたま拾い上げたゴミが宝石だった、というような事が積み重なって、資産になる。まあ、藤原が宝石かどうかは分からないけど。この試合だけかもしれないし」

ビジネス誌の巻頭特集のように陳腐な台詞だ、と大越は思った。ベンチャーの旗手、と言われながら、西山は意外に古いタイプの経営者である。彼が、司馬遼太郎を愛読しているのを、大越は知っていた。

「とにかく、実力のある選手は早く上に上げて使うべきです。しかし、どうして藤原なんですか？　私は、常盤にチャンスをあげるように言っていたはずだが」

「ええ、総合的に状況を検討してですね」坂田は慎重に頷いた。「現場で判断しました」

「まったく、オーナーというのは、何の権力もないのかな。だいたい、あんなポンコツのピッチャーを使ってどうするつもりなんですか？　いいかい、彼は何歳？　三十歳？　もっと上か。野球選手としては下り坂でしょう。若々しいイメージが必要なんだよ、我がチームには。しかも彼は、私の言う事を聞かない。ちゃんと話も出来ないんだから」

「社長、そろそろ準備しませんと」大越はやんわりと話の腰を折った。ひたすら責め続けられる坂田に同情を覚えていた。

西山は大越を無視して演説を続けた。

「いいかい、三十歳のルーキーと、十八歳のルーキーと、ファンはどっちに期待すると思う？　それは、三十歳のルーキーの活躍は、少しの間は話題を呼ぶかもしれない。でも、何年も続かないだろう。常盤なら、これから二十年はファンを飽きさせないはずだ。フリーバーズは、『ジャパン・ソフト』の広告塔なんだから、もっと若々しく、フレッシュなイメージを持たせないと駄目だよ」

大越は、自分の中で何かに微かな亀裂が入る音を聞いたような気がした。広告塔？　何を言っているのだ、この男は。ここは日本ではない。あんな事を言ったら、ファンから総スカンを食う。亀裂は瞬く間に大きくなり、大きな割れ目を覗かせた。西山は、調子に乗ってさらに続ける。

「とにかく、球団にはイメージが大事ですよ。てきぱきと、はっきりとする事。兵隊は兵隊らしく、律儀な印象を与えていればいいんだ」

そうか。この男も、所詮は日本的な経営者でしかない。野球に対する情熱を語った言葉に嘘はなかったかもしれないが、この男にとっては、もっと大事なものがあるのだろう。大越は頬の内側を噛んだ。西山の言うもっと大事なもの、それはおそらく、俺にとっても飯のタネではある。しかし、飯を食う以上に大事な事もあるのだ。少なくとも俺には。

「では、坂田さん」西山はもったいぶった仕種で右手を差し出した。坂田は遠慮がちにその手を握った。西山が大袈裟に坂田の手を上下させながら、上機嫌で続ける。「今後の健闘を期待しますよ。多分、今シーズン中にもう一回は来られると思います。その時には、もう少し楽しい気分で野球を見たいですね」

「ご期待にそえるように頑張ります」感情の欠けた口調だ、と大越は思った。今は、坂田の気分が俺にもよく分かる。

部屋を辞去する時、大越は坂田に向けて一瞬だけ哀れみに満ちた視線を送った。口に出して安心させてやりたかった。大丈夫、いつまでもあなたに苦しい思いはさせない。私が、もうすぐ正常な状態にしますよ、と。しかし今は、そのような事を言うべきタイミングではなかった。事は、慎重に進めなければならない。

ストッパーとしての俺の生き方は、サンフランシスコでの三連戦で決まった、と藤原は思う。三連戦最後の試合で、一点リードで迎えた九回を再び三者三振に抑え、初セーブを記録したのだ。その中には、ボンズから奪った三振も含まれていた。ストレイトを高めに投げ込んでストライクを稼ぎ、外角へのスライダーで様子を見る。最後は、膝元で消えるように沈むフォークボールで空振りの三振。これで、フリーバーズは今シーズン初めて、ロードの三連戦を勝ち越した事になる。

次の登板のチャンスは、コロラドへ転戦しての対ロッキーズ三連戦の二試合目だった。八回の裏からマウンドに上がった藤原は、季節はずれの寒さに腕がかじかむのを感じていた。肩がなかなか温まらない。不用意に真ん中へ投げ込んだストレイトにはスピードが乗らず、あっさりと右中間に弾き返された。当たりが良すぎてバッターランナーはファーストで止まったが、これが、藤原が大リーグで許した初めてのヒットとなった。

気に食わない。コンディションが悪い。しかし、それを言い訳には出来ないのだ、という事は、藤原自身が一番よく知っていた。俺はもうアマチュアじゃない。気温も空気の薄さも言い訳には出来ないのだ。しかし、何度もファーストに牽制球を投げているうちに、有り難い事に肩が本格的に温まって来た。

続く打者をショートゴロでダブルプレイ——捌いたのは、相変わらず精彩のないプレイを続けている花輪だった——に打ち取ると調子を取り戻し、残るワンアウトを三振で締めくくった。九回はさらにピッチを上げ、センターフライ、ファーストゴロ、三振と、僅か七球で三人を退け、二セーブ目を挙げた。

三試合目は、花輪の大リーグ第一号のホームランが飛び出すなど珍しく打線が活発で、八回までに五点差がつき、藤原の出番はなかった。

藤原は、自分の役割をすぐに楽しめるようになった。ゲイムの流れが出来上がった時点で登場して、最後までそのペースを守り抜くのは、あるいは先発ピッチャーの役割よりも難しい。しかし、そのような状況で注目を浴びる快感に、すっかり味を占めてしまったのだ。やれるのだろうか、という微かな不安はとうに消え、今は毎日のマウンドが、藤原の自信をぴかぴかに磨き上げている。

最初は肩や肘に軽い張りを感じていたが、それにもすぐに慣れた。多い時でも三十球程度、それが続くのが合っているようだった。いずれ先発で投げてみたいという気持ちもあったが、今はとにかく、毎日でも投げられるのが面白かったし、一試合一試合が、自分の中で着実に蓄積されているのが分かっていた。

藤原の記憶の中で、次第に瑞希の顔が薄れつつあった。それではいけないはずなのに。いや、違う。今は自分の事だけを考えていればいい。満足を入れる事の出来るタンクがあるなら、それを一杯まで満たしてやりたい。瑞希の事は、その後でじっくり考える。二人のために。自分に言い聞かせた。少なくとも、今ではない。

そんな事を考えていると、胸に小さな棘《とげ》が刺さったような感じがする。しかし、チームの雰囲気が変わりつつある事の方が、今の藤原には大事だった。お通夜のようだったロッカールームには会話と活気が生まれていたし、だらけた諦めに代わって、心地良い緊張感がダグアウトに漂うようになった。いいじゃないか。リーグで最低の先発陣も、俺が一まとめに面倒を見てやる。

ロードの六試合で四勝二敗という成績を残し、フリーバーズはニューヨークに戻って来た。藤原はジャージーシティの部屋を引き払わず、そこからリバーサイド・スタジアムに通う事にした。ハドソン川を渡ればすぐにマンハッタンだし、すぐ近くにジャージーシティ・パークが見えるこの部屋の立地が気にいっているという事もあった。

それに、常盤の事も気になった。俺がいなくなってから、誰が奴の面倒をみているのだろう。きちんと練習は出来ているのだろうか。

デンバーへの遠征から帰った夜、藤原は常盤の部屋のドアをためらいがちにノックした。部屋を空けていたのは一週間だけだというのに、酷く長い時間が過ぎてしまったような気がしていた。

返事はなかった。

このまま戻って寝てしまおうか、とも思ったが、ふと思い付いて、フード付きのパーカーにジーンズという軽装で、すっかり馴染みになった散歩のコースを辿る事にした。

ジャージーシティ・パークまで来ると、耳慣れた音が、コンクリート壁を通して聞こえて来た。藤原は思わず頰に笑みを浮かべると、夜勤の警備員に軽く会釈をした。

「あいつ？」

「まったく、よくやるよね。ところで今日のゲイムで彼がマスクを被ったのは知ってるか？」

「え？」

「途中から、さ。俺はケーブルテレビで観てたんだ。心配したけど、パスボール一つで無事に済んだよ」

藤原は、その言葉を俄《にわ》かには信じられなかった。こんな短期間で、あの難題を克服出来るわけがない。ここはメジャーへあと一歩、というピッチャーが集まったリーグである。力学法則に逆らうような変化球を涼しい顔で投げるような人間が揃っているのだ。しかも、内角に自分の名前のついた旗を立てるのが当然だと思っている連中ばかりである。常盤は本来の進化のスピードを無視するように、完成の域へ突き進んでいるとでも言うのだろうか。

「ま、見てみなよ……それにしても、あんたも物好きだね。自分の事だけ考えていればいいのに」

「性分なんだ」

それだけではなかった。実際にベンチで見ていると、フリーバーズの弱点がよく分かる。打ち出すと止まらない勢い。相手ピッチャーが自殺を考えたくなるような破壊力。今のラインナップでは、それは望めない。ここに常盤が入れば、確実に打線の厚みが増す。後は、動きの良いショートがいれば内野の守備がぐっと締まるのだが、そこまで望むのは贅沢というものだろう。実際、フリーバーズの財政状態は既に破綻しかけている、という噂がチーム内に流れていた。莫大なトレードマネーを積んで、スーパースター級の選手を集めてくる事など、出来そうもない。

屋内練習場から漏れる灯りを頼りに、藤原は薄暗い廊下を歩いた。近づくにつれ、灯りと一緒に声が漏れてくる。

「……そう硬くなるなって。いいか、ほんの少し動けばいいんだ。ほら、動いてみろ。違う、そうじゃない。お前、体操の選手にでもなるつもりか？　ちょっと見てろ」

ざっと土を擦る音が聞こえた。

「こうだよ。俺がどれぐらい動いたと思う？　十センチか？　二十センチは動いていないだろう。大袈裟な動きに見えるかもしれないけど、実際にはほんの少しなんだ。よし。もう一回やってみろ」

ボールが土を抉る音、それに続いて、誰かが地面に体を投げ出す鈍い音が聞こえて来る。

「おいおい、お前はバレエでもやってるつもりか？　ええ、プリマドンナさんよ」

藤原はドアをそっと開けた。音をたてずにやったつもりだったが、四つの目が一斉に藤原の方を向いた。

「藤原」

「ウォーマック」藤原は彼に向かって頷き、次いで視線をほんの少し左に動かした。「常盤」

常盤はまだユニフォーム姿で、頭から水を浴びたように全身が汗でびっしょり濡れていた。ユニフォームは泥だらけで、特に下半身はほとんど土と同化している。肩で息をしていた。

「おいおい」ウォーマックはおどけたように肩をすくめてみせた。「何だい、大エースがこんな所に何の用だ？」

「誰だって、生まれ故郷に戻って来るものなんだよ。第一、俺はまだこの街に住んでいるんだからな」

「故郷に帰って来るのは、道に迷った時だけだよ。あんたの前には、真っ直ぐな広いハイウェイが開けているようだけどな」そう言うと藤原に歩み寄り、拳を突き出した。藤原はその拳に自分の拳を合わせながらも、常盤から視線を外せなかった。

一回り小さくなったように見える。明らかに贅肉が落ちていた。目は落ち窪んでいるように見えたが、生気は消えていない。弱い照明を受けて、瞳が鈍く光る。甘さが消えていた。

「ミラーの差し金か？」

藤原の質問に、ウォーマックは肩をすくめた。

「俺は、言われた通りにやっているだけだ」

「俺がいなくなって、誰が練習に付き合ってるかと思ったんだが」

「もちろん、俺だよ。俺以外に誰がいる？」ウォーマックは自分の胸を親指で指した。濃紺のナイキのTシャツが汗で体に張り付いているので、少し突き出た腹が目立つ。

「少しは良くなったようだな」藤原の言葉に、常盤はようやく頷くだけだった。藤原はウォーマックの方に向き直り、確認した。

「何の練習をしてたんだ？」

「デッドボールの練習だ」

「何だい、それ」

「奴が嫌な記憶を持っているのは分かるけど、カウンセラーに相談してもどうしようもないからな。同じような状況を繰り返して、慣れさせるしかないんだ。随分良くなったよ」

「ところで、どうしてあんたが？」

「コーチ学の勉強だ」ウォーマックは真顔で言った。

「また、そんな事を」

ウォーマックは、分厚い唇に寂しそうな笑いを浮かべた。

「いや、本当だ」

「辞めるつもりか？」

「今年は、最後までやる。でも、来年はない。ミラーからも言われてるんだ、そろそろ若手の面倒を見ろって。まずは常盤だ。まあ、俺には合ってるな、こういう仕事が」

「それは、引退勧告じゃないか？」

「おいおい、別に俺は、ミラーを怨んでいるわけじゃないぜ」ウォーマックはリストバンドで額の汗を拭った。「ボスも、俺の将来を考えてくれているんだろう。このまま現役にしがみついても、先がない事ぐらいは自分でも分かっているさ。もしも、これから先もずっと野球で飯を食って行こうと思ったら、教える側に回るしかないじゃないか。それに、選手としてはメジャーになれなかったけど、監督としてならチャンスがあるかもしれないだろう？　ミラーが背中を押してくれたんだ。そういう意味では感謝しているよ」

「そうか」藤原は常盤に目を戻した。彼が練習場に入って来た時には地面にへたり込んでいたが、今は何とか立ち上がり、大きく肩を揺らして呼吸を整えている。ふとウォーマックを見て、藤原は微かな異常に気付いた。

「ちょっと、腕を見せてみろよ」

ウォーマックは曖昧に笑って誤魔化そうとしたが、藤原が腕を強く摑むと、顔をしかめた。

「脱いでみろって」

「人に見せるものじゃないよ」ウォーマックはそう言いながら、上半身裸になった。体のあちこちに、痣《あざ》が残っている。予想した通りだ。藤原は溜息を吐いた。

「デッドボールの練習って、お前、自分が実験台になってたのか？」

「実験台と言うか、まあ、打席には立ったよ。俺も随分鈍くなった。避けきれないボールもあったからね」

藤原は、すっと背筋が寒くなるのを感じた。ウォーマックは、穏やかな形だが、常盤が心の傷を負ったあの事故を再現しようとしているのだ。

「まさか、これもミラーの命令じゃないだろうな」

「ボスは具体的な指示はしなかった。だから俺が考えた。恐怖心を取り除くには、慣れるしかないだろう。目の前で、実際にバッターがボールをぶつけられるのを見て、慣れるしかないんだ。ま、荒療治だが、俺は効果があったと信じてるよ」

「じゃ、ちょっと見せてもらおうか」

常盤は頷き、ホームプレートの後ろで構えた。自信溢れる態度でもないし、自分の下手さ加減を笑って誤魔化そうとするわけでもない。全ての感情を押し隠し、ただありのままの自分をさらけ出しているだけだ。

ウォーマックが小走りにバッティングマシンまで行き、藤原は、バットを拾って打席に入った。常盤が蒼い顔で藤原を見上げる。藤原は、努めて表情を殺しながら、ウォーマックに「ストレートでいいよ」と声をかけた。

「おいおい」ウォーマックが心配そうに言う。「いいのか？」

「あんたが教えた事がどれだけ染み込んでいるか、俺の体で確認させてもらう」

「じゃ、遠慮しないぞ」

ウォーマックはともかく、マシンは全く遠慮してくれなかった。百四十キロを超すボールが顎の下を襲う。一瞬藤原は、ボールに引き込まれそうになった。最後の瞬間、ようやく体を前に倒し、ホームプレートの上に無様に横たわる。はっきりと恐怖を覚えた。もう何年も、バッターボックスには入っていない。後ろを振り向くと、ボールは零れて転がっていた。藤原は、常盤を短く睨んだ。が、すぐに顔を上げてウォーマックに怒鳴る。

「次だ」

ウォーマックは眉をひそめた。

「おいおい、あんたに怪我させたら、俺のキャリアもそこで終わりだぜ」

「俺のキャリアも終わりだよ」

同じようなコースを、再びボールが襲う。藤原は、さっと背中を後ろにそらせた。今度は倒れない。常盤は、両腕を突き出したまま凍りついているが、何とかボールをキャッチしていた。これでは、走られてもボールは投げられないだろう。

「捕れるようになったのか？」

常盤は蒼い顔で頷いた。

「自分からサインは出せるか？　それとも、どうしても外角一辺倒で攻めるつもりか？」

常盤は唇を嚙み締めたままだったが、やがて藤原を見上げてぽつりと言った。

「藤原さん、どうして俺の事をそんなに気にかけてくれるんですか？」

「俺も、お前と同じだからだ」

「同じ？」

藤原は笑いかけてやるべきかどうか、分からなかった。無表情を装い、ぽつりと言う。

「原因は別かもしれないけど、俺も、怖い。俺は、怖さを忘れるために夢中で投げているだけなんだ」

それは自分の本音だろうか、と藤原は自問した。分からない。

最近、俺は考える。あの八年間がなかったら今はどうなっていたか。おそらく、バルセロナが終わった時点で、すんなりプロ入りしていただろう。どのチームに入ったかは分からないが、今もチームの中軸として投げているはずだ。その結果得られた名声、金、自分の欲を満たすだけの成績。それらは全て架空の話だ。今更空白を埋める事は出来ない。時折、あの空白の歳月を思い出す。疎《まばら》になった記憶の中に、黒点のような暗い想いがぱっと表われては消えるだけだ。

俺は、由佳里さえいなかったら、と思っていなかったか。もしもあの子が生まれてこなかったら。あるいは、生まれてすぐに死んでいたら。何度か、悪魔のような仮定が頭を過らなかったか。認めたくない。しかし、認めざるを得ない。俺は確かにそう思った。この子がいなければ、俺はこんな回り道をしなくて済んだのに。

もちろん、何を思っても歳月は取り戻せないし、由佳里が生き返るわけではない。今この瞬間に後ろめたい思いを抱く対象は、瑞希だ。俺は娘を邪魔に思っていた。もちろん、八年の間にはそんな事は口に出せなかったが、瑞希は俺の心の動きを敏感に感じ取っていたに違いない。だからこそ、アメリカに付いて来なかった。俺の挑戦を、冷ややかな目で見ている。

クソ。

これは、俺に対する彼女なりの罰なのだ。

だが俺は、そういう暗い想いをエネルギィに転換する方法を覚えた。投げ続ける事で、怒りと後ろめたさを少しずつ無害な想い出に変える事が出来る。いずれ瑞希ときちんと話し合わなくてはならないと思うとぞっとするが、少なくとも、今日この日を生き抜いていく事は出来る。

常盤はまだ、それが出来ない。自分の判断で、一人の若者の選手生命を奪ってしまったショックから完全には抜け出せないままなのだ。しかもそれが、歪んだ形で表われている。バッティングには全く影響がないのだから。

苦しむのもいいだろう、と藤原は思う。しかし、苦しみから逃れるか、苦しみと同居する方法を見つけないと、この男は何もかも中途半端なまま、アメリカを去る事になるかもしれない。それで良いわけがない、と思う。体を動かす事だ。百万のボールを受け、百万人の打者をバッターボックスに迎える。そうやって、暗い記憶を少しずつ体から追い出していくしかないのだ。

藤原がリバーサイド・スタジアムに初めて登場したのは、六月七日だった。春が全速力で駆け去り、早くも蒸し暑い夏の気配が顔を覗かせた夜。空を厚い雲が覆い、珍しく空気が濡れていた。

藤原は、ゲイムが始まるとベンチの奥に引っ込んだ。トレイナー室でベッドの上に横たわり、肩の周辺、それに膝を中心に入念なマッサージを受ける。五回までマッサージ室で過ごし、それからやっとブルペンに向かう。それまで、試合の流れは全く気にしない。五回まで十点差で負けていても、一応肩は作る。ブルペンはレフトフェンスと観客席の内側にあるので、直接ゲイムを見る事は出来ない。七回までは、モニターでゲイムの流れを見ながら、ゆっくりと肩を温める。本当に力を入れて投球練習を始めるのは七回表、相手チームの攻撃がツーアウトになってからだ。そこから急ピッチで十球を全力投球する。六球をストレイト。二球をスライダー。一球をフォークボール。最後の一球をストレイトで締めくくる。そうしておいて丹念に汗を拭い、フリーバーズの攻撃を見守った。

グラウンドに通じる通路は狭い。照明も落とされており、生まれ出てくる子供が世の中の動きを知る事が出来ないように、グラウンド上で何が待っているのかを事前に知る事は出来ない。そして、ドアを開けるといきなりカクテル光線が目を潰す。それに慣れるためにゆっくりとマウンドに向けて歩きながら、一、二度右手でグラブを叩く。胸に手をやった。そこには、ビニールコーティングした由佳里の写真が収まっている。いつも一緒だ。お前は、父さんの仕事場でいつも一緒なんだぞ、と言い聞かせる。だけど、こんなに大勢の人の前に出たらびっくりするだろうな。驚いて、また倒れてしまうかもしれない。生きていれば、だ。

二点のリード。あと六つアウトを取れば、本拠地で初めてのセーブが記録される。マウンドでボールを受け取ると、大きく一つ深呼吸し、次いでスタンドをぐるりと見回した。所々でカメラのフラッシュが煌《きらめ》き、冬の星空のように寒々とした光を振りまく。外野席にはほとんど観客はいない。延々と続く負け試合に客足は遠のくばかりで、四万五千人入るスタンドも、最近では半分が埋まれば良い方だ、とも聞いていた。しかし今夜は、藤原のピッチングを見ようという熱心なファンが数千人、上乗せされている。

「さて、やっつけようか」とフォックスが軽い調子で言った。

「オーケイ」藤原はグラブを振ってフォックスを追い返し、丁寧に投球練習をした。

相手は、ナ・リーグ中地区の首位を行くアストロズだ。珍しく、と言うよりも奇跡に近いような事だが、フリーバーズ打線は、昨年の二十勝投手、ホセ・リマにボディブローのように細かくヒットを浴びせ、五回でマウンドから引き摺り下ろしていた。

バッターはジェフ・バグウェル。股割りをするように大きく足を広げて構え、髭の中から、鋭く藤原を睨んでいる。藤原はその視線を無視し、ゆったりと、アホウドリが羽ばたくように大らかにモーションに入った。外角低めぎりぎりへ第一球。バグウェルは打って出るが、タイミングが合わない。膝を折るようにして空振りすると、スタンドから大袈裟ではなく、悲鳴のような声の波が襲って来た。藤原は驚いてスタンドを見回す。そして、ここは自分のホームタウンなのだ、と気付いた。俺以上に、ファンの方が俺のピッチングを待ち望んでいたに違いない。

リバーサイド・スタジアムでは、外野二階席にある電光掲示板に、球速と球種の表示が出る。「九十六マイル、ファストボール」ほう、と息を吐き出し、藤原は自分の指先を見詰めた。少し湿り気のある天候が、自分には合っているようだ。二球目に、初球と二十五マイル近い差のあるチェンジアップ。バグウェルのバットは空を切った。三球目は外角に大きくスライダーを外し、最後はやはりストレイト。胸元を突く九十七マイルの速球にバグウェルは思わず手を出し、三振を喫した。しばらく自分のバットを見詰め、諦めきれない様子で藤原に鋭い一瞥《いちべつ》をくれる。

藤原は落ち着いた態度でボールを受け取り、マウンドをならしたが、観客は勝手に熱狂していた。急勾配のスタンドからは、どしゃ降りのように歓声が降り注いでくる。それが体に染み込み、観られているという快感で、ほとんどエクスタシィに達しそうになった。

試合の流れに水を差すように、急に大粒の雨が落ち始めた。スタンドの屋根を打ち、ばらばらという小さな音が寄り集まって、巨大な水流になる。照明が、横殴りに吹き付ける雨を浮き上がらせていた。藤原は、濡れた頬をアンダーシャツの袖口で拭い、ロージンバッグを弄んで指先を落ち着かせた。

次打者への第一球、突然雷鳴が轟き、照明よりも明るい光がスタジアムに降りかかる。悲鳴があちこちで走る中、ボールが藤原の指先を離れた。雷は、滝が落ちるような勢いでスタジアムのすぐ近くに落ち、瞬間、照明灯が全て消える。一際悲鳴が大きくなったが、藤原は、周囲の出来事を全てシャットアウトしていた。自分とボール、それに構えるフォックスだけ。バッターさえも目に入らない、孤高のキャッチボール。一瞬の停電から復旧した電光掲示板には、「百二十マイル」の表示が浮かび上がっている。ぎょっとしながらフォックスからボールを受け取ったが、その時になってようやく、落雷による停電で一時的に表示がおかしくなったのだ、と気付いて苦笑いした。よし。今夜の俺には余裕さえある。スタンドに座っている可愛い女の子を探す事も出来るし、そのついでに時速百マイルの速球も投げ込める。

さらに二度雷鳴が轟き、一層激しい雨が落ちて来た。視界がほとんどゼロになり、アンパイアが両手を頭上で振りかざして中断を指示する。ずぶ濡れになりながらベンチに引き上げる途中、藤原は内野の芝が雨に濡れて緑の色を濃くして行く様をゆっくりと確認した。スタンドの観客が、大慌てで屋根の下に移動して行く。藤原は、ブルペンに直行した。ゲイムの流れは自然に左右される事もあるが、ピッチャーは自らの意志でそれを克服する事も出来る。ブルペンにも雨は落ちてくるのだが、ウィンドブレーカーを合羽代わりにして体を動かし続けた。

来た時と同じように、雨は突然去った。中断は十五分。肩が冷える間もなかった。藤原は八回表の残る二つのアウトをいずれも三振で片づけ、胸を大きく張りながら、ゆっくりとベンチに戻って来た。

ベンチでは、誰も藤原に話し掛けない。それがいつもの雰囲気だった。藤原の方で「話し掛けてくれるなよ」という無言のサインを発し、他の選手もそれを敏感に感じ取っている。この日は、関戸が何か話したそうにしていた。久しぶりに先発に復帰した彼は、相変わらず押したり引いたりの粘っこいピッチングで七回までアストロズ打線を二点に抑えていた。このまま藤原が抑え切れば、ほぼ一か月ぶりの勝ち星が転がり込んでくる事になる。しかし、藤原は自分の周りに薄い膜を張り、関戸を寄せ付けなかった。

試合がぐらりと動いたのは八回の裏だった。花輪のツーベースが引き金になり、四回以降沈黙していたフリーバーズ打線に再び火が点いた。フォアボール、シングルヒットで満塁として、フォックスがライト線にぱちんと弾き返して二人が生還。リードは四点に広がった。関戸はほっとした表情で、顔をタオルでごしごしと擦る。疲れきった表情に、ゆっくりと生気が蘇って来た。それを目の端でちらりと見ながら、藤原はグラブを手にして立ち上がる。

次の瞬間、ベンチが空っぽになった。残されたのは、車椅子に乗った河合と藤原だけである。エアポケットに落ち込んだように、藤原は状況が把握出来なかった。河合に聞くわけにもいかない。戸惑いながら、グラウンドに飛び出した。

ホームプレート付近で派手な殴り合いが始まっていた。誰が誰を、と判定するのは不可能だった。藤原は、近くにいた花輪をようやく捕まえると、「何だ、一体？」と怒鳴るように尋ねた。

「ぶつけられたんですわ、ブロックが」

「何でまた？」点差を考えれば、ぶつけてくるような状況ではない。が、相手ピッチャーの心理状態は、藤原にも分からないではなかった。

「分かりません。いきなり肩口にどかん、ですから。ブロックがキャッチャーをどついて、それでこの始末ですわ。いや、派手ですね、大リーグは」

「まずいな」

まずいな、と言いながら、藤原は頬が緩むのを感じた。それまで大人しくやられるままになっていたフリーバーズの選手たちが派手な乱闘を展開した事が、意外でもあり、嬉しくもあったからだ。チームに欠けていた何かが、ようやく生まれつつある。

乱闘騒ぎはアンパイアによって分けられ、両チームの選手がのろのろと引き上げた。藤原は、揉み合いの一番外側で少し騒いだだけだった。キャッチャーにつかみ掛かったブロックが、退場。二回退場させられる恐れはないので、ブロックは堰《せき》を切ったようにアンパイアに卑猥な言葉を投げかけた。ベンチに戻って来る途中で藤原の姿を見掛けると「怪我しなかったか？」と声をかけてきた。藤原が頷くと、右手の親指でゆっくりと首を掻き切る仕種をして見せ、残忍な笑いを浮かべる。

九回表。藤原は、自分が試されているのを感じた。ゆっくりとマウンドをならしていると、いつものようにフォックスが気取った歩き方で近づいて来る。

「俺は、別にやる必要はないと思うぜ」俯いたまま、ぼそぼそと話す。

「やられたらやり返す、だろう？」藤原は、体の芯にぽっと熱い火が点るのを感じた。

フォックスは首を振った。

「いや、ちょっと雰囲気が悪くなってるからな。やり返すのは大事だけど、下手に手を出してあんたが怪我するよりは、ここできちんと締めて試合を終わらせた方がいい。誰も文句は言わないよ」

「それじゃ、筋が通らない。舐められたままでいいのか？」

フォックスは肩をすくめた。

「じゃ、俺は逃げるからな。誰かに守ってもらえよ」

藤原は微かに眉を上げてフォックスを睨み付けた。

「自分の事は自分で守るよ」

右打席に入ったのは、小柄なラテン系の選手だった。藤原より、十センチほどは背が低い。何かが起こるのを予期してか、バッターボックスの外側ぎりぎりに立った。だが、上半身はホームプレートに屈み込んでいる。藤原は、内野を守る選手たちの視線が自分に注がれているのを、痛いほど強く感じた。

試されている。

ならば、応えてやる。

初球から行った。もちろん、やや腕を中に入れるようにしてシュート回転をかけ、スピードを落として。致命的な怪我を与えるつもりはない。ただ、少し痛い目に遭わせて、暗い記憶をアストロズに植え付けてやるだけだ。

バッターは、ボールが藤原の手を離れた途端に逃げ腰になった。が、シュートして内角に食い込んでくるボールは、獲物を追い掛ける銃弾のようにバッター目掛けて走る。バッターは倒れ込んで逃げようとしたが間に合わず、左の肩口にあたったボールが跳ね上がった。

するとバッターは、いきなり眠りから覚めたように立ち上がり、マウンドに向かって突進して来た。短距離走者のようなスピードで、頭を下げて一直線に。藤原は、衝突の寸前にグラブを投げ捨てた。体を半分右に捻りながら、相手の頭を左脇に抱え込む。そのまま闘牛士のように頭を抱えて引きずり回し、三百六十度回ってスタンド全体にその様子を見せ付けた後で、相手の頭にパンチを見舞った。もちろん、拳ではない。手を開き、掌の底、親指の付け根付近を使う。

一発……二発……三発。スタンドで、無責任にパンチを促す拍手が起こり、藤原はさらに三発のパンチを見舞ってから、相手の頭を離した。散々頭を殴られたバッターは、威勢良くヘルメットを脱ぎ捨てて来た事を後悔するような表情を浮かべて、腰からへたり込んだ。何故かマウンド上には二人しかいなかった。が、次の瞬間には内野手たちが藤原の元に駆け寄り、敵の攻撃から藤原を守るように取り囲む。

アストロズベンチからは誰も飛び出して来なかった。笑っている選手がいる。拍手している選手がいる。五人に一人は、藤原に向かって中指を立てていたが、全体的には「面白いショーを見せてもらった」という呑気な雰囲気が流れていた。

どういうわけか、殴られた選手が退場になり、騒ぎが収まった後も藤原はマウンドに立っていた。帽子を拾い、埃を叩き落とす。他の選手は、一様ににやにやとした笑いを浮かべて、それぞれのポジションに散って行った。フォックスだけがマウンドに残っている。

「キャップ、これであんたはニューヨークのヒーローだよ」

「どうして」

「昔からニューヨークの人間は、少しはみ出した乱暴者が好きなんだ。多分、明日からはカウボーイとでも呼ばれるようになるんじゃないか」

「この場合、闘牛士だろう？」

藤原は九回の表を丁寧に投げて、三つの内野ゴロでゲイムを締めくくった。心なしか内野手の動きも滑らかになっているようだったし、ゲイムが終わってベンチに戻る時には、スタンディング・オベイションが待っていた。リバーサイド・スタジアム名物の白いハンカチは、今日は見えない。

少し痺れた右手を庇いながら、ベンチに残っていた選手たちとハイタッチを交わす。汗が引いて行く時間、藤原は自分が大リーグのマウンドに立っており、これからもずっとそうして行くのだという事を、今までになく強く実感していた。

スタジアムを出る時、藤原は水谷に捕まった。何故か、水谷までもが嬉しそうな笑みを浮かべている。

「いやはや」引き攣《つ》っているように見えるが、実際は精一杯の笑顔を振りまいているのだった。「たまげたね。お前さん、あんなに乱暴者だったのか？」

「やられたらやり返す、だ。舐めた真似をする奴は、首をへし折ってやる」

「じゃ、お前を舐めないように気をつけるよ」

二人は並んで歩き出した。水谷は、まだジャージーシティのアパートメントにいるのか、と尋ね、藤原がそうだ、と答えると、車で送ろうと申し出た。藤原は、思わず水谷の腕の事を言い出しそうになった。彼が乗っているのは、ごく普通のフォードのセダンだったから。しかし水谷は、片手でギアをドライブに入れると、そのままハンドルに軽く手を添え、滑るように車を走らせた。

「慣れたものだな」言ってしまってから、藤原は少し後悔した。

「人間なんて、実に順応性の高い生き物だと思うよ。それより、おめでとう、と言っておこうかな。お前、クローザーの方が合ってるよ」

「そうかもしれない」

「これでメジャーに定着出来そうじゃないか。こんなに早く目標達成とは、正直思ってなかったけど」

「そうだな。でも、まだ半分、いや、三分の一だけだ」

「何だよ、まだ何かあるのか？　欲張りな男だな」

「そう、俺は欲張りだし、欲望を満たすためには手段は選ばないつもりだ」

そして、そのチャンスは、ホームでの三連戦の直後に訪れるはずだった。ゲイムの流れがうまく傾けば、俺の夢はついに叶えられる事になる。いや、叶えるチャンスが与えられる事になる。

藤原は、そのチャンスを最大限に生かすつもりでいた。


ロジャー・スミスが、いつかコラムで指摘した通りだ、と藤原は思う。ニューヨークの古くからの野球ファンにとって、レギュラーシーズンにニューヨークのチーム同士が対戦するのは無上の喜びなのだ。フリーバーズとメッツの対戦は「サブウェイ・シリーズ」と呼ばれる人気カードになった。もちろん、二つのチームがナショナル・リーグ東地区で優勝を競うような事になれば、さらに盛り上がるはずだ。ただ、当事者である藤原も、そうなるのは早くても数年後だろう、と見ていた。それに、ファンも同じように思っているはずだ。ニューヨークのファンは、徹底したリアリストである。実現しそうもない夢を見る事はしない。

しかし、純粋なメッツファンとなると話は違う。彼らは、新興宗教の信者のように、奇跡の到来を真面目に信じているのだ。九回裏二死から、五点差をひっくり返す。八月末の十ゲイム差を、最終戦で逆転する。確かに、メッツの歴史を見ていると、鼻で笑うわけにはいかなくなる。

平日のデイゲイムだというのに、シェイ・スタジアムは、試合開始の時点でほぼ満席になっていた。メッツは、六月のこの時点で、半ゲイム差ながらブレーブスを抜いて首位に立っている。ファンは、早くも奇跡の実現を信じているのだろう、と藤原は思った。いや、自分達の祈りが奇跡を実現した、と思っているのかもしれない。まったく、プレイするのは俺達なのに。

藤原は、プレイボールの時にはベンチの片隅に座り、バックスクリーン後ろの電光掲示板を複雑な思いで眺めていた。ここ十年、どんな時もこの電光掲示板を飾っていたヘルナンデスの名前が、ない。

彼がラインナップから外れて、これが三試合目だった。表向きの理由は「疲労」。確かに今シーズンのヘルナンデスは精彩を欠き、ここまでホームラン僅かに七本、打点も二十に止まっていた。打率は二割台前半を彷徨《さまよ》い、打順はシーズンスタート当初の三番から六番、やがて七番へと落ちた。気分転換の意味か二番を打つ事もあったが、それでも彼のバットは気分を変える事なく、沈黙したままだった。そしてついに先発から外れ、代打での出場となる。三試合前からは代打での出場もなくなり、彼の連続試合出場は、八百九十五で途切れた。

メッツファンは、この事態を重苦しく受け止めているはずだ。ヘルナンデスは、既にメッツの永久欠番を約束された選手であり、この十年、熱狂の時も落胆の時も、常にファンの期待を裏切らなかった唯一の選手でもある。彼が先発から外れる日。それがいつか来る事は、誰にも分かっていたはずである。怪我をするかもしれないし、いずれは年齢という避けられない山が目の前に迫って来る。しかし、調子を落として先発から外れるというのは、ファンの思い描くヘルナンデスのイメージではないはずだ。藤原にとってもそうだった。よく整備された機械のように、常に同じペース、期待された通りの同じ結果を出す。ヘルナンデスはメッツにとっての心臓であり、頭脳でもある。存在しなければ、生きて行く事は出来ない。事実、ヘルナンデスがラインナップを外れた途端、チームは連敗の泥沼にはまり込んだ。

それでもヘルナンデスは先発に復帰する事はなく、この日もベンチを温めていた。

メッツベンチの様子は、フリーバーズのベンチからは窺えない。藤原は、珍しく落ち着きなくベンチの中を歩き回って、さり気なくメッツベンチの様子を窺ったが、ヘルナンデスはバットケースの陰にでも隠れているらしく、その姿を見る事は出来なかった。

藤原は苛々した気持ちを抱えたまま、いつもの儀式を繰り返してブルペンに入り、出番に備えた。今日は、時間が過ぎるのが遅い。自分の出番はあるのか、それ以上にヘルナンデスの出番があるかどうかが気がかりだった。

「おいおい、そろそろ飛ばそうぜ」ブルペンでいつも彼のボールを受けるビル・ラボウスキーが控え目に文句を言った。藤原の視線は、グラウンドの様子を映し出すモニターに釘付けになったまま、先程から五分も動かなかった。言われて、藤原は慌ててラボウスキーにボールを投げた。まずい。いつもより仕上がりが遅れている。意識してモニターを見ないようにしながら、藤原は急ピッチで肩を作った。

八回裏、出番がやって来た。フリーバーズのリードは僅かに一点。いつものように観客席をぐるりと見回した後、ウォームアップに入る。先日の乱闘騒ぎを知っているメッツファンから、猛烈なブーイングが飛んだ。

不自然な気分だった。ブーイングに対してではない。これは、自分が描いていたシナリオとは違うのだ。

自分がメジャーのマウンドに立ち、相手がメッツの時には、ヘルナンデスがネクストバッターズサークルで、膝をついて静かに待っているはずだった。そう、どんな状況を思い描いても、何故かヘルナンデスは、常にネクストバッターズサークルにいた。

その彼が、いない。こんな状況は想像もしていなかった。抜き身の刀を持って駆けつけたら、決闘は昨日だった、と知らされたようなものである。メッツベンチが気になった。マウンド上からだと彼の姿が見える。何もしていない。ただ俯き、時折顔の汗を拭う他には、全く動かない。ベンチに、彼の偉業を祝福するブロンズ像が鎮座しているようだ。

もどかしさと、微かな怒りが込み上げて来るのを藤原は感じた。もちろんこれは、俺が勝手に描いた復讐劇に過ぎないのだが、その場に一方の主役がいない事に対して、藤原は理不尽な呪いの言葉を投げかけた。納得出来なかった。

それでもゲイムは進む。

気が進まないままバッターに対した藤原は、いつもの圧倒的な集中力を欠いていた。二遊間で高くバウンドしてセンター前に達するヒット、フォアボールと続けてランナーを出し、オルドニェスのピッチャー右側へのバントを、間に合わないのに三塁に投げてしまうと、あっという間に満塁になった。

はっと目が覚めると、そこから先はいつも通りの仕事になった。低めに変化球を集める。フォックスは地面にはいつくばるような姿勢や、アクロバティックなミットさばきで、難しいショートバウンドになるボールをことごとく捌いてくれた。三振、次いでファースト横へのファウルフライでツーアウトまでこぎつける。大きく息を吐き出し、額の汗を拭って一呼吸入れた。ホームプレートの後ろで立ち上がったフォックスが、掌を下に向けて「落ち着け」というジェスチャーをしている。

分かったよ、相棒。

落ち着きを取り戻し、いつものペースに戻ったと思った途端、彼の視線は一か所に釘付けになった。メッツベンチの前で、ヘルナンデスが激しい素振りを繰り返している。極端なアッパースウィングだが、これに騙されてはいけない。ヘルナンデスは、ボールに対応してスウィングを微妙に変化させる。

藤原は、巨大な磁石に引っ張り上げられるように、全身の毛が逆立つのを感じた。血液が泡立ち、頭の中が真っ白になる。想像していたよりも遥かにスリリングな状況で、ヘルナンデスは登場して来たのだ。八回裏、一点差でツーアウト満塁。一発出れば、試合の流れががらりと変わる。

鼓動が高鳴り、緊張の目盛りを一杯に押し上げた。喉元に苦いものが込み上げ、目が霞んでくる。意識した途端に、それまで頭の外に追い出していた観客の歓声が、鼓膜を突き破る勢いで飛び込んで来た。

はっきりと動揺している自分に気付いて、藤原は驚いた。

落ち着けよ。

藤原は自分に言い聞かせる。由佳里、と声を出さずに娘の名前を呼んだ。俺は、お前の事をきちんと分かっていなかったのかもしれない。弱い鼓動。お前にとって、生きる事は人より遥かに大変だったはずだ。俺は、それを理解していただろうか。小さな、病んだ心臓が必死に動き続けた七年間が、お前にとってどんな意味を持っていたのか、理解していただろうか。由佳里、お前は自分で何万回の鼓動を聞いたのか。

弱々しい由佳里の鼓動。耳の奥の方で、それがはっきりと聞こえた。やがて、いつもより大きめの藤原の鼓動が重なる。二つの鼓動が一つになり、藤原は自分の中に生きている由佳里の存在を感じた。

よし。

ヘルナンデスは、いつものように静かに打席に入った。左手でヘルメットを押さえ付けながら、遠慮がちに足場を固める。足場が決まると、素振りを二回だけして、ぴたりと構えに入る。

サインを交換する。二度首を振り、ストレイトを認めさせた。フォックスは、胸が地面につくぐらい低く構える。藤原は、ランナーを無視して振りかぶった。無駄な力が入っていないヘルナンデスの体の中で、無数のポイントが、藤原の速球を待ち構えて力を貯えた。

内角高め。重力の法則を無視するようにボールが伸び、フォックスは、上からミットを被せるようにしてキャッチした。高い。ボールワン。掲示板を見た観客の間から、軽い溜息が漏れる。九十九マイル。ヘルナンデスはゆっくりと息を吐きながら、涼しい目で藤原を見た。

俺を覚えているか、と藤原は問い掛けた。ヘルナンデスはあらゆる感情を封じ込め、自らの体を機械と化してしまったように見える。一度打席を外すと、もう一度足場を固め、ヘルメットに手をやり、二回の素振りの後にぴたりと姿勢を決めた。

藤原は、全てを注ぎ込むつもりだった。二球目、内角低めを抉るように沈み込む高速スライダー。ヘルナンデスは微かに体を引くように見逃して、ワンストライク。三球目は、同じコースでより内側を通過するストレイトを投げ込んだ。ヘルナンデスは軽くバットを振り出し、カットする。ボールは鋭いライナーとなって三塁側の内野スタンドまで一直線に飛び込んだ。ヘルナンデスは再び打席を外し、バットのグリップを確かめるように、二、三度絞り込むようにしながらスウィングをした。何か納得したような表情を浮かべ、打席に入る。

続くボールを、藤原は見せ球にした。外角へ緩く流れ落ちて行くチェンジアップ。一瞬つられそうになったが、ヘルナンデスはバットを止めた。ボールがミットに収まる瞬間、藤原はふう、と息を吐いた。

藤原は、まだ微妙な違和感を引き摺っていた。今のところは自分のペースである。が、ヘルナンデスはこの程度のバッターではないはずだ。今ごろは左中間深く、フェンスを破壊するような当たりを飛ばして、塁上の掃除を終えているはずである。それが実際には、辛うじて藤原のボールに食いついているように見える。俺はまだ夢の中にいるのか。何度も夢見た、ヘルナンデスを苦しめるシーン。俺は本当に現実と対峙しているのか、と藤原は自問した。目の前をラヴェンダー色のヴェールが覆うような感じが消えない。

フォックスはフォークボールを要求した。藤原のフォークボールは強烈なウィニング・ショットになっていて、その評判はリーグ中に急速に広がりつつあった。藤原の耳にも、それは入ってきている。そう、フォックスは正しい。俺がキャッチャーでも、ここはフォークボールを要求するだろう。が、藤原はサインを拒否した。フォックスは困ったように立ち上がり、タイムをとる。マウンドに歩み寄ろうとするのを、藤原は胸の前で両手を突き出すようにして追い返した。フォックスは首を振りながら、ホームプレートに戻って行く。その間も、ヘルナンデスは打席に入ったまま藤原をじっと睨んでいた。

藤原は、サインを覗き込む振りをしながら、右手を横に突き出した。握りはストレイト。それをヘルナンデスに見せ付けておいてから、最後の一球を投じた。真ん中へ。唸りを上げ、砂塵を巻き上げ、小さな嵐さえ呼びそうなボールだった。バットが振り出される。ヘルナンデスの汗が飛び散り、バットが微かにしなった。ボールは松脂《まつやに》の白い粉を撒き散らしながら、芯がぶれたようにぶるぶると震えながら飛んで行く。タイミングは合っているように見えた。が、ヘルナンデスのバットスウィングは藤原が想像していたよりも弱々しく、ボールとバットの間は随分と開いたままだった。

短いストライクのコール。スタンドが巨大な溜息の冷蔵庫となる。

静かな怒りを溜め込んでいるのは藤原だけだった。俯いたままベンチに戻るヘルナンデスの背中を目で追いながら、藤原は、「こんなはずではない」と自分に言い聞かせていた。あれは、本物のヘルナンデスではない。それを打ち取ったからといって、誰に自慢すればいいのだ？

何より、自分を欺く事は出来ない。

8

「何でそんなに不貞腐《ふてくさ》れてるんだ?」七勝目を拾ったブラウンが、おどけた調子で腕を大きく広げた。藤原はちらりと彼の方を一瞥しただけで、床に視線を落としてしまった。

「おいおい、キャップ。落ち込むような話じゃないだろう。まさか、八回のフィルダースチョイスの事じゃないだろうな? あれぐらい、誰でもやる事だよ」

「放っておいてくれないか」

藤原は視線を落としたままぼそぼそと呟いた。ブラウンは少しむっとした表情を浮かべ、瓶から直にビールを飲みながら、シャワールームへ消えて行った。フォックスが二人の様子を眺めているのは、藤原も気付いていた。しかし、キャッチャーの出る幕ではないと思ったのだろう、声をかけて来ない。

藤原はそそくさとシャワーを浴びると、シェイ・スタジアムを後にした。どこに行けば良いのか、分からない。明日も、明後日も、同じような場面は回ってくるだろう。その時も、今日と同じ事が繰り返されるのだろうか。それを平然と受け止める事は、彼には出来そうもなかった。

それは、延々と続くゲイムに毎日臨まなければならないプロフェッショナルの態度ではない。瑣末《さまつ》な事にはこだわらず、今日の気分を明日に持ち越すべきではないのだ。が、プロだろうがアマチュアだろうが関係なく、野球選手として耐えられない事はある。


藤原はタクシーを拾った。太った黒人の運転手は無口な男だったが、今はそれがかえって有り難かった。タクシーはクイーンズを縦に突っ切り、二七八号線からウィリアムズ・バーク橋を渡った。このままマンハッタンの南部を横切り、ホランド・トンネルをくぐれば、すぐにジャージーシティだ。明日は土曜日、またデイゲイムである。さっさと帰って頭を切り替え、今日の事はすっぱりと忘れて寝てしまうべきだ。だが、このまま部屋に戻って長い夜を過ごす気にはなれない。

ふと思い付き、藤原は携帯電話を取り出した。フリーバーズの球団事務所に電話を入れる。居残っていた職員に無理を言って、香苗の携帯電話の番号を聞き出した。

藤原は電話をかけた。調子に乗り過ぎているかもしれない。しかし彼女は、俺がメジャーに上がったら靴磨きもしてやる、と言っていたではないか。そう、今がまさにその時なのだ。

ミッドタウンは、この時間になると急速に人通りが少なくなる。タイムズスクエア付近は不夜城のように賑わっているのだが、そこから十ブロックほど離れただけで、急に音と光が少なくなる。ビジネス街と観光客向けのホテルが混在しているこの辺りは、日比谷付近の雰囲気に近いな、と藤原は思った。昼間の方が賑やかだが、夜になっても人っ子一人いない街になるわけではない。しかし、賑わいとは程遠い。

香苗は、六番街を挟んでヒルトン・ホテルの斜め向かいにある、古びたホテルのバアを指定して来た。鉛筆のように細長いホテルで、上品だが、どこかうらぶれた感じが漂っている。バアには柔らかいピアノ曲が流れ、それを打ち消すようなざわざわとした会話が、空間を埋め尽くしていた。香苗は、六番街側の入り口に近いテーブルに一人で座り、せわしなくビールを口に運びながら、時折思い出したようにナッツをつまんでいた。髪を後ろで太く編み、背中の中ほどまで垂らしている。藤原が斜め前に座ると、不機嫌な表情で彼を睨《ね》めつけた。

「ご機嫌悪いようだね」

「デートをすっぽかして来たのよ」

「そいつは悪かった」藤原は少し驚いていた。これまで、彼女から男の匂いを感じた事はなかったからである。

「いいの。あなたと会っている事は、向こうも知っているし」

「君のボーイフレンドがメッツファンだったら、殺されるかもしれないな」

「あなたのボスよ」香苗は涼しい顔で言い、またナッツを口に運んだ。

藤原は椅子からずり落ちそうになりながら、「監督?」とだけ呟いた。「たまげたな」

「で？　こんな時間に私を呼び付けるんだから、余程の事なんでしょうね」香苗は、それ以上の質問を拒絶するように、硬い調子で言った。

「そうじゃなかったら、監督に言い付けるか？」

香苗はぎろりと藤原を睨み付けたが、あまり迫力はなかった。弱い照明のせいかもしれない、と藤原は思った。あるいは、コロンビア大学のだぼっとしたトレイナーを着ているので、いつものように肩や腕の筋肉が目立たないためか。

「ヘルナンデスの事なんだが」

「ああ、今日、メッツと試合だったわね。勝ったの？」関心なさそうに香苗は言い、コップに注いだビールを飲み干した。

「おいおい、君はフリーバーズの有能なスタッフだろう？　自分のチームの勝ち負けも知らないのか？」

香苗は、彼をじろりと睨んだ。

「渉外担当マネージャーの仕事は、ゲイムを見る事じゃないのよ。それよりヘルナンデス、どうしたの？　今日も先発落ち？」

「八回に代打で出て来た」

「へえ。それじゃ、夢が叶ったわけだ。で、復讐劇は成功したの？」

「結果だけを見れば」藤原は、ヘルナンデスに投げた一球一球を細かく解説した。香苗は、一々頷きながら聞いている。何だかんだと言いながらも、この女は野球が好きに違いない、と藤原は思った。

「彼が手抜きしたとでも？」

藤原は激しく首を振った。

「あいつは手抜きをするような男じゃない」

「じゃあ、何なの？」

「それを知りたいんだ」藤原は言葉を切り、乱暴にボウルに手を突っ込んでナッツを摑んだ。

「ヘルナンデスと会えないだろうか」

香苗は目を見開き、次いで肩をすくめた。

「明日もメッツ戦でしょう。気になるなら、試合前に聞いてみたらいいじゃない」

「出来ない。俺は、それほど器用じゃないから。球場に入って、にこにこ笑いながら相手チームの選手と話すなんて、考えられないよ。どこか、球場の外で会いたいんだ。人に邪魔されずに話を聞きたい。どこへでも行くよ。何時でもいい」

香苗は大袈裟に溜息を吐き、仕方ない、と言いたげに首をすくめた。

「信じられない人ね。球場で会う方が、よほど自然だと思うけど」

「あそこでは、もう戦いが始まっているんだ。ピッチャーがバッターと口をきくわけにはいかないよ」

「じゃ、大人しくこのまま部屋に帰って。今夜中に連絡するから。でも、保証は出来ないわよ」

「保証してくれ。君は顔が広いはずだ」

　そう言われて、香苗はまんざらでもなさそうな表情を浮かべたが、すぐに顎を硬く引き締めた。

「あなた、リリーフエースの特権をフルに活用しているようだけど、これは少しやり過ぎよ。こんな事は私の仕事じゃないんだから」

「渉外担当の仕事なんて、範囲があってないようなものじゃないか？」

　強引だ、という事は藤原にも分かっていた。しかし、今さら後に引く事は出来ない。湧き立つ胸の思い、不安な気持ちを収めない事には、明日からまともに野球が出来るかどうかも分からなかった。

　あれは、ヘルナンデスではない。少なくとも、俺の知っていたヘルナンデスではない。疑念が、藤原の胸の中でふつふつと湧き上がった。


　香苗は翌朝七時に、藤原の部屋まで迎えに来た。藤原はまだ寝ていたのだが、表通りで大袈裟にクラクションを鳴らされ、慌てて飛び起きて窓を開けた。香苗は、運転席に上半身を突っ込み、クラクションを鳴らし続ける。チクショウ、いい加減にしろよ。俺が窓辺にいるのは見えているはずなのに。

「近所迷惑だ。起きてるよ」

　香苗は、上半身裸で窓から顔を突き出す藤原を一瞥すると、ふん、と鼻を鳴らして車に乗り込んだ。藤原は、慌てて白いシャツにジーンズという格好に着替えると、財布だけを摑んで部屋を出た。常盤の部屋は静まりかえっている。まだ寝ているか、あるいは朝早くからジャージーシティ・パークで練習しているのかもしれない。

藤原がフォードの助手席に滑り込むと、香苗は冷たい表情で「人を目覚まし代わりに使わないでね。シャツがはみ出てるわよ」と言った。藤原は、悪戯を見つかった小学生のように、慌ててシャツの裾をジーンズにたくし込む。それを見届けると、香苗は乱暴にアクセルを踏み込んだ。

まだラッシュアワーが始まる前で、車はあっという間にホランド・トンネルを通り抜けた。キャナル・ストリートに出て六番街を左折し、しばらく走ってから今度は右折する。スプリング・ストリートに入ったところで、香苗は車を停めた。ソーホーの外れだが、古びたビルが軒を連ね、どことなく荒《すさ》んだ雰囲気が漂っている。路上にはゴミが散らばり、道路はうねっていた。巻き下ろしたウィンドウから、埃っぽい、都会の朝の匂いが忍び込んで来る。

「これが名にし負うソーホーか？」藤原は窓から顔を突き出すようにして、くんくんと街の匂いを嗅いだ。

「そう」

「何か、汚いな」

「ここなんて、マンハッタンではまだ綺麗な方よ。あなたも、早くニューヨークに引っ越してくるべきね。ジャージーシティにいたんじゃ、アメリカは分からないわよ」

「ニューヨークはアメリカじゃないだろう。それより、ヘルナンデスはここに住んでいるのか？」

「彼は、シーズン中は一人でニューヨークに住んでいるみたいね。奥さんと子供は、ロード・アイランド州のプロヴィデンス。家族を住まわせておくには、そっちの方が良いんでしょう」

「だけど、どうしてソーホーなんだ？　何か、イメージに合わない」

「野球選手がソーホーに住んだっていいじゃない。アーティストが集まって住む街っていうイメージは、昔の話なんだから。それに、この辺りはマンハッタンにしては治安が悪くないし。じゃ、私は帰るわよ。ここならタクシーも捕まるし、部屋に帰るなり、一足先にシェイ・スタジアムに行くなり、ご自由にどうぞ」

「朝早くから悪かった」

「監督も了解済みだから。エースのご機嫌を損ねないように、出来る限りの事はしてくれって」

藤原は、瞬時に耳が熱くなるのを感じた。「あのこと、監督に喋ったのか？」

香苗は黙ってうなずき、さっさと車を降りろ、というように顎をしゃくった。

「黙ってる約束だったじゃないか」

「しつこいわね。どっちにしても、あなたは目的通りにメジャーのマウンドに立っているんだから、それでいいじゃない」

藤原はなおも何か言いたそうに口を開けたが、結局黙って車を降りた。雑駁《ざつぱく》な街の匂いに、気の早い夏の香りが微かに混じっている。街はまだ目覚めておらず、弱い光が靄《もや》のように街路を満たしているだけだ。表通りから一本入っているせいか、人通りもほとんどない。一瞬、エアポケットに落ち込んだような沈黙が、藤原を包み込む。

香苗に教えられたヘルナンデスの住居は、古びたロフトだった。ビルとビルの間に挟まれた二階建てで、半分朽ち果て、外階段が傾いでいる。階段を慎重に上り、内廊下に入ると、黴《かび》臭い街の匂いが遮断された。

二階には三組の住人がいるようだった。一番手前の部屋がヘルナンデスの住居だという。藤原はごくりと唾を飲み込み、後頭部についた派手な寝癖を手で撫で付けてから、ドアをノックした。遠慮勝ちにやったつもりだったが、予想していたよりも遥かに大きな音が響き、思わず首をすくめる。

ヘルナンデスは、待ち構えていたようにすぐにドアを開けた。ドアの隙間から、端整な漆黒の顔が現われる。間近で見るのは初めてだ。顔が小さい。短く刈り込んだ髪、思慮深い光を湛《たた》えたアーモンド色の目。真っ白なシャツの胸を大きくはだけ、そこからシンプルなゴールドのチェインが覗いていた。愛想の良い、穏やかな笑顔が浮かぶ。

「藤原か?」

ヘルナンデスの問いかけに、藤原は黙って頷いた。

「話をするのは初めてだな。何だか、そんな気がしないが」

顎をしゃくり、中へ入るように促した。藤原はそっと部屋に一歩を踏み入れ、ドア近くで立ち止まった。百平方メートルほどもありそうな広いワンルームである。右側の一角が棚で仕切ってあり、そこがベッドルームになっているようだった。床板は、歩くと音がしそうなほど古かったが、綺麗に磨き上げられている。簡単なキッチンが部屋の左端に設《しつら》えてあり、シャワーとトイレなのか、その奥に小さなドアがあった。キッチンのスペースは、小さなカウンターで仕切られている。

部屋の残りのスペースは、非常にシンプルな造りだった。長身のヘルナンデスでもゆったりと寝そべる事の出来るソファ、バング・アンド・オルフセンのステレオセット、ソニーの二十五インチのテレビとビデオデッキ。目立つ家具の類はそれぐらいだった。窓と逆側の壁は、床から天井まで届く本棚で埋め尽くされている。棚はハードカヴァーの本で埋まっていた。美術関係の本が多いようだ、と藤原は見当をつけた。所々に、様々なサイズのバカラのグラスが無造作に飾られており、どちらかと言えば無味乾燥な部屋のアクセントになっている。

「コーヒーでも？」言われて初めて、藤原は顔も洗わず、歯も磨かないまま部屋を出て来てしまった事に気付いた。頷くと、「そこで待っていてくれ」とソファを勧められる。

座り心地の良いソファに腰を下ろすと、キッチンから、豆を挽《ひ》くガリガリという音が聞こえて来た。濃い香りが漂い、藤原はようやく本格的に目が覚めてくるのを感じた。

しばらくして、ヘルナンデスは無骨なアルミのマグカップを二つ、両手に持って、そろそろと戻って来た。黙って藤原に渡す。濃く、熱く、美味い。コーヒーが胃の中に染み込むのを待ってから、藤原は口を開いた。

「こんな朝早くにすまない」

「いいんだ」ヘルナンデスは、キッチンのカウンターの前から椅子を引き摺って来て、それに腰掛けた。随分背の高い椅子なのだが、彼が座ると膝が曲がる。「朝はいつも早い。少なくともニューヨークにいる限りは、この時間は、大抵起きてるよ」

「十年ぶり……だ」

「そう、いや、十二年ぶりか？ 君がソウルで投げたボールは今でも覚えてる。夢に見る時もある。そういう時は、大抵空振りしてゲイムが終わるんだが」

二人は、遠慮がちに硬い笑いを交わした。二人の間にある、薄いが固い透明な壁は、なかなか崩れないようだ。ヘルナンデスの口調も、初対面の人間に対する典型的な丁寧さを含んでいる。

「おかげで、と言うべきかな。ソウルで君からホームランを打った事が、俺にとっては大きな転機になった。あれで、メジャーでやれる自信がついたんだよ」

「まさか」面映ゆい思いに捕らわれ、藤原は俯いた。クソ、これでは憧れの選手の前に出て来た子供じゃないか。

「本当だ。あれは、アマチュアの大会だからな。オリンピックの前に、他チームの情報がきちんと入って来るわけではなかった。つまり、その場その場で初めて対戦するようなものだろう？　その中でも、時折本物に出会う。野茂がそうだった。でも、君の方が上だった、と俺は今でも思う」

「よしてくれ」藤原はカップを小さなコーヒーテーブルに置き、首を振った。「負けたのは俺だ」

ヘルナンデスは穏やかな表情を浮かべたまま、ゆっくりと首を振った。

「打てるとは思えなかった。ずっと野球をやってきて、あんなに速いボールにお目にかかった事はなかった。それを打てたんだよ……若い選手にとっては、ああいう一発が最高の自信になるんだ。大袈裟かもしれないが、君というピッチャーが今の俺を作ったんだ、と思う」

「確かに大袈裟だ。君は、俺と対戦しようがしまいが、メジャーで成功出来たはずだ」

ヘルナンデスは穏やかに微笑み、コーヒーを啜った。

「さて、君は何をしてたんだ？　日本のプロでやっていたのか？」

「いや」

「じゃあ、いきなりメジャーにデビューしたわけか？」ヘルナンデスは驚いたように肩をすくめた。「だとしたら化け物だな、君は」

「日本には、社会人野球というのがある。要するに、トップアマだ。そこでずっとやっていた。バルセロナにも出たよ」ヘルナンデスは目を瞑《つむ》ってしばらく天井を仰いだ。「バルセロナ」藤原はヘルナンデスの顔を正面から覗き込んだ。この男が忘れるはずがない。

「そうか。俺は、君の事を喋った」

「思い出したか？」

「そう……あの時、ちょうど故障者リスト入りしていた。暇だったんで、『スポーツ・イラストレイティッド』のオリンピック観戦記を引き受けた。覚えてるよ」ヘルナンデスは長い指で自分の顎を支えた。「君は大リーグに来るべきだ、と書いた。おい、まさか、今君がここにいるのは、その事が原因なのか」

「そうだ」

「ちょっと待てよ」ヘルナンデスの顔に苦笑が浮かんだ。「あれだって、八年も前じゃないか」

「俺は、ソウルで君に完璧な一発を打たれた。その相手が、俺に大リーグに来るべきだ、と言っている。こいつは挑発だろう」

ヘルナンデスは、コーヒーを一口啜った。

「かもしれん。だけど、どうして今なんだ？　あの時、すぐアメリカに来れば良かったじゃないか」

「そう、でも、状況が許さなかった。状況が変わったとき、君に打たれたホームラン、君の言葉が俺の頭の中で爆発しそうに大きくなった。あのインタビューの事を考えると、今でも辛くなるよ。俺は、時間を無駄にしていたのかもしれないから」藤原は、娘を亡くした事を淡々と話した。ヘルナンデスの口元は歪み、同情を湛えた目付きになった。

「分かる、とは言わないよ。俺は、他人の苦しみが簡単に分かると言うほど単純な人間じゃないつもりだ。でも、俺にも七歳になる娘がいる。シーズン中はずっと離れたままだが。野球をやっていて、一番切ないのはそれだな」

「七歳か。一番可愛い時期だな」

「ああ」

「まさか、家族と過ごす時間を増やすために引退する、なんて言い出したんじゃないだろうな」

藤原はいきなり切り込んだ。ヘルナンデスは口籠もり、曖昧な笑みを浮かべた。藤原は追及の手を緩めなかった。

「どうなんだ？」

ヘルナンデスは首を振るばかりだった。藤原は体を乗り出し、必死に訴えた。「俺は、君の挑発に乗った。八年後にね。ソウルで君に打たれたあの一球、あのボールは……そう、あの当時では最高のボールだった。でも、あの一撃で俺の自信は打ち砕かれたんだよ。失われた自信を取り戻すために、君ともう一度勝負がしたかった。娘が死んで、気持ちにぽっかり穴が空いてしまった時、憑《つ》かれたようにそう考え始めたんだ。それなのに君は、今年で引退するそうじゃないか。だとしたら、俺に残された時間は、もうあまりない」

「十分、復讐は果たしたじゃないか。昨日のボール、十二年前以上に切れてたよ。また腕を上げたんだな。少なくとも、今の俺には手が出ない」ヘルナンデスは寂しそうな笑顔を浮かべて首を振った。「今では、君の方が俺より上だ」

「嘘だ」藤原はぴしゃり、と決め付けた。「昨日のバッティングは、君本来のものじゃない。調子を落としているのか？　体力の限界か？　俺は認めないぞ。君はあんなものじゃない。俺にとって君は、メジャーのバッターの象徴なんだ。きちんとした状態の時に対戦して捻じ伏せないと、俺は……」

「駄目なんだよ」ヘルナンデスは一瞬だけ顔を上げ、またすぐに俯いた。「もう、出来ない。俺は今年で辞めるんだ。野球とは、永遠にお別れを言うんだ。メイズ流に言うなら、『アメリカにさよなら』なんだよ」

藤原は、複雑な思いでヘルナンデスを見詰めた。ヘルナンデスはコーヒーカップを抱えたまま、黙り込んでいる。不機嫌だった。日本から来た、のぼせ上がったピッチャーが、彼の感情に土足で入り込んでいる、とでも思っているのだろう。沈黙は、俺に対する抗議かもしれないな、と藤原は思った。

藤原は、怒りとも戸惑いともつかない複雑な感情が湧き上がってくるのを抑える事が出来なかった。お前はずるい。卑怯だ。選ばれた人間の義務を果たしていないではないか。何よりも、俺の挑戦を正面から受け止めていないではないか。するりと逃げ出して、涼しい顔をしている。俺は、絶対に許さない。納得出来る説明を聞くまで、ここを動かないからな。

「どうしてだ？」何度目かの同じ質問が、口を衝いて出た。

長い時間、藤原の顔を正面から見据えた後、ヘルナンデスはようやく「言えない」と短く言った。これも、何度となく繰り返されて来た答えである。

「どうして」

「とにかく、言えない。君にだけじゃない。今後も、誰にも言うつもりはない。俺だけの問題なんだ」

「家族にもか？　自分の娘にも言えないのか？　理由を話してくれれば、俺も納得するかもしれない。でも、何も話さないつもりなら、絶対に納得しないからな。君を許さない」

ヘルナンデスは、ぐっと顎を引いて藤原を睨み付けた。藤原は一瞬、ぞくぞくするような恐怖と興奮を感じた。この目だ。この目に、昨日はお目にかかれなかった。が、ヘルナンデスはすぐに穏やかな表情に戻る。物足りない、こんなはずではない、と藤原は苦い思いを味わった。

「君には、悪い事をしたかもしれない」ヘルナンデスは、大根役者がシナリオを朗読するように淡々と言った。

「悪い事？　何だよ、それ」

「君の気持ちを害したかもしれないじゃないか。そういうのは、俺の本意じゃない。せっかくのチャレンジに水を差したかもしれない」

「そんな事を言って欲しいわけじゃないんだ！」藤原は思わず激して怒鳴った。ヘルナンデスは、微かに目を細めただけで、彼の怒りをやり過ごす。それがまた、藤原には気にいらなかった。

「君は……やめるべきじゃない」藤原は、依然として噴き上がる怒りの感情とは程遠い、落ち着いた声で話し始めた。ヘルナンデスが、驚いたように顔を上げる。

「やめるべきじゃない。君のプレイを見たいと思っているファンは多いんだ。誰だって、野球選手の寿命についてはよく知っている。全盛期がどれぐらい続くか、予想は立てられるんだ。君の場合、まだ十年近くは素晴らしいプレイを見せてくれる、と誰もが思っている。だから、黙って彼らの前から去る事は許されないんだよ。それより何より、俺が許さない」

「君が？」

「そう。俺は、夢を見てたんだ。いや、妄想かな。俺がメジャーのマウンドに上がって、初めて君と勝負をする時は、君もきっと分かってくれるはずだ、と。俺の事を覚えてくれていて、どんな思いで、家族を捨ててまでアメリカにやって来たかも理解してくれるはずだ、と。その上で、自分の全能力で俺と勝負してくれるものだと思っていた。

馬鹿らしい……かもしれない。独りよがりだっていう事は、十分分かってるんだ。分かってるけど、納得出来ない。昨日のあれは、何だよ」乱暴な口調になっていたが、藤原は自分でもそれを止める事は出来なかった。「君は、全力を尽くしていない。引退するから、気持ちも萎えているのかもしれないが、目の前のピッチャーが勝負を挑んでいる時に、へなへなしたスウィングで応えるというのは、失礼じゃないか。俺にも、自分にも嘘を吐いている事にはならないか？

いいか、もう一度勝負だ。君が今年で引退しようがどうしようが、俺には関係ない。グラウンドに戻って来てくれ。出てくる以上は、真剣に向かって来い。逃げるなよ」

藤原が乱暴にカップを叩きつけて部屋を出て行く。ヘルナンデスは、立ち上がりもせず、視線を静かに動かすだけで見送った。思わず、カップを握った指にぐっと力が入る。

ようやくのろのろと立ち上がると、ブラインドの隙間から通りを見詰めた。藤原が、肩をそびやかして通りを横切って行く。その後ろ姿を、ヘルナンデスはずっと追い続けた。カップをさらに強く握り締め、やがて床に投げつける。虚ろな金属音が響き、残ったコーヒーが床に撒き散らされた。呼吸が荒い。ヘルナンデスは、両腕で自分を抱き締めた。

ヘルナンデスのロフトを出てスプリング・ストリートに戻ると、香苗の車はまだ停まっていた。藤原は、気付かない振りをして通り過ぎようとも思ったが、助手席のウィンドウがするすると下り、河合が顔を覗かせたので、素通りするわけにはいかなくなってしまった。

香苗は、河合が車から降りて車椅子に落ち着くのを手伝ってから、また運転席に滑り込んだ。手も貸さずに突っ立っていた藤原は、河合が自分の方に近づいてくるのを、ぼんやりと眺めているだけだった。

「下らない青春ドラマは終わったのか？」河合は冷たく言い放つと、「朝飯がまだなんだ。付き合えよ」と誘った。

藤原は誘われるまま、河合の車椅子の後に付いて、近くのダイナーに入った。二人とも、コーヒーとベイグルのサンドウィッチを取り、無言のままテーブルに着く。

先に口を開いたのは河合だった。

「あそこで何があったかは、俺は聞かないよ」

「言うつもりもありません」藤原は突っ張った口調で答えた。

「ヘルナンデスの引退については、いろいろな噂が飛び交っている。去年の秋、奴が引退を言い出した時は大騒ぎになったよ。でも、本人は今でも理由を明らかにしない。チームにも、はっきりと事情を説明していないらしいな。という事は、だ。もしもあんたが野球選手をやめてジャーナリストになれば、最高の特ダネでデビューを飾れる可能性があるわけだな。引退騒動以来、奴の単独インタビューに成功した人間はいないはずだからな」

「馬鹿な」藤原は吐き捨てるように言い、コーヒーを一口飲んだ。ヘルナンデスが丁寧にいれてくれたコーヒーに比べれば、泥水のようなものだった。「ヘルナンデスは何も言わなかった」

「ふん、まあ、いい」河合は無愛想に言った。「あんたがジャーナリストにならないのは、俺が歩けないのと同じぐらい確かな事だからな。そんな事はどうでもいい。問題は、あんたはこれで気が済んだかどうか、という事だ。いいか、俺にとって、あんたがどういうつもりでアメリカに来たのかなんて、どうでもいい。問題はたった一つ、あんたが今後も、最高の精神状態で最高のピッチングを続けてくれるかどうかだけだ。どうなんだい？　わざわざ朝っぱらからこんな所まで出掛けて来て、少しは頭がすっきりしたか？」

「いや」藤原は首を振り、コーヒーに目を落とした。が、すぐに燃えるような表情を作って顔を上げる。「でも、自分をコントロールする事は出来る」

「あそこでヘルナンデスと何を話したのか、俺に教えてくれるつもりはないんだろうな」

「だから、奴は何も言わなかった。俺には、奴が何を考えているのか、分からない」

「そうか。だが、自分一人で持ち切れないと思ったら、いつでも俺に言って来い。監督の仕事なんて、選手を気持ち良くグラウンドに送り出してやる事だけだからな。俺はカウンセラーのようなものだ」そう言うと、珍しく表情を崩してウィンクまでしてみせた。藤原が初めて見る、河合の笑顔だった。「今日も、すっきり行こうじゃないか」

河合はベイグルを一口齧り、顔をしかめた。

「しかし、何だな。俺はこいつがどうにも好きになれない。ベイグル。何でニューヨークの人間は、こんなもそもそした物を喜んで食べるのかな。西海岸のサワー・ブレッドが懐かしいよ。今度向こうに遠征したら、奢《おご》ってやろう。ニューヨークでも食えるんだが、本場には敵わない」

河合が一人でべらべらと喋っている間、藤原はじっと俯いたままだった。こんな形で自分の思いが終わってしまうとは……いや、違う、と思い直した。決着はまだ先だ。どんな答えが待っているかは予想も出来なかったが、少なくとも、答えが遥か先にある事だけはぼんやりと分かっていた。

ヘルナンデスは、その日のうちにチームを離れて3Aのチームに合流した。実に十年ぶりの事である。新聞やテレビでは、引退表明の時以来の様々な憶測が乱れ飛んだ。メッツ側は「右肘の故障」と「調整のため」を理由として発表していたが、メディア側でそれを信じる人間は一人もいなかった。

藤原は、シェイ・スタジアム入りしてから、ケーブルテレビのESPNでそのニュースを観た。自分が何か取り返しのつかない事をしてしまったのではないか、一人の野球選手の破滅を早めたのではないか、という不安が胸を過る。しかし今は、自分の方からヘルナンデスに連絡を取る事も出来ないし、メッツの首脳陣に直接聞く事も出来ない。ひたすらゲイムに没頭する事で忘れるしかない、と藤原は自分に言い聞かせた。

それでも、不思議な確信があった。ヘルナンデスは、時間を必要としているに違いない。勇気と自信と、本来の技術を取り戻す時間が。

今度は俺が待つ番だろう、と藤原は思った。八年待ったのだ。おそらく数か月の我慢ぐらい、何という事もない。

「よし、いいぞ」自分の方が呼吸が上がっているな、と思いながら、ウォーマックは言った。常盤は、肩を大きく揺らしているものの、表情は崩れていない。「今日はお前さんが先発だ」

「俺が、ですか？」常盤の顔に、また不安の影が走る。ウォーマックは、常盤の頬を二、三度ぴしゃぴしゃと平手で叩いて気合を入れ直した。

「お前以外に誰がいる？」

「しかし……」

「いいか、俺達がやって来た事は練習に過ぎない。とにかく、お前は早く上に上がるべきだが、そのためには、実戦の場で仕上げをしなければいけないんだ」

なおも不安な表情を隠そうとしない常盤の肩を、ウォーマックはぽん、と軽く叩いた。

「何、心配するな。どうしても駄目なら、外角にストレイトを投げさせればいい。それでも駄目なら、俺が替わってやるよ」

「ウォーマック……」常盤は消え入りそうな小声で言った。

「何だ？」

「どうしてそこまでしてくれるんですか？」

「いいか、俺はミラーの後釜を狙ってるんだ」ウォーマックは大袈裟にウィンクをしてみせた。「お前さんを育て上げたとなれば、最初の実績になるじゃないか。いいか、俺の顔を潰すなよ。それに、お前が守備につかなくちゃならないのは試合の半分だけなんだ。後の半分は、ボールを場外に叩き出す事だけを考えていればいい。そっちは、お前の一番得意な事だろう？」

それを聞いてようやく、常盤は安堵の表情を浮かべた。ここひと月ほどで、常盤の体からは余計な贅肉が姿を消した。一方で腕と胸囲は一回り大きくなっている。絞り込んではいるが、パワーは衰えていない。バッティングはもう一つ冴えなかったが、それは守備の事を考え過ぎるからだろう、とウォーマックは思っていた。

「今日はこのミットを使え」ウォーマックが取り出したミットは、ファーストミットを少し小型にしたような物だった。革は薄く、柔らかい。常盤は、戸惑ったような表情を浮かべてミットをはめ、右手で叩いて具合を確かめた。ウォーマックは頷きながら言った。「今日の先発はハートマンだ。そいつじゃないと捕れないよ。だけど、絶好のテストになるのは間違いない」

多分難儀するだろうな、とウォーマックは思った。しかし、ハートマンのボールを受ける事は、常盤にとって格好の練習になるし、成功すれば自信にもなる。失敗しても、少し前に戻るだけだ。いずれにせよ、こういう道は避けては通れない。

常盤は不安な表情で、マウンド上のラス・ハートマンを見守っていた。枯れ枝のようなピッチャーである。細く、長い腕。足はマラソンランナーのように固く引き締まり、投球動作に入ると、マウンド上でぐらついてしまうのではないか、とも思える。それに加え、無造作に伸ばした髪はほとんど白くなり、顔に刻まれた無数の皺のせいもあって、人生の晩年に差し掛かっているようだ。とても、メジャーのマウンドに立つ人間には見えない。

常盤は、ウォーマックから聞いたハートマンのデータを頭の中で反芻《はんすう》した。

ラス・ハートマン、四十三歳。もちろん、チーム最年長。

今や数少ない本格的なナックルボーラーであり、メジャーに昇格してからこれまで、二十年間で七つのチームを渡り歩いて来た。その間稼いだ勝ち星は二百十二。ほとんどナックルボールしか投げない。腕に負担を与えないこのボールを、メジャー昇格直前に覚えたため、彼は永遠の選手生命を約束されたのだった。

とは言っても、二十年間投げ続けて、体のあちこちが緩んできたのも事実である。二年前には、十年投げ続けたフィリーズを解雇され、それから短期間にヤンキース、マーリンズなど幾つかのチームを渡り歩いた。どこかのチームが彼を見捨てても、別のチームが救いの手を差し伸べるという具合で、自分の意思で引退を表明しない限りは、永遠に現役を続けて行けそうだった。しかし、ナックルボールの魔法はすぐに解け、何度か背信的なピッチングが続くとお払い箱になるというパターンが、ここ何年も続いた。そして、シーズン初めにオリオールズを解雇されたハートマンをタダ同然で拾い上げたのは、フリーバーズだった。シーズンが始まってから二か月後の事である。

それまで、手荷物一つでチームを渡り歩いて来たハートマンも、ついに覚悟を決めたようだった。ここが最後のチームになる。最後ぐらいは、もう一花咲かせて終わりたいと、周囲に漏らすようになった。すぐにでも上で投げて欲しいという首脳陣の要請を振り切り、3Aで調整を続けている。本気なのだ、という事は、常盤にも分かった。

その日が、ハートマンにとって移籍後の初登板になった。常盤の目には、ハートマンは気合十分に見えた。まずい。気合を入れてナックルボールを投げ込んでも、棒球になるだけである。のらりくらり、どこが面白いんだ、といった顔、態度で投げなければならないはずなのに。

ジャージーシティ・パークにシャーロット・ナイツを迎えたゲイムで、ハートマンがプレイボールの声がかかると同時に投じた初球は、もちろんナックルボールだった。サインなどない。しかしボールは、バッターの頭上約二メートルの位置を通過し、バックネットに達する直前になってゆらゆらと激しく変化しながら地面に落ちた。微かな笑い、好意的な笑いが、昼下がりのスタジアムに広がる。ノーマン・ロックウェルの絵を眺める時のような、悪意のない笑いだった。しかし常盤は、冗談じゃない、と思っていた。

ハートマンは苛ついた様子を隠そうともせず、アンパイアから新しいボールを受け取ると、間髪入れずに第二球を投じた。今度は、マウンドとホームプレートの中間辺りから大きく左に流れ、左打席に入っているバッターの背中の裏側を通過して、最後は一塁側のベンチ前まで転がっていった。真面目なアンパイアは、ボールボーイに命じてそのボールを持って来させると、しかめ面でこね回した。ハートマンが、ボールにワセリンでも塗ったのではないか、と疑ったのだろう。その様子を見て、スタンドでははっきりした笑いとブーイングが起きる。

常盤は、特製のミットを試す事も出来ず、途方に暮れていた。タイムを要求し、小走りにマウンドに駆け寄る。

「どうしたんですか」苛ついた表情のハートマンに、遠慮がちに話し掛ける。「ナックルボーラーが肩に力が入っていたら、洒落にならないでしょう」

「いいか、坊や」ハートマンは目を細め、鼻息荒く凄んだ。「これは俺にとって最後のチャンスなんだ。分かるか？」

「分かりますけど、落ち着いて下さい。ゲイムは始まったばかりですよ。それとも、ナックル以外のボールを試してみますか？　一発打たれれば、肩の力が抜けるかもしれませんよ」

「何だと」ハートマンは、親が子供を叱り付けるように常盤の頰をつねり上げた。「生意気言うな」

「あたた……」

常盤は唇を歪ませて思わず悲鳴を上げたが、すぐさまハートマンの腹に、短いが強烈な右のジャブを打ち込んだ。ハートマンは、辛うじて体を折らないように踏みとどまったが、顔からは血の気が引いている。常盤は、ごく真面目な表情で頷いた。

「いいから、ちゃんとやって下さいよ。俺だって、生活がかかってるんだから」

常盤は一度も振り向かずにホームプレートの後ろに座り、ハートマンの顔をマスク越しに観察した。笑っている。人を馬鹿にするような笑いだった。オーケイ。肩の力を抜くんだよ、オヤジさん。

三球目は、子供が投げるような山なりのボールで、水の中を進むようにのんびりとホームプレートに向かって来た。ストライクゾーンの真ん中に、すうっと入って来る。バッターは、ボールが沈むのを予測し、低めにバットを振り出した。ところがボールは沈まないまま大きく内角にスライドし、バットの根元に当たってふらふらとした小飛球になった。常盤は大袈裟な動きでマスクを撥ね飛ばすと、腹の前でミットを上向きに構え、三塁側ファウルラインを跨ぐ格好で慎重にボールをキャッチする。

ハートマンは、ことごとくストライクゾーンの四隅をかすめるようなボールを投げ込んでくる。サインなどない。ボールは気紛れに落ち、スライドし、バッターを嘲笑った。常盤は忙しく体を動かしながら、それでも一球も後逸しなかった。そう、スピードがなければ俺だって大丈夫なんだ、と常盤は思った。こんなボールが顎に当たっても、痒いぐらいだろう。

ハートマンは、ふてぶてしい態度でマウンドを支配し始めた。ロージンバッグで入念に指先を白くし、ユニフォームの乱れを直す。必要以上に時間をかけて足元の土をならし、時には大きく深呼吸してみせる。バッターが焦《じ》れ始めた頃、やおら鳥が羽ばたくような大きなフォームで、のんびりとしたボールを投げ込むのだ。

無難にキャッチングを続けているうちに、常盤も動きが軽くなって来た。どこへ行くか分からないボールは確かに難敵だが、この程度のスピードなら、内角に来ても捕れる。

守備の憂鬱さが消えると、バッティングも冴え始めた。

最初の打席は、二回裏。軽く振り出したバットはボールの芯を撃ち抜き、低い弾道でライトフェンスを直撃するツーベースとなった。四回裏の第二打席は、深く守っていたセンターがフェンス手前で追いついたが、ボールを一度グラブに入れながら、零してしまう。常盤は短い足をフル回転させて、三塁まで達した。第三打席は六回で、この時は第一打席よりも手応えのある打球となったが、当たりが良すぎてライト前のシングルヒットになった。

その間、ハートマンはのらりくらりとしたピッチングを続け、シャーロットを散発三安打に抑えていた。多分、全盛期のハートマンはこんな感じだったのだろう、と常盤は思った。七回表までアウト二十一のうち三振二つ、ファウルフライも含めて内野フライが四、内野ゴロは十三を数えた。外野に飛んだのは二球だけ。球数は僅か六十七球で、風がなく、粘り付くような暑さの午後だったにもかかわらず、汗一つかいている様子もなかった。事実、アンダーシャツを一度も替えていない。試合は完全にハートマンの手にあり、誰もそれを奪う事は出来ない、と常盤は確信した。多分、ボールを受けている俺でさえも。

ミラーは何もする事がなく、ひたすらベンチでガムを噛み続けていた。七回まで五対〇のリードである。監督が余計な事をしなければ、黙っていても勝てる。

ハートマンも、遠からず上に上がるだろうな、とミラーは思った。それも仕方ない。河合と直接話す事はないが、今ではミラーは、彼のためにきちんと選手を送り出してやろう、という気になっていた。フリーバーズは上げ潮に乗っている。メディアの攻撃も矛先が鈍り、河合は気分良く戦っているはずだ。まだ最下位に座っているものの、五位のエクスポズとの差は二ゲイムにまで縮まっている。最下位を脱出すれば、河合も選手達も、さらに自信を持ってプレイ出来るはずだ。

春先にはクソみたいなチームだと思っていたのに、不思議なものだな、とミラーは一人ほくそ笑んだ。

常盤もそろそろ一本立ち出来るかもしれない。堂々としているわけではないが、あのハートマンを相手にきちんとキャッチングをこなしているではないか。ウォーマックをコーチ役につけたのは正解だった、と思う。あいつはきっちりやってくれた。常盤の体に、恐怖心を克服するだけの痛みと慣れを染み込ませてくれた。まったく、このクソみたいな世の中で、単純に信じられるものがあるとすれば、野球を愛する人間の心ぐらいだ、と思う。

とにかく、常盤はいつまでもここにいるべき素材ではない。内角球の問題も、遠からず解決出来るはずだ。それに、何と言ってもあのバッティングは魅力だ。こちらからメジャー昇格を打診してみてもいいな、と思うほどだった。

そう思った矢先に、常盤の打球が強烈なラインドライブとなってライトスタンドに飛び込んだ。八回裏、グランドスラムである。選手がベンチから飛び出す。ミラーも、常盤を祝福するために、ゆっくりと腰を上げた。そうしながら、待てよ、と思った。第一打席がフェンス直撃のツーベース。第二打席は、エラーの匂いもしたがスリーベース。第三打席は火の出るような当たりのシングルヒットで、この打席が満塁ホームランだ。

周りの選手達が驚くような奇声を発しながら、ミラーはベンチ前で常盤を抱きしめ、その体を持ち上げて振り回した。笑い声が二人の周囲を包み、観客席はスタンディング・オベイションで常盤の偉業を称えている。オルガンは「ハレルヤ」を奏で、スタンドから投げ込まれたホットドッグの包み紙やクラッカージャックの袋などで、外野の芝が埋まった。固いミートボールのような常盤の体は、ミラーの力で持ち上げるには少し重すぎた。腰に痛みを感じながら、ミラーは「サイクルヒットだぞ、サイクルヒット！」と何度も叫んでいた。そう、目の前でサイクルヒットの達成を見たのは、ミラーも初めてだった。

同時にミラーは、もうこの男をジャージーシティに置いておく理由は何もない、と確信した。

9

「素晴らしいと思いませんか？」西山が社長室の椅子にふんぞり返り、電話の相手に向かって自慢げに繰り返していた。「春先は、まあ、あんなものでしょう。調子が出るのが遅かっただけで。まあ、今回の十連勝は出来過ぎかもしれないけど、このまま行けば、一年目にしてはかなりの成績を残せそうですよ。そうそう、ニューヨークのメディアもいい加減なものでね。今となっては掌を返したようにフリーバーズを持ち上げてます。ああいう連中をコントロールするのも面白いものですね」

大越は苦々しい気分を飲み込みながら、西山のはしゃぎぶりを見守っていた。ここ半月ほど、フリーバーズの好調ぶりに歩調を合わせるように、西山のテンションは高い。それはそれでいい、と大越は思う。機嫌が良い時の彼は、思いつきで部下を振り回す事が少なくなるから。

「ええ、では、よろしくお願いします。例の件はまた後日という事で……。はい、ではこれで失礼」

　西山が、満足そうな表情を浮かべて、大越の方に向き直った。

「馬場《ばば》さん、『メディア・ラボ』の」

「お元気でしたか？」

「まあ、ね。俺の方が元気だけど」そう言うと、喉の奥で含み笑いをする。

「メディア・ラボ」は、世間的には「ジャパン・ソフト」のライバルと見なされているベンチャー企業である。最初はささやかなプロバイダーとしてスタートしたのだが、次々とパートナーを取り替えて会社の規模を拡大し、今では全国規模の巨大なネット産業に成長している。社長の馬場は、元々ＮＴＴの社員だったが、今では若手財界人として西山と並び称される経営者となった。西山の方では彼を強烈に意識していた。馬場が、衛星放送サービスへの参入を密かに狙っていると噂されているためである。さらに、メディアを手に入れればそれ用のソフトを調達しなければならないということで、馬場は、Ｊリーグのチームに触手を伸ばしている、とも伝えられていた。野球とサッカー、二人の経営者の張り合いはこれからが本番だな、と大越は思う。しかし、今のところは西山の一歩リードだ。大リーグとＪリーグでは、あらゆる点で比較が不可能である。規模が違い過ぎる。

「社長、来月はまたアメリカに行かれますか？」

「もちろん」西山が余裕たっぷりに頷いた。「テレビで観ているだけでは、ね。やっぱり野球はナマに限りますよ。そうだ、うちで旅行会社を作るというのはどうですかね。フリーバーズ観戦ツアーで、夏場はかなり客を集められるんじゃないかな」

「オフシーズンはどうしますか？」

西山がにやりと笑った。

「バスケットのチームを買うっていう手もあるんじゃないか。シーズンは重ならないでしょう……おっと、もうプレイボールの時間じゃないか」

西山はテレビのリモコンを取り上げた。巨大な画面に、リバーサイド・スタジアムの全景が映し出される。オールスター明け、本拠地にカーディナルスを迎えた三連戦の始まりだ。

西山は体を乗り出し、食い入るようにテレビの画面を見詰めた。この男は、少し玩具に夢中になり過ぎたな、と大越は歯嚙みした。経営は遊びではない。どんなに好調な時でも最悪の事態を考え、備えておかなければならないのだ。そして最悪の事態とは、不況や業績悪化だけではない。一番怖いのは内部崩壊である。それをこの男は知らない。外堀は既に埋まった。会社の幹部のほとんどは西山にそっぽを向いている。濁流が襲って来ても、この男を助ける人間はいないだろう。

漏れそうになる笑いを何とか封じ込め、大越はテレビの画面に視線を移した。西山は、涎をたらしそうな表情で口を半開きにし、瞬きもせずに画面に集中している。何を考えている？　金儲けか？　大越は頰の内側を嚙んで、成功へ至るまでの苦い思いを飲み込んだ。

「ようし、落ち着けよ」藤原は常盤の頭を軽く叩いた。ゲイムは既に始まっている。常盤は、河合に命じられて、試合開始直後からブルペンに入っていた。藤原のボールを受けてスタジアムの雰囲気に慣れろ、という河合の指示である。藤原はゆったりとしたペースで準備を続けていたが、七回、カーディナルスの攻撃が始まると、ようやく常盤を座らせた。常盤は何も言わなかったが、自信ありげな、落ち着いた表情を浮かべている。ホームプレートの後ろに座ると、ぽん、と軽くミットを叩き、低く構えた。

藤原は、七分程度のストレイトを立て続けに投げ込んだ。小気味良い音がブルペンに響く。常盤は平然とボールを受け止め、テンポ良く投げ返して来た。藤原は口の端からふう、と息を漏らし、少しだけ感心した。とにもかくにも、様になっている。ウォーマックの教え方が余程良かったのか、常盤が死にもの狂いでやったのか、あるいはその両方か、だ。

次第にピッチング練習は熱を帯び、全力投球に近くなった。左側への動きはまだ硬い。藤原が投げる前から体が動いてしまうのだ。「内角だ」という意識が強くて、身構えてしまうのだろう。こんな動きをしていたら相手に見破られる確率も高くなるが、少なくともボールから逃げる事はなかった。後は、実際にバッターを迎えた時だな、と藤原は思った。ブルペンにいる中継ぎの誰かを右打席に立たせてみるか。そうも思ったが、結局誰にも声はかけられなかった。味方を危険に晒《さら》すわけにはいかない。

七回表にアクシデントが起きた。

二点差でフリーバーズがリード。先発のハートマンは、この日ものらりくらりとナックルボールを投げ続け、カーディナルス打線を散発四安打に封じ込めていた。ところが、ここまで二三振とストレスを溜め込んでいた先頭のマーク・マグワイアが、鬱憤を晴らすように、レフト二階席の縁にかかったバーガーキングの看板を直撃するソロホームランを打ち込み、あっという間に一点差に詰め寄る。それでも河合は動こうとしなかった。マグワイアへの一球は、事故のような一球——落ちないナックルボール——だったし、ハートマンは今夜も、全く汗をかかずに快調なペースを保っていたからだ。

しかし、それは表面上だけの話だった。次打者はアウトに打ち取ったもののライトフェンスぎりぎりまで達するフライを打ち上げたし、続く打者はレフト線の真上に落ちるラインドライブを放ち、楽々と二塁を奪った。さらにフォアボールを挟み、次の打者がセンターへ強烈な一撃を打ち返した。センターのブロックはボールの行方を見もしないで一直線にバックし、センターフェンスを直撃して跳ね返ったボールをダイレクトにキャッチした。勢い余って自分もフェンスにぶつかって反転すると、その勢いを利用するようにして、中継に入ったセカンドの花輪に矢のようなボールを返す。しかし、セカンドランナーは既にホームを駆け抜けていた。花輪は、外野に深く食い込んだ位置で中継のボールを受け、オーヴァーハンドでバックホームする。セカンドランナーに続き、一気にホームを目指したファーストランナーは、ボールの行方に気を取られていたフォックスの肩口にまともにぶつかって行った。

フォックスは仰向けに倒れた。正確には、一瞬体が浮いた後、後頭部から着地し、そのまま首を軸にして綺麗に一回転して、グラウンドに大の字になった。ランナーは、フォックスともつれるように転がったが、素早く立ち上がると、ホームプレートを探し始めた。

ない。

ホームプレートの真上にフォックスが倒れている。何とか手を差し入れてホームインしようとしたランナーに、フォックスは朦朧《もうろう》としながらもミットを差し出し、どこか遠慮勝ちに二の腕にタッチした。

バックアップに走ったハートマンがフォックスを助け起こす。しかしフォックスは、完璧にノックアウトされていた。ようやく上体だけは起こしたものの、がっくりとうな垂れてへたり込んだままである。ベンチからトレイナーが飛び出し、フォックスの瞼を押し上げるように顔を覗き込んだが、首を振るだけでその場での応急処置を諦めた。

藤原は、その様子をブルペンのモニターで最初から最後まで眺めていた。直後、ピッチングコーチが電話を受け、常盤を呼ぶ。

「出番だ。フォックスがノックアウトされた」

常盤がごくりと唾を飲み込む音が、藤原には聞こえたような気がした。彼の上半身は凍り付き、逆に足は小刻みに震えている。藤原は常盤の背中を思い切りどやし付けた。「さっさと行って来い。無事に終わったら、チーズステーキを奢ってやる」

常盤は喉仏をごくりと上下させてから硬い表情で頷き、ハートマン用のミットに取り替えるためにベンチに戻って行った。ラボウスキーが心配そうにモニターを見詰める。

「大丈夫かな」

「大丈夫もクソも」藤原もモニターを凝視しながら答えた。「ここで結果が出せないと、奴は下に落ちる。それだけの事だよ」

「同じ日本人だろう、冷たいな」

藤原はわざと乱暴に言った。

「関係ない。俺達は、このサーカスで一緒にやっているという事以外に共通点はないんだから」

ラボウスキーは何か言いたげに口を開きかけたが、藤原の厳しい表情を前にして、結局黙り込んでしまった。

モニターの中の常盤は落ち着きがなく、どこかびくびくした様子だった。無理もない。フリーバーズが勝ち始めると同時に、リバーサイド・スタジアムには観客が戻って来ていた。この日も、有料入場者数は三万五千人を数えている。常盤は、大観衆の中に、いきなり何の準備もなしに放り出されたのだ。これで緊張しない人間がいたら、そいつは既に死んでいるに違いない。

藤原はおそらく、常盤本人以上に心配していた。ゲイム前の打撃練習で、常盤は死人が驚いて生き返るような強烈な当たりを、何本もスタンドに叩き込んでいる。それがチームにとってある種の刺激になったのは間違いなかった。フリーバーズ打線はこの日活発で、得点こそ二点に止まっているものの、既に八本のヒットを重ねている。しかし、守備で失敗すると、常盤のバッティングも狂うかもしれない。彼がネズミ程度のハートの持ち主だという事は、藤原には十分分かっていた。

しかし、藤原の心配をよそに、この回の残る一アウトは、常盤が参加しないうちに、あっけなく転がり込んで来た。ハートマンが投げた初球は外角へ流れ落ち、思わず手を出したカーディナルスのバッターが、緩いセカンドゴロに終わったのだ。藤原は思わず胸を撫で下ろした。

七回の裏、フリーバーズの攻撃は、その常盤からだった。先程のおどおどした態度は消え、バットを三本まとめて振りまわし、パワーを誇示している。この数か月のウェイト・トレイニングの成果が表われ、丸々としていた体は適度に引き締まり、上半身は見事な逆三角形に変わっていた。剝き出しの腕は、ユニフォームの袖を突き破りそうだ。左打席に入り、ゆっくりと足場を固める。足の位置が決まると、ヘルメットを軽く押さえつけた。二回素振りをし、軽く膝を曲げ、力の抜けたフォームで構えに入る。ぴたりと動かない。

「一発出そうじゃないか？」藤原が呟くと、ラボウスキーが唇に指を当てる。二人は並んで、モニターをじっと見守った。

初球から行った。

ストレイトだが、微妙に外角に沈み込むボールである。常盤は大きくステップして低くバットを振り出すと、真芯でボールを捉えた。ぐしゃ、とトマトを叩き潰すような音が、レフトフェンスの裏側にあるブルペンにまで聞こえて来るようだった。

モニターの画面が一瞬ぶれ、二人は小さな画面上でボールの行方を見失った。直後に、頭上で大砲の発射音のように巨大な音が響き、同時に「逃げろ！」という大合唱が降ってくる。

二人は、思わず外野席を見上げた。

爆弾だ。二人は、慌ててブルペンの端に逃げた。

レフトに流し打った常盤の打球が、実際には右のプルヒッターが思い切り引っ張ったような鋭いライナーとなってスタンドに飛び込み、先程マグワイアが直撃したバーガーキングの看板を再度襲ったのだ。二度目の直撃を受けた看板は、ゆらゆらと二、三度大きく揺れると、そのままブルペンまで落ちて来た。長さ五メートルもある大看板がモニターを真っ二つに粉砕し、地響きを立てながら、ブルペンの土を抉って直立する。二人は、土煙に包まれながら、呆然と看板を眺めるだけだった。

頭上のレフトスタンドから降ってくる大歓声にかき消されないようにと、ラボウスキーは声を張り上げた。

「俺は十年近くメジャーにいるけど、看板を打ち落とした奴は初めて見たよ」

「これが最初で最後じゃないか？」呆然とそれに答えながら、藤原はフリーバーズに新しいドラマの幕が上がった事を確実に感じ取っていた。

フリーバーズは、八回から予定通り藤原を注ぎ込み、二点差でカーディナルスを振り切った。藤原はまだ、常盤の守備を信用してはいなかった。彼がサインを出し、慎重に、丁寧に外角中心のピッチングを組み立てて、何とかカーディナルス打線を抑え込んだ。まあ、今はこれでもいい。しかし、いつかは常盤が、自分で全ての局面をコントロールしなければならない時がやって来る。それがいつの事になるのか、藤原には想像も出来なかった。

試合後、ロッカールームでビール漬けにされた常盤が顔を真っ赤にしている所に、蝶ネクタイをした若禿の男を先頭にした一団が入って来た。バーガーキングの関係者だ、と名乗ると、常盤に今後一年間はバーガーキングの店で食べ放題だ、という目録を渡した。常盤はぽかんとした表情を浮かべたが、最後に一言付け加えるのを忘れなかった。

「あの、チーズステーキはありますか?」

躊躇《ためら》いがちにかけた電話が、また藤原の気持ちを揺り動かした。

「一周忌よ」

「ああ」

「あなたは、気にしないで。仕事優先で行ってね」瑞希はさり気ない口調で言ったが、その言葉がまた、藤原の胸に突き刺さった。

「帰りたいんだよ、俺だって」

「大丈夫。両親がちゃんとしてくれるから」

「帰ろうか、本当に?」自分は絶対そうしないだろうという事は、藤原には分かっていた。しかし、言わないわけにもいかない。

「いいの。ねえ、それより、シーズンが終わるまでは、もう電話しない方がいいんじゃない?」

「どうして」

「私、あなたの邪魔をしているかもしれない」

「そんな事はない」いや、そうだ。瑞希とは週に一度は話していたが、電話を切る度に、藤原は心がささくれ立つのをはっきりと感じていた。痛みを感じる事はないが、不愉快である事に変わりはない。そう、出来れば話したくない。しかし、そう考えている自分がつくづく嫌だった。

「ね、もう電話しないようにしよう。私も……自分の気持ちを整理しないといけないし」

「ちょっと待てよ。どういう事だよ」

「それが自分でも分からないから、考えてみなくちゃいけないのよ。時間が欲しいわ、私」

電話を切った時、藤原は別れを予感した。結局俺達は、由佳里という存在に振り回され、夫婦としての愛情を育てる時間を持てなかったのかもしれない。八年間を奪われたのは、瑞希も同じなのだろう。だからと言って、今すぐ日本に飛んで帰って彼女を抱き締めてやる事は出来ないのだ。ようやく始めた事を、中途半端に投げ出す事は、死んでも出来ない。

そうだ。電話はやめよう。彼女の言う通りだ。シーズンが終われば、俺が参加しているゲイムははっきりと幕を下ろす。その時になって考えよう。どうするべきなのか、彼女のために何が出来るのか。

もちろん、瑞希の心が凍り付き、俺から離れていなければの話だが、と藤原は自虐的に思った。彼女のいない生活が考えられるか？　自問してみる。答えは簡単だった。今がまさにそうではないか。俺は生きている。しかし、それで良いのか、と疑問を呈するもう一人の自分を否定する事も出来なかった。

八月に入り、フリーバーズは西海岸へ一週間のロードに出た。ロス、サンディエゴで六試合を戦い、四勝二敗。ここまでの戦績は五十八勝六十四敗。勝率四割七分五厘に止まってはいたが、マーリンズが相変わらずの超低空飛行を続けていたため、八月に入ってついに、ナショナル・リーグ東地区の最下位を脱出していた。四位のエクスポズとは二ゲイム差、三位のフィリーズとは三・五ゲイム差と、さらに上を窺える位置につけている。上位二チーム、ブレーブスとメッツは、遥か高み、天空に近い場所で首位争いをしていたが、それでもフリーバーズナインには欲が出て来た。エクスパンションで新しく誕生したチームが、初年度に三位にでも食い込めれば上出来である。

可能性の芽が見えてきたが、河合は相変わらずほとんど笑顔を見せる事はなかった。

鎖骨骨折で故障者リスト入りしたフォックスに替わって常盤がマスクを被るようになり、打線には幾らか迫力が出て来たが、それでも大量点を望めない状況に変わりはない。何しろ、チームの本塁打王であるレフトのT・J・サーモンでさえ十五本を記録しているだけだったし、その次はと言うと、欠場したフォックスの十本だった。常盤がデビューから十五試合で八本塁打と奮闘していたが、その他に一発長打を期待出来る選手はいない。その代わりに、機動力という特徴が徐々に姿を見せ始めた。その中心になったのが花輪である。

打率こそ相変わらず二割台前半をうろついていたが、本来のスピードを取り戻し、着実に盗塁数を増やして来た。ここまで三十一盗塁。失敗も十三を数えているが、思い切りの良い走塁は、チームに勢いをつけ始めた。

河合は、花輪を中心にして、一見無謀とも思えるほど選手を走らせた。盗塁、ヒット・エンド・ラン、ディレイド・スチール。走塁に関して野球の教科書に書いてある事は、全て試した。そうやってもぎ取った少ない点数を、継投で守り切る。それがフリーバーズの勝ちパターンになった。

先発は相変わらずブラウン一人が頼りだった。ここまで二十試合に登板し、十二勝六敗。防御率二・二一はリーグのトップを争っている。春先の不機嫌さはどこへやら、ブラウンの爆発を恐れた打線が、彼が登板する時だけはよく打つ事もあって、勝ち星もいつものブラウン並みのペースに戻っていた。一方、関戸も本来の巧みなコーナーワークを取り戻していたが、彼が登板する時は不思議と打線が沈黙する事が多く、勝ち星は五つに止まっていた。敗戦は既に十三を数えており、日増しに表情が暗くなっていく。

リリーフ陣の中心にいるのは、もちろん藤原である。リードしたゲイムの終盤、一回、あるいは二回をぴしゃりと抑えてゲイムを締めくくる。五月の終わりにメジャー昇格して以来、既に二十三試合に登板し、二勝一敗十七セーブの成績を残していた。救援失敗は僅か一度だけだが、それも味方のエラーによるもので、自責点はつかなかった。投球回数三十八、自責点六で防御率は一・四二。奪三振は四十五を数えた。「彼に足りないのは味方の援護と」ロジャー・スミスも、コラムを賞賛の言葉で埋め尽くした。「あと少しの饒舌《じょうぜつ》さだけである。これでもっと愛想良く喋るようになれば、彼はメジャーの歴史に名を残すクローザーになるはずである。いや、口数は関係ないかもしれないが」

そして河合も、以前のように露骨に日本人嫌いを口に出す事はなくなった。新しく加入した二人が、目の前でガッツ溢れるプレイを見せているのだ。少なくとも、彼らが力を発揮しているうちは、俺の文句はいちゃもんになる、と河合は悟っていた。何だっていいのだ。ガッツを見せてくれれば、馬でも使ってやる。

河合にとって最も頭の痛い問題は、実はバッティングではなく守備だった。

特に二遊間である。「守備で生きていきたい」と大リーグ入りした花輪だが、走塁で見せるスピードをうまく守備に生かせていなかった。守備率九割二分三厘はリーグのレギュラーのセカンドとして最低だったし、スコアブックに「E」がつかないだけで、実質的にエラーになったプレイも数知れなかった。ゲイム後、ロッカールームの床を見詰めながら、意味不明の言葉をぶつぶつと呟くのが花輪の日課になった。

河合は、花輪については様々な事を試していた。レギュラーポジションはセカンドだが、時にはショート、あるいはサードに回してみた。それでも、エラーは減らない。捕球、送球、連係プレイ、全てに精彩を欠いていた。確かにあのスピードは魅力だ。身体能力も低くはない。潜在的に守備能力も高いはずなのに、何故かうまく行かないのだ。ゆっくり間に合うところでも、大慌てでプレイしているように見える。河合は、彼の所にボールが飛ぶ度に、歯軋りするようになった。問題の一つは、コンビネーションである。彼のように若い選手は、ベテランの選手と組ませると良い結果を残す事が多い。ショートを補強して二遊間を強化しないと、最後にはぼろを出してチームは地獄に転落するのではないか、と河合は危惧していた。

河合は、最もやりたくない事に手をつける事にした。河合にも欲が出て来たのである。勝ちたいという、野球に関わる人間として抑えがたい欲が。本来、自分は捨て石のつもりだった。メジャーの監督になれたと言っても、このチームではろくな成績は期待出来ない。来季以降のチームの土台作りこそが、自分の役目だと思っていた。しかし、僅かでも光明が見えれば、それにすがりつきたくなる。負け犬のまま、シーズンを終わらせたくはない。パドレスとのゲイムを終えた夜、河合はホテルの部屋からジャージーシティに電話を入れた。

「河合だ」

「好調じゃないか」電話の向こうで、ミラーはぶっきらぼうに答えた。「あんたは、メジャーの監督としても十分やっていけると思っていたよ」

河合はミラーの挨拶を無視するようにいきなり切り出した。「お願いがあるんだが。ショートが欲しい」その一言を口にするのに、河合は一時間近く練習を繰り返していた。河合は、どうにもミラーが苦手である。パシフィック・コースト・リーグの時代に殴り合った事は、河合には苦く重い記憶でしかない。あの時は俺の負けだった、という自分なりのジャッジがある。その相手に頼るのはどうにも気が進まなかったが、フロントを通すような、まだるっこしい真似はしていられない。

ミラーは、河合の台詞を待ちかねていたように応じた。

「そう来ると思っていた。あんたの所のセカンド、何か窮屈そうな感じがするんだよな。この前調べてみたんだが、同じコンビで守ったゲイムは三十二試合しかない。それもシーズン序盤だけだ。これじゃ、駄目だよ」

河合は思わず苦笑した。ミラーは、昔から目端の利く男である。ジャージーシティを率いて忙《せわ》しない毎日を送りながら、フリーバーズのチェックも怠りない。俺の後釜を狙っているのかもしれないな、と河合は思った。

「お前さんの言う通りだ。良いショートを探している。ベテランなら、なお良い」

「ベテラン、ね」ミラーは探りを入れるような口調で言った。「ベテランはいないな、こっちには」

「そうか……まあ、仕方ないな」

「早まるなよ。ベテランはいないって言っただけだ。すぐに使える若い奴ならいるぞ」

「若い奴、ね」河合は考え込んだ。河合が期待していたのは、花輪を指導し、良い影響を与えられそうなベテラン選手だった。「どう、かな」

「すぐにでもそっちにやれる。常盤は少し一緒にやっていたから、知っていると思うよ」

「何ていう選手だ？」

「ホセ・ゴンザレス」

「ラテン系か」

「そう。二十二歳だ」

「知らないな」河合は、ルーキーリーグから1A、2A、3Aまで、覚えている限りの選手をリストアップしてみたが、その中にゴンザレスの名前はなかった。

「こっちもよく知らなかった。ドラフトの一番下の方で引っかかって来た選手だが、うちのスカウト陣も目は悪くないようだな。フレズノの生まれでね。線が細いんでどうかと思ったんだが、これがなかなか掘り出し物なんだ。ルーキーリーグからスタートしたんだが、とんとん拍子で上に上がって来たよ。こいつのスピードは本物だぞ。ついでに言えば、指先に目がついてる」

「お前が言うんだから、大丈夫なんだろうな」

「俺が空手形を出した事があるか？」

河合はしばらく考えてから、やがて「ないな」と短く言った。「バッティングは？」

「大きいのは期待出来ないが、器用だ。ミートは上手い。足もある。あと二年ぐらいすると、リーグの盗塁王を争うような選手になる、と俺は踏んでいるんだが」

「それなら」

「分かった。明日、ニューヨークへ帰って来るんだったな？　そこで合流させよう」

「頼む」

電話を切り、河合は車椅子からベッドに這い上がって横になった。賭けのようなものだな、と思う。メジャーの監督は忙し過ぎるのだ。実際に自分で3Aの選手を見て、評価を下す事は出来ない。ここは、ミラーを信じるしかないだろう。認めたくはないが、あいつには、俺と似ている部分がある。選手を客観的に評価し、一度高い評価を下したら、とことん信用してやる点が、まさにそうだ。

ホセ・ゴンザレス。河合は、まだ見ぬ若者の華麗な守備を思い描き、同時に甘い期待を戒めた。何事も期待し過ぎない事。それが、数十年にわたる野球との関わりの中で、河合が学んだ最大の教訓だった。

その守備を、華麗という言葉で片付ける事は出来なかった。守備というよりも、どこか人間離れしたサーカスを連想させるのである。

フリーバーズがニューヨークに戻って、ブリュワーズと三連戦を戦う初日、ゴンザレスはリバーサイド・スタジアムにひょっこりと顔を見せた。フリーバーズのキャップを目深に被り、オリーヴ色のハンサムな顔を半分隠している。河合は素早く彼を観察したが、引き締まった体は、野球選手としてはやはり少し細すぎるようにも見えた。しかし、ゲイム前の練習で河合は、早くも彼の柔軟性、それと相反する筋肉の強さを見抜いて目を見張った。特に、リストの強さは相当のレベルだ。軽く投げたボールが、相手の手元でぴっと伸びる。打撃練習ではバットをしならせるように振り抜き、鋭いライナーを左右に飛ばした。

プレイボールを待つ間、ロッカールームで河合はゴンザレスを呼び付けた。車椅子の上から彼を見上げ、「お前さん、どこに隠れていたんだ？」と尋ねた。

ゴンザレスは、真っ白な歯を見せてにやっと笑っただけで、何も答えなかった。が、河合は、期待の目盛りをほんの少しだけ押し上げる事にした。期待しない事も大事だが、何かを信じる事はもっと大事である。この若者を、ミラーを、そして自分を。

藤原は、初対面であるはずのゴンザレスの顔が、何故か強く頭に焼き付いた。どこかで見た事がある。しかし、アメリカに渡り、日本人以外の顔ばかりを見て混乱し続けている頭の中から、その顔のファイルを引っ張り出す事は出来なかった。ゲイムが始まるとすぐに、いつものようにトレイナー室に引っ込んでしまったので、3Aでほんの少しの間一緒だったという常盤から話を聞くチャンスもなかった。

ゲイムは、いつものようにじりじりするような展開になった。両チームとも無得点のまま迎えた五回、先頭の花輪がフォアボールを選んで出塁すると、すかさず二盗を成功させる。一死後、常盤が、ニューヨークのファンにはすっかりお馴染みになった初球攻撃でボールをライトスタンド中段まで運び、ようやく均衡が破れた。

先発のブラウンは、この日はコントロールがもう一つだった。それでも貫禄とはったりに緩急を上手く織り交ぜながら、何とか七回までブリュワーズ打線を零封して来た。しかし、八回に捕まる。フォアボールに続いてヒットを許し、ノーアウト一、三塁。肩で息をしていた。河合は迷う事なく藤原を投入し、同時にそれまでベンチを温めていたゴンザレスをショートに入れた。

スタジアムに藤原のテーマ曲、ダム・ヤンキースの「ロック・シティ・USA」が大音量で流れ、藤原がブルペンから相手を焦らすようにゆっくりと現われる。これはスタジアムの音響担当者達のささやかな抵抗だった。日本色を押し流すように、彼らは選手一人一人に、いかにもアメリカらしいテーマ曲を選んでいたのだ。常盤には「アメリカン・バンド」、花輪には「ロック・イン・アメリカ」、ブラウンには本人の強い希望で「デトロイト・ロック・シティ」だ。

今夜の俺は集中力が切れている、と藤原は思った。ショートの定位置で、花輪とゆっくりキャッチボールをするゴンザレスの姿が、どうしても気になる。投球練習を終えると、マウンドに向かって来る常盤を手で制した。いつものようにスタンドをぐるりと見渡し、大きく深呼吸する。

切れた集中力は、すぐに取り戻せるものでもない。藤原はゆっくりとセットポジションに入り、初球はスライダーから入った。

コースが甘い。力では勝っているが、打ち返されたボールはマウンドのすぐ前でバウンドして高く跳ね上がり、ジャンプして差し出した藤原のグラブの上を越えて行った。慌てて振り返ると、ボールがセカンドベースを越えた地点に、予め予想していたようにゴンザレスがいた。ほんの二歩踏み出しただけでボールをキャッチすると、そのまま体を反転させ、バックホーム。機関銃から打ち出された弾丸のような送球が、藤原の顔のすぐ横を通過して行く。

センター前に抜けると判断して突っ込んだサードランナーは、ホームプレートの五メートル手前で立ち止まり、諦めたように両手を高く掲げた。

藤原は思わず目を見開いて、ゴンザレスを見た。あの動き、やはりどこかで見た事がある。しかし思い出せない。

ゴンザレスの顔を何とか頭から追い出し、藤原は次打者に対峙した。ワンアウト、ランナー一、二塁。まだまだ気は抜けない。

常盤のサインはストレイトだった。外角低めに投げ込むと、また初球から狙われる。しかし、球速に押されてぼてぼてのセカンドゴロになった。花輪が突っ込み、体を捻りながらセカンドベースに送球した。

直後、藤原は惨劇を予想した。タイミングはクロスプレイだ。巨漢の一塁ランナーがセカンドベースに滑り込む。いや、狙いはセカンドベースではなく、ゴンザレスだ。メジャーに昇格したばかりの選手への、手荒い挨拶である。二人が交錯し、スリムなゴンザレスがスクラップにされる様を、藤原はありありと想像出来た。

ベースを足で払うようにタッチした次の瞬間、ゴンザレスは軽くジャンプすると、スライディングして来た一塁ランナーの真上に着地するタイミングで舞い下りる。藤原は思わず、「やばい」と呟いた。何と言う事だ。ゴンザレスは強烈なスライディングに対して、真正面からやり返そうとしている。しかしゴンザレスは、スパイクを高々と上げて突っ込んでくるスライディングに対し、サーカス顔負けのプレイに出た。相手のスパイクの裏側に一瞬着地すると、それを踏み台にしてまた高く飛び上がり、手首を利かせて、一塁へ矢のような送球を送る。クロスプレイになったが、ボールが速い。スタンドからは溜息が漏れ、その直後には、藤原も観客の一人になった気分で、思わずグラブを叩いていた。

同時に、ゴンザレスの正体をはっきりと思い出した。俺がアメリカに来た、まさにその日。ニューアークの空港で置き引きに投げつけたボールを見事にキャッチし、ダブルプレイを成立させた男ではないか。藤原は偶然に驚きながら、あるいはこれは偶然などではなく、何かに導かれた必然なのではないか、と思っていた。

「驚いたな、本当に。まさか、あの時の男が君だとは、な」少しビールに酔い、藤原がその夜何度目かとなるこの台詞を繰り返した。常盤はグレープエードをがぶ飲みしながら、藤原の世迷い言にうんざりしていた。

ゴンザレスはほとんど何も喋らず、にやにやとした笑いを浮かべるだけで料理に専念していた。ブロードウェイに近い、五〇年代の雰囲気を売り物にしたダイナーである。三人はゲイムが終わった後、連れ立ってこの店を訪れ、次々と料理を注文して気勢を上げていた。しかし、飲んでいるのは藤原だけなので、残る二人はどうしてもペースが合わない。藤原の独り言は、やがてぶつぶつとした意味のない呟きに変わり、店に入ってから一時間もすると、柔らかいソファに体を埋めるようにして眠り込んでしまった。

「随分ご機嫌だな、藤原は」ゴンザレスが面白そうに言った。

「ご機嫌だと思うよ、前から文句ばかり言ってたから」常盤は答えた。

「どうして」

「ちゃんとした内野手がいないから、勝てるゲイムも勝てないって。君のようなショートが出て来るのを待っていたんだよ」

「ふうん」ゴンザレスは狭いテーブルの上で器用に両肘をつき、手首の上に顎をのせた。

「負けず嫌いなんだな」

「そうだと思うよ」常盤は、気持ち良さそうに軽い鼾《いびき》をたてる藤原の姿をじっと見詰めた。

「物凄い負けず嫌いだ。負ける事が大嫌いで、そのためにアメリカに来たようなものだから」

「どういう事だ？」

「話すと長いんだけど」

「夜も長いよ」ゴンザレスは穏やかな笑みを浮かべたまま、話を促した。

その通りだな、と常盤は思った。ニューヨークの夏、夜は長い。夜になっても気温の高いマンハッタンの街に出て行くのは気が進まなかった。冷房のよく効いたこの店で、藤原の話をして時間を潰すのもいい。本人から、あるいは様々な人から受け売りで聞いた藤原の物語を、常盤はぼそぼそとゴンザレスに話した。

大砲が入って来た。若い二遊間コンビは、ゲイムを経験するに連れ、コンビネーションを緻密にしている。勝率五割を目前にして、勝ったり負けたりの毎日が続いていたが、藤原は満足感を覚えるようになっていた。フリーバーズの戦いぶりは、来年以降の活躍を期待させるものだったし、藤原自身も日ごとに自信を深めていた。今のところ、これ以上は望めない。ただ一つ、戻って来ないヘルナンデスの事を除いては。

ヘルナンデスは、復帰する気配を見せなかった。最初はメディアも彼を追い掛け、3Aで汗を流している彼の様子を伝えたが、やがてその消息は、新聞からもテレビからも消えた。藤原も気にしてはいたが、自分で調べる時間も気持ちの余裕もなかった。以前のように香苗に調べてもらおうかとも思ったが、旅から旅への毎日の中で、その思いも薄れて行った。

やがて八月も半ばを過ぎると、藤原はヘルナンデスに対する思いを、意識して胸の奥底に封印した。「逃げるなよ」何と身勝手で、彼の事情を考えない台詞だったのだろう。

引退を決めた彼は、今更野球の事など考えたくもなかったかもしれない。残る時間を、家族と密やかに過ごしたいと願っているのかもしれない。それを、藤原が自分勝手な思い込みで引き戻そうとした。間違いない。俺の言葉が引き金になったのだ。ヘルナンデスは、自分の体を苛めるように練習に没頭している。もしかしたら、怪我が原因で引退する事にしたのかもしれないのに。自らの言葉の重さを、藤原は今になって噛み締めていた。

野球を始めたきっかけ、プレイして来た環境は二人とも違う。だが、共通点は少なくない。たとえそれが巨額の金を稼ぐための手段であったとしても、野球は彼らにとって最高の遊びだった。誰よりも速いボールを投げたい。誰よりも遠くへボールを飛ばしたい。その欲望を、ある日を境に衰え始める体力を誤魔化しながら、永遠に追い続けていくのだ。自らの業の深さに、藤原は改めて驚かされた。同時に、己の欲のために他人まで巻き込んでしまった事を、少しだけ悔やんだ。

が、同時にヘルナンデスの気持ちが何となく分かる気がした。彼も、自分の業の深さに気付いているはずだ。気付いて、最後の花火を打ち上げようとしているに違いない。そうでなければ、消えかけた気力に新たなガソリンを注ぎ、錆つき始めた筋肉にオイルをさすような真似をするはずがない。

奴は、帰って来る。何の根拠もないのに、何時の間にか藤原の推測は確信に変わっていた。

ニューヨークのメディアは、台風の襲来を告げるような調子で西山の渡米を伝えていた。「タイクーン、ニューヨークへ上陸」「早くも来季へ向けトレード画策」「シーズン残り全試合を『監視』」などなど。本当の事もあったし、嘘もあった。が、西山は一切反論しなかった。するとメディアは、「謎の沈黙」と書きたてる。

今やフリーバーズは、ニューヨークに一種のブームを巻き起こしていた。シーズン当初の物珍しさから来る人気は消え、堅実な試合運びが話題になっていた。大リーグは今や、五〇年代以来となるホームラン狂想時代の直中にある。その中で、抜け目ない積極的な走塁、二遊間を中心とした堅い守備は、決して派手なものではなかったが、フリーバーズはいかにも通好みのチームに仕上がりつつあった。そして、終盤のマウンドに立ちはだかる藤原。静かに、しかし蒼い炎のように高温の闘志を剝き出しにしてバッターに襲い掛かる藤原のピッチングには、「東洋の驚異」というありふれた形容詞が奉られた。また、ゲイムの結果如何《いかん》にかかわらず、穏やかな笑顔を浮かべて必要最低限の事しか喋らない藤原を、記者たちは「東洋の謎の微笑」と呼んだ。当然、揶揄するようなニュアンスが混じっているのだが、藤原本人は、メディアの存在そのものを気にしていなかった。気にしなければ無視する事は難しくない。

しかし、沈黙を続ける藤原の行動は、西山にとっては小さな頭痛の種になっていた。西山にとってフリーバーズのあるべきイメージとは、ニューヨークという街に合った、強く、しかもスマートなチームだ。軽い皮肉やユーモアの要素が混じっていれば、尚更良い。そういうチームを作るためには、まずはメディアを味方につけなければならない。藤原も、今はまだ「アルカイック・スマイルを浮かべる謎の守護神」などとからかわれるだけで済んでいるが、ニューヨークのメディアは基本的に底意地が悪い。喋らない、というだけで攻撃に転じてくる。藤原には、もう少し愛想良く対応するように教え込まなくてはならないな、と西山は思っていた。

ニューヨークに到着するとすぐに、西山はリバーサイド・スタジアムに向かった。土曜日で、午後二時からのデイゲイムが予定されている。飛行機が遅れたので、試合開始ぎりぎりになりそうだった。

フリーバーズのスタッフが運転する車は、マンハッタンの北部を横切って、アムステルダム・アベニューをひたすら北上する。途中、モーニングサイド・ハイツ付近で渋滞にぶつかり、結局スタジアムに到着したのは試合開始十分後だった。カブスの初回の攻撃は既に終わり、フリーバーズの攻撃に移っている。選手通用口から球場に入ると、エレベーターで一直線に三階のボックス席に上った。

ボックス席では、しかめ面をした坂田が待ち受けていた。

「どうした、景気の悪い顔をして」西山は坂田の背中を軽くどやしつけた。「チームは好調、観客の入りも悪くない。ジェネラルマネージャーがそんな景気の悪い顔をしていたら、選手達はやる気をなくすぞ」

坂田は苦虫を嚙み潰したような表情を浮かべた。西山は、それを無視する。上機嫌で、何か食べる物はないか、と切り出した。

「ホットドッグでもどうですか？　ここのホットドッグは、ニューヨークでは一番、と言われていますよ。ヤンキー・スタジアムのは脂っこいし、シェイ・スタジアムの奴はぱさついていて味がない」

「いいだろう」西山は重々しく頷いた。「球場の食い物にも気を遣ってくれているんだな？」

坂田は頷き返した。「それが問題になって首を切られたジェネラルマネージャーもいたそうですから」

西山は坂田の冗談に真面目に頷くと、肘掛けのついたオーナー席にどっしりと腰を下ろし、「それにしても暑いな」と呟いた。「やはり、ドーム球場にしておくべきだったかもしれない。この暑さは、たまらないな」

「まあ、でも、これだけ観客が入っているわけですから」坂田に言われて、西山は観客席をぐるりと見回した。ボックス席はバックネットの真上、三階席の一番前にあり、球場全体を見渡せる。九割の入り、だった。

「土曜のゲイムだろう？　満員にしておきたいところだな」西山は、まだ不満そうな様子だったが、ホットドッグとクリームソーダが運ばれて来ると、文句をしまい込んで、下品に音をたてて食べ始めた。

幸いな事に、ゲイムはフリーバーズが勝った。ハートマンがのらりくらりとしたピッチングでカブス打線を寄せ付けず、七回を五安打、二失点に抑えて藤原につないだ。その間、打線は常盤の二本のツーベース、ゴンザレスの二本の犠牲フライなどで五点を奪い、安全なリードを奪っていた。時速六十マイル前後のナックルボールを投げ続けたハートマンの後に出て来た藤原の速球は、カブス打線には弾丸も同然だった。藤原は六つのアウトのうち五つを三振で奪い、汗もかかないうちに試合を締めくくっていた。

「よし、たまには選手たちを激励しようじゃないか」西山は勢い良く立ち上がり、坂田を従えてロッカールームに向かった。「うちは、開かれたチームを目指しているからな。誰でも気軽にオーナーと話が出来るようにしたい」もちろん西山は、自分に文句を言う人間など一人もいない、と高をくくっていた。野球チームと言っても組織である事に変わりはないし、組織の中で文句を言われたり批判されたりした事など、これまで一度もなかったのだから。

西山は、ロッカールームで選手一人一人に声をかけて回った。握手を求め、裸の背中をぴしゃぴしゃと叩き、選手達が困惑した表情を浮かべるのを無視して、大袈裟な笑顔を振り撒いて歩いた。懐から札束でも取り出しそうな勢いだな、と坂田は思った。監督室にずかずかと踏み込んで行くと、河合の腕を取って思い切り上下に振る。

「あなたは、素晴らしい監督だと思っていた。でも、手駒を揃えるようにアドヴァイスしたのが私だという事はお忘れなく」ウィンクまでして見せたが、坂田にすれば、目にゴミが入ったようにしか見えなかった。河合も困惑したような表情を浮かべ、わざと下手な日本語で「アリガトウゴザイマス」と言っただけだった。西山が監督室を出て行く時、坂田は、河合が右の二の腕に左手を置き、拳を突き上げるのをちらりと見た。気持ちは分かるよ、というように、坂田は肩をすくめてみせた。

次に西山が標的にしたのは藤原だった。藤原は記者たちに囲まれ、静かに頷きながら、一言二言、呟くようにコメントを返している。その場の雰囲気はどこか重苦しく、白けたものだった。その様子を見ていた西山の顔色がさっと変わるのが、坂田にも見て取れた。まずい。取材の主導権を握ろうとしている。坂田は西山を引きとめようと思ったが、西山はいきなり、藤原を中心とした人だかりに近づくと、「藤原君、もう少し気の利いた事を喋ってあげたらどうかね」と声をかけた。

藤原は、感情の消えた目で西山を見た。右肩から肘にかけてアイスパックで固めているので、交通事故の現場から病院に運び込まれた怪我人のように見える。眉をひそめ、刺すような視線で西山を見た。

「さあさあ、君はうちのエースなんだ。エースに相応《ふさわ》しい、気の利いたコメントをしてやりなさい」

「俺は、コメントするために給料を貰っているわけじゃありません」藤原は、シナリオを棒読みするような硬い口調で答えた。

西山は急に厳しい表情を浮かべ、さらに人垣に近づいた。記者たちが、疑わしそうな表情になって、一斉に西山の方を向く。坂田は割り込むタイミングを摑めなかった。

西山は、両の拳を腰に当てると、毅然とした口調で、日本語で言った。

「いいかね、一流のスポーツ選手というのは、きちんとメディアに対応するものだ。私の下にいる選手たちは、皆一流のはずだが」

「私の選手？」藤原は微妙に台詞を捻じ曲げて言った。

「そう、君は私と契約を交わしている、私の選手じゃないか。違うかね？」

「そう、契約は交わしているが、あなたに雇われているわけじゃない」

「おいおい」西山はまだ余裕たっぷりだった。「いいから、メディアにはきちんと対応しなさい。それが一流選手の条件だ」

「それは、あなたの経験から出た台詞じゃありませんね。伝聞に基づいてものを言ってもらっても困るな。これは野球ゲイムじゃないんです」

「何だと」西山の言葉から冷静さが消えた。坂田は、どこかで止めなくてはいけないと思いながら、そのタイミングを摑めないままだった。実際は、「もっと言ってやれ」と思っている。藤原は、坂田がずっと胸の奥に仕舞い込んでいた事を代弁してくれているのだ。

「いいか、まず、私だって野球経験者だ。高校ではちゃんと野球部にいたんだからな」西山は拳を握り締めながら声を張り上げた。「きちんと喋る。これは基本中の基本だ。それが出来ない選手は、このチームには必要ない」

「そういう事は、契約条件には入っていないはずですが」

「契約もクソも関係ない。私がオーナーなんだ。私の言葉が全てを決める」

「あなたはオーナーかもしれないが、プレイするのは俺だ。グラウンド上の事、ロッカールームの事では、あなたの指図は受けませんよ。選手を自由に動かしたければ、野球ゲイムでもするんですね」

「何を言っているのか分かっているのか？」今や西山の声ははっきりと震えていた。「自分の立場を理解しているんだろうな。君は一人の選手に過ぎない。そして私はオーナーだ」

藤原を取り囲んでいた記者たちは、二人の言葉のやり取りに釣られるように、交互に二人の顔を見ていた。日本語で会話が続いているので内容は分からないまでも、非常に険悪な雰囲気が、爆発しそうな濃度で漂っている事だけは、敏感に感じ取っているようだ。

「冗談じゃない。こんな事であなたに指図されるいわれはありません。こんな事に一々口出ししてくるオーナーなんて、聞いた事もない」

「いい加減にしろよ」西山は、自分より頭一つ分大きい藤原に向かって詰め寄った。「お前一人、どこかへ飛ばしてやる事なんて簡単なんだ。覚悟していろよ。だいたい、お前なんか、ついでに拾ってやっただけなんだからな。少し調子がいいぐらいで、いい気になってもらったら困る」

藤原の顔の上で、無表情の仮面にひびが入り、割れ落ちた。

「何だと――」

「オーナー、落ち着いて」坂田は西山の肩に手をかけ、耳元で囁いた。西山はその手を振り払うようにして、振り向いた。そこに坂田がいるのに初めて気付いたような表情を浮かべ、今度は坂田に食って掛かる。

「だいたい、お前の教育が悪いからこういう事になるんじゃないか。どうなってるんだ。あいつをすぐに追い出せ。これはオーナー命令だ」

「それは出来ません」

「どうして」

坂田は西山の体に手をかけ、強引に反転させると、彼をロッカールームの出口に向かって押しやった。西山は首を捻り、唸りながら坂田に噛み付く。「何だ。何をしているのか分かっているのか」

「とにかく、メディアの前で喧嘩は駄目です。少しでも弱みを見せたら、あっという間に頭から噛み砕かれます」

「ふざけるな。俺はオーナーだぞ。どうして俺がここから出ていかなくちゃならないんだ」

坂田は泣き出したい気分を懸命に飲み込んで、西山を何とかロッカールームの外へ押し出した。記者たちがついて来たが、スタッフ数人を盾に何とか逃げ切り、西山をタクシーに押し込めた。西山は興奮冷めやらぬ様子で坂田に向かって悪態をつき続けていたが、それでも最後はゼンマイが切れた玩具のように押し黙り、タクシーの中で腕組みをして真っ直ぐ前を見詰めた。走り去るタクシーに向かって、カメラのストロボが光る。

坂田は重い足取りでロッカールームに戻ると、残っていた記者たちに、オーナーは先程日本から来たばかりで、時差ボケで疲れている、と説明した。それで納得した者はいなかったし、記者たちは既に、ロッカールームで藤原や他の選手達に取材して、日本語で交わされた二人の口論の大部分を再現してしまったようだ。藤原は怒りを押し殺すように口を閉ざしたままシャワールームに逃げ込んでしまっていたので、彼らの質問は坂田に集中した。藤原は本当にトレードに出されるのか。あるいは3A降格か。オーナーは、普段からあのように暴君ぶりを発揮しているのか。

坂田は、しどろもどろで曖昧な答えを繰り返すしかなかった。オーナーは疲れていたので、つい思ってもいない事を口にしたに過ぎない。藤原との間に生じた誤解はすぐに解けるはずだ。オーナーは、藤原がいつもぶっきらぼうなコメントしか残さないのを気にかけていて、メディアに対してはもっと丁寧に対応するよう、注意したに過ぎない。

しかし記者の一人が、藤原はどんな状態でも、たとえKOされた後でも我々の質問には答えてくれる、多少言葉が少ない事もあるが、我々は彼の取材で困った事はないと反論し、オーナーの態度は理解に苦しむ、とはっきりと言った。すぐに、他の記者たちも彼に同調する。

「とにかく」坂田は、最後は懇願するような口調になっていた。「この件は、何でもないんだ。先走って記事にしたりしないで欲しい」

それが全く意味のない願いである事は、言った坂田本人が一番よく知っていた。

10

翌日、ニューヨークからファックスで届いた新聞を「ジャパン・ソフト」の役員室で読みながら、大越は顔をしかめた。見出しは、いずれも大きなクエスチョン・マークとエクスクラメーション・マークを掲げ、西山の爆発を、この世の終わりのように扱っている。

「タイクーン、ニューヨークで吹き荒れる」「ワンマン・オーナー、ついに本領発揮」「藤原、ジャージーシティへ送還か？」

中でも、フリーバーズファン第一号を自任しているロジャー・スミスの筆致は辛辣だった。メジャーリーグのチームには、これまで自分を全能の神だと勘違いしたオーナーが何人も存在していた。それだけではない。選手を自分の玩具だと思っているオーナー、自らベンチで指揮をとろうとしたオーナー、ホットドッグの味付けまで自分好みに変えさせたオーナーもいた。中には笑える話もある。しかし、選手と本気で喧嘩してしまうようなオーナーは、見ている分には面白いかもしれないが、根本的にオーナーとしての資質に欠ける、というのがスミスの結論だった。

大馬鹿者、というのが大越の結論だった。

大越は記事を丁寧に切り抜き、自分で作っているスクラップ・ブックに貼り付けた。手が震えている。落ち着きなく、視線を部屋のあちこちに彷徨《さまよ》わせた。西山の暴言の数々を集めたスクラップ・ブック。その最後の一枚の記事は、シーズンが終わる前には貼り付けられるだろう。阿呆には鉄槌を下さなければならない。野球を捻じ曲げる者には、相応の罰を与えなければならない。


フリーバーズは、たちまち震度七級の大地震に見まわれた。その日の夜、藤原と西山の大喧嘩がテレビのスポーツニュースで流れ、翌朝の新聞も、ある事ない事取り混ぜて話を膨らませていた。しかし、肝心の藤原のコメントがない。主な新聞を斜め読みしながら、坂田はほっと一息ついていた。藤原に姿を隠すように指示したのは、坂田である。

藤原のコメントがない分、西山の談話が紙面を埋め尽くしている。記者達はおそらく、彼が泊まっているホテルのスウィートルームで、増幅された怒りの演説を何度も聞かされたのだろう。騒ぎは持ち越された。多くの記者やテレビの取材クルーが、ゲイムが始まる四時間も前から、しょぼしょぼする目をしきりに擦りながらリバーサイド・スタジアムの選手通用口で待ち伏せし、藤原を捕まえようとしていた。

しかし、ゲートが開き、観客たちが入って来てからも、藤原は姿を現わさない。諦めた何人かが記者席に行くと、彼らはグラウンドでウォーミングアップする選手たちの中に藤原を見つける羽目になった。呆然とした記者達は、怒りの矛先を坂田に向けた。どういう事だ。藤原は、逃げ回っていないで質問に答えるべきではないか。フリーバーズは、取材を妨害するつもりなのか。

坂田は、出来る限り無表情で記者達を説得した。昨夜《ゆうべ》の事では藤原もショックを受けている。彼は、これから何時間かは、ゲイムに集中しなければならない。昨夜の事については特にコメントはないし、本人は早く忘れたいと言っている、と。記者達は納得しなかったが、プレイボールの時間も迫っている。数時間後には状況が変わるかもしれない、と仕方なく、記者席に戻って行った。

坂田は、嘘をついてしまった事を恥じていない自分に気づいて驚いた。何と、俺もすっかりこっちの世界のプロフェッショナルになったようだ。となると後の問題は、これから先、どれだけ上手に嘘をついていくか、という事である。これでいいのか？　いい、と坂田は確信した。守ってやるべき相手がいるというのは、悪い事ではないはずだから。

藤原は、集合時間に十分遅れただけで球場入りしていた。ロッカールームに現われた彼は、チーム出入りの「テッズ・ファイン・フード」のロゴが入った帽子と青いジャンパー、それにサングラスという格好で、料理を満載した皿を両手に載せて、しかめっ面を浮かべていた。こいつを運んだ分のアルバイト代は貰えるのだろうか、などと考えていた。とにかく、料理が重い。

藤原が現われた途端、ロッカールームには一瞬緊張が走ったが、藤原が球場に出入りしているケータリングサービスの店員に扮しているのだと分かると、途端に大きな笑いの輪が広がった。藤原は、この件ではしばらく笑われそうだとうんざりもしたが、反面、少しだけほっとしていた。少なくとも、チームメイトは自分の味方だ。

ケータリングサービスの制服からユニフォームに着替えた藤原を、河合と坂田が監督室に呼んだ。テーブルの上には、その日の新聞が乱雑に広げられている。これから何が起こるのかは、藤原にも曖昧に想像出来た。

最初に口を開いたのは坂田だった。目に見えて憔悴《しょうすい》している。彼も、トラブル解決のプロフェッショナルではないのだ、と藤原は同情を覚えた。日本のスポーツ新聞が相手なら、「まあまあ」で済ませる事も出来たかもしれないが、言葉の違い、それ以上にアメリカの記者たちのしつこさに辟易している事だろう。彼らは当然のようにコメントを期待するし、それを拒否すれば、事態はさらに悪化する。

「昨日は、ジャージーシティには帰らなかったんだろうな」坂田が掠れた声で藤原に尋ねる。

「マンハッタンにいましたよ、言われた通りにね」藤原もしきりに目を瞬かせた。「ホテルに引っ込んでいましたけど、マンハッタンは人が住む所じゃないですね」

「ここには八百万からの人間が住んでいる」坂田は冷めたコーヒーを不味《まず》そうに啜った。昨夜から多分百杯目のコーヒーだろう、と藤原は思った。「姿を隠すにはもってこいなんだ。

しばらく、記者連中には会わないようにした方がいい。もしもどこかでばったり会っても、ノーコメントで押し通すんだ」

「ゲイムの事でも？」

「もちろん」坂田が頷いた。藤原も釣られて首を振る。「ノーコメント」は、西山が最も嫌う言葉である事は分かっていたが、これ以上事態を複雑にするわけにはいかない。

「とにかく、何も喋るな。それ以上に、記者たちと会ってはいけない。俺が何とかする」

「構いませんけど、オーナーは勝手に喋りますよ。こっちが一方的に悪者にされたんじゃ、たまらない」

「君の言い分は分かる。今回の件は、君が百パーセント正しい。オーナーと正面からやり合った事を除いては、だが」

「好きであんな事を言ったわけじゃない」藤原は憮然とした態度で言った。自分の立場はよく分かっている。今はこうやってフリーバーズのリリーフエースの座に座っていると言っても、それがどれほど脆《もろ》いものかは、自分が一番よく知っている。実績は一シーズンにも満たないし、年齢のことや、西山との確執もある。一歩間違えば、俺は明日にも武蔵野製菓に戻って、デスクで電卓を叩いているだろう。折角摑んだチャンスを、馬鹿なオーナーと喧嘩した事で失ってしまったら、墓に入るまで、毎日嘆いて暮らす事になる。冗談じゃない。かと言って、引き下がる気もなかった。

「俺は、藤原を百パーセント支持する」それまで黙っていた河合が、重々しい調子で口を開いた。坂田に負けず劣らず、疲れているようだ。彼自身、自分の立場がこれまでにないほど危うくなっているという事は、よく分かっているのだろう、と藤原は思った。この件に関して西山は、彼の指導力不足を真っ先に突いて来るに違いない。シーズン当初、濡れた床で滑るように負け続けた事など、今となっては良い想い出でしかないはずだ。「ここはアメリカだ。オーナー企業が宣伝にしゃしゃり出てくる日本のプロ野球とは違う。チームも選手もオーナーの物ではない。フリーバーズは、マンハッタンの人たちのものなんだ」

あまりの正論に照れ臭くなったのか、河合は言葉を切って軽く咳払いをした。

「とにかく、オーナーが何を言って来ようが、俺達には関係ない。君をふっ飛ばすつもりなら、まず俺を倒してからでないと無理だ。仮に俺が倒れたら、おそらくミラーが上がって来るだろうが、彼は俺以上にタフだ。だから、君は心配するな。今まで通り、敵は相手チームだけだ。それに、おそらくメディアも君を非難しないと思う。中には火に油を注ごうとする連中もいるかもしれないが、君なら、そういう連中を相手にしないで切り抜けるだけの智恵はあるだろう」

「今日、もう一度コメントを出そうと思う、俺の名前で」坂田が顔をごしごしと擦りながら提案した。「もちろん、オーナーとはもう一度話をしなくてはならないが。場合によっては、メディアをこちらの味方に引き入れる事が必要かもしれん。オーナーには、この際仕方ないが、悪役になってもらおう」

河合の顔が醜く歪んだ。笑っているのだ、という事は藤原にも分かった。一方坂田は、疲れた中にも厳しい表情を浮かべて、何とかジェネラルマネージャーの威厳を保とうとしている。

「オーナーなんて、ファンから見ればクソの役にも立たない存在だ。それに俺は、前からあの男が気に入らなかった。俺達は、あの男のために野球をやってるんじゃない。違うか？」

藤原は、厳しい思いを胸に封じ込めたまま、自分の殻に閉じこもった。これ以上何も言うべきではない、と思う。坂田は大きく咳払いをすると、さらに続けた。

「とにかく、このチームは俺達の物だ。オーナーは、金は出してもいいが、口まで出す必要はない。本当に強いのは現場の人間だという事を、俺は思い知らせてやるつもりだ」

坂田の予想は当たった。西山の言葉は何時《いつ》の間にか独り歩きを始め、彼に対する評価が、「金持ちで物好きな日本人」から「希代の極悪人」へと変わるのに、さほど時間はかからなかった。西山はチャンスを捉えては記者達を捕まえ、藤原がいかに無礼で尊大な人間であるかを訴えたが、まともに取り合う記者は一人もいなかった。彼の言葉は、同じ台詞の繰り返しに陥った。あの一件以来会っていなかった藤原を責める新しい材料は、何もなかったのである。彼はあっという間にニューヨークのメディアの寵児《ちょうじ》になった。バッド・ボーイという意味で。

一方、藤原は相変わらずストッパーの役割を完璧にこなしていた。西山は藤原を３Ａに降格させろ、トレードだ、日本に送り返せと息巻いていたが、坂田と河合が宥めたり脅したりしながら必死に防戦を繰り返していた。新聞もテレビもその様子を面白おかしく伝えていたが、それは、坂田たちが目論んだ通り、あくまで西山個人の問題として捉えられていた。金持ちだが、特異なキャラクターを持ったオーナー。「USAトゥデイ」は、早々に日本に記者を派遣し、西山のこれまでの人生を毒々しい色調でまとめたレポートを掲載した。

西山にとってこのゲイムは、早くも負け試合になりつつあった。それでも彼はニューヨークに居座り続け、フリーバーズのホームゲイムを監視し、事あるごとに坂田や河合に圧力を掛け続けた。しかし坂田と河合は見事な共同戦線を張り、何とか踏みこたえていた。時には西山はロッカールームに現われ、長大な演説を――負けた時には毒舌を――あびせたが、選手達もまともに取り合おうとはしなかった。そんな時には藤原は、坂田の指示通りシャワールームに身を隠し、嵐が去るのを待った。時に西山の台詞が漏れ聞こえて来てかっとする事もあった。しかし藤原は、俺は馬鹿ではない、馬鹿の相手はすべきでないと自分に言い聞かせて、怒りに重い蓋をした。

そのうち、ロッカールームでは冗談とも本気ともつかない噂が流れ始めた。チームで最も高給取りのブラウンがフリーバーズを買収し、オーナーを兼任する、というものである。

このジョークを一番気に入っていたのは、ブラウン本人である。ゲイムが終わると付け髭を鼻の下に貼り付け、ノートパソコンを小道具に、選手達の年俸を査定し始めたのだ。当然、自分だけは図抜けた額である。葉巻をふかしながら、選手を一人一人呼びつけると、君は来季二十パーセントの年俸ダウンだ、簡単なサードゴロを二回お手玉したからな、とか、君は三年契約を延長する、何しろ君のいれるコーヒーはニューヨークでも最高の味だから、とか悪ふざけをエスカレートさせた。このジョークのオチはいつも決まっていた。君は満足にコメント出来ないから即刻ジャージーシティ行きだ、というものである。もっともそれは、藤原にとっては無邪気に笑えるようなジョークではなかった。

藤原は、複雑な心境だった。坂田や河合は、西山から逃げ切れないだろう。二人が防波堤になってくれるのは有り難かったが、そのうちこの危ういバランスも崩れるのではないか、という不吉な予感もあった。とにかく現時点でチームのオーナーは西山であり、監督とジェネラルマネージャーが共同戦線を張っても、最終的な結果は目に見えている。唯一の希望的観測は、西山がいつまでもニューヨークにいないだろう、という事だった。会社を放り出したままにしておくわけにはいかないだろう。

しかし西山は、八月が終わり、ペナントレースが最終コーナーに差し掛かる九月になってもどっしりと腰を下ろしてフリーバーズのゲイムを追い掛け続けた。相変わらず毒舌を吐きながら。コミッショナーが顔をしかめているという話も入って来ていたが、西山は意に介さない様子だった。コミッショナーなど、ただのお飾りに過ぎないと思っているに違いない。

西山は何も知らなかった。もちろん藤原も。

致命的な爆弾は、アメリカで破裂したわけではなかった。仕掛けられていたのは日本である。それはフリーバーズではなく、西山が築き上げて来た人生全てを吹き飛ばしてしまうような巨大な爆弾であった。

「東京国税局です」

有無を言わさぬ口調で告げた男を、「ジャパン・ソフト」の受付に座ったばかりの原田治美《はらだはるみ》は、訝しげに見詰めた。今年の春入社したばかりで、総務部の女の子たちの間では、口のきき方を知らないという悪評が定着し始めているのを、治美自身もよく知っている。しかし、何を言われても会社を辞めるつもりはない。何しろ、この不況のご時世なのだ。悪口ぐらい、簡単に我慢出来た。

今朝は化粧の乗りが悪い、と不機嫌だったのに、朝一番で会社にやって来た人間は、治美を虫けらのように見下しながら、感情のない声でそう言ったのだ。思わず地が出て、ぶっきらぼうな声になった。

「失礼ですが、どちら様ですか？」

「東京国税局査察部の宮川《みやがわ》です」宮川と名乗った男は、受付のすべすべしたカウンターに両手をつき、治美の顔に自分の顔を近づけた。七三に分けた太く、濃い髪からは、安っぽい整髪料の匂いが漂ってくる。剃り残した髭が二、三本、黴のように顎に貼り付いていた。

宮川は、治美が浮かべた不快な表情をさらりと無視し、「社長を」と短く言った。

「すいません、社長は出張中です」馬鹿かお前は、と言いたげな口調で治美は言った。「いずれにせよ、アポをいただかないと……」

「おい」宮川が、玄関ロビーの外で待機していた人間に声をかけた。それを合図に、安っぽい地味なスーツに身を固めた若い男たちがぞろぞろとロビーに入って来る。玄関の外では、カメラのフラッシュが煌《きらめ》き、テレビカメラが本社ビルを舐めるように撮影していた。警備員二人が、押し寄せるカメラマンを押し止めようと必死になっている。

治美は、この奇妙な一連の出来事の中で、初めて恐怖を感じた。一列に並び、一切声を上げずにエレベーターホールに向かう男達の隊列を見送り、次いで外に目を転じる。

これは、大変だ。

治美は慌てて受話器を取り上げ、総務部を呼び出した。何が起こっているのか、全く分からなかった。国税局？　脱税だろうか。治美は、制服のベストにつけた「ジャパン・ソフト」の社章が、急に安っぽい物に変わってしまったように感じた。

宮川たちは隊列を崩さず、本社ビル七階にある社長室に直行した。このフロアには、役員室と総務部が入っている。宮川は、まっすぐに総務部長の波田《なみた》の席に向かった。その間部下たちは、エレベーターの前で黒い渦のように固まりながら待機している。総務部の社員たちが、恐る恐るといった様子でそちらを窺った。中には勇敢に話し掛ける人間もいたが、国税局の職員たちは、黙って首を振り、冷ややかな視線を返すだけだった。

波田は、既に受付から連絡を受けていたようだが、宮川の目から見ても明らかに混乱した様子だった。

「国税局の宮川です」

波田が言葉を返す前に、宮川は一切感情の入らない、乾いた早口でまくしたてた。

「西山社長に対する所得税法違反の疑いで、会社を捜索します。社長はいらっしゃいませんね？　出張中と聞きましたが」

「はい、あの……」波田の、禿げ上がった額に、汗が噴き出た。「いや、今日帰国予定なんですが、午後の便で」

「ご本人の立ち会いが必要なんですが、どなたか、代理の方を。社長室と、普段西山さんがお使いになられている部屋があれば、そちらを見せていただきたい」

「代理、ですか？　私では荷が重いのでは……」

「誰でも結構です」宮川は冷ややかに言って、総務部のフロアを見渡した。彼の視線が強力なレーザー光線であるとでも言うように、全員が一斉に目を伏せる。

「役員ではいかがでしょうか？」

「誰でも結構です」

言われて、波田が電話に飛びつく。指が震え、二回ほどプッシュボタンを押し間違えたのを、宮川ははっきりと見た。

宮川と十人ほどの職員が社長室になだれ込んだ。宮川はてきぱきと指示を飛ばすと、二十畳ほどもある社長室の捜索に取り掛かった。副社長の大越は、入り口付近の壁に寄りかかり、無表情にその様子を見詰めている。目が合った。互いに笑みを零す。が、それはストロボの光のように一瞬のもので、すぐに二人とも無表情に変わった。

宮川はデスクの鍵を借り、社長用の椅子に浅く腰掛けると、全ての引き出しを抜いて床に置いた。その間にも、部下たちは書棚から本を引き摺り出し、パソコンの電源を入れ、ハードディスクの中身、引き出しに入っている全てのフロッピーディスクをチェックし始めた。

三十分が経ち、やがて一時間に迫ろうとしていた。そろそろ、いいだろう。そう思った宮川は、収穫の少なかったデスクの引き出しを片づけると、立ち上がって部下にハッパをかけた。目当ての物が見つからないふりをして、苛々した様子で社長室の中を大股で歩き回る。

ふと、空っぽになった書棚の前で足を止めた。それに気付き、本を一ページずつ捲《めく》っていた若い部下が顔を上げる。

「書棚の奥は調べたか?」

「いや」部下の顔が微かに蒼くなる。宮川はドアから顔を突き出すと、外の様子を見た。壁の一部が不自然に分厚いような気がする。部屋に引き返し、書棚の奥の板を、一枚ずつ丁寧に叩き始めた。部下たちはぴたりと動きを止め、宮川を見守る。宮川は必死の表情を浮かべ、拳を振るった。こんな芝居を続けているのが馬鹿馬鹿しくもあったが、部下たちの手前、仕方がない。左から三つ目の、書棚の下の段……。そこにたどり着くと、他と同じようにこつこつと叩き、一度は何も見つからなかったという演技をして立ち去る事までやってのけた。隣の書棚に移ろうとして、異変に気付く、ふりをした。引き返し、また丁寧に三番目の書棚の奥板を叩く。

他の場所より引き締まった、硬い音がする。宮川は、書棚をどかすよう、部下たちに指示した。

ガラスの入った書棚はオーク材で出来ており、相当重い。なかなか動かなかった。こんなはずではない。宮川は汗まみれになった部下たちを止め、もう一度書棚の奥を叩いてみた。顔を突っ込み、揺すってみる。

奥の板が外れた。そこから覗いた壁の一部には、別の板が貼り付けられている。ほんの三十センチ四方ほどだが、スライドして動かせるようになっていた。宮川は慎重に板を動かした。小さな窪みが現われ、そこに赤いスウィッチが覗いている。

「非常ベルではないですね？」宮川は、ゆっくり振り向くと、わざとらしい質問をした。大越も困惑の表情を浮かべ、首を振る。宮川は、瞬時躊躇するような表情を浮かべたが、やがて思い切ってボタンを押した。静かなモーター音が社長室に響く。同時に、一番右側にある書棚が、自動的に横に動き始めた。部下たちの間から、おお、という低い声が上がる。

書棚は一メートルほど滑るように横に動き、ぴたりと止まった。壁があるはずの場所には、薄い緑色をした頑丈そうな金庫が埋め込まれていた。

「西山大典さん、ですね？」

西山は、空港のロビーで声をかけられて、驚いたように顔を上げた。何時の間にか、黒いスーツ姿の男四人が、自分を取り囲んでいる。中で、一番年長で体も大きい男が、一歩進み出た。

「東京国税局査察部、並びに東京地検特捜部です。突然で申し訳ないが、所得税法違反の疑いがあります。事情をお聞きしたいんですが」

「な……」西山は一瞬にして言葉を失った。「濡れ衣だ」ようやく喋ったものの、みっともなく声が掠れていた。

相手は眉一つ動かさなかった。

「本社の社長室で、隠し金庫から三億円の現金が見つかっています。まずは、この件からお話を伺いたいですね」

つい十数時間前まで、西山は得意の絶頂にいた。新聞やテレビが自分の言動を面白おかしく伝えている事は、全く気にならなかった。藤原にはまだ腹をたてていたし、謝罪せずに逃げ回っている事が怒りをさらに増幅させたが、それよりも自分の名前が、たとえ悪口であっても新聞に出る事がフリーバーズの宣伝につながる、と思っていた。藤原と、彼を庇い続けている坂田や河合は……。まあ、いい。夏場以降、いかに好調を持続しているとはいえ、チームが今年、五割の成績を維持するのは難しいだろう。シーズンが終わったら、それを理由に首を切ればいい。藤原は彼が期待したよりも遥かに素晴らしい成績を収めていたが、なに、替わりの選手は幾らでもいる。少し金を注ぎ込めば、プロ野球で活躍している選手を引き抜いて、アメリカに連れて行く事も出来る。日本人が活躍してくれれば、最終的には西山の会社の製品もアメリカで評価されるはずだ。

日本製品は優秀だ。野球も、ソフトも、と。

西山が征服を目指したのは、アメリカという巨大市場だった。「ジャパン・ソフト」の商品は、もともとが日本語環境で開発された物である。ゲイムならともかく、ワープロや表計算ソフトの英語版をアメリカで普及させるためには、通常の営業努力では追いつかない。結局、イメージなのだ。ソフトの性能そのものには大差はない。アメリカ人の頭の中に「ジャパン・ソフト」という名前を浸透させる事が、西山のアメリカ征服の第一歩であり、そのためには、多少自分の悪口を書かれようが、気にもならなかった。事実、帰国する西山は空港まで記者達に追い掛け回され、そこで嫌々ながら、という演技をしながらコメントを出したのだ。

「ジェネラルマネージャーや監督が、藤原以上のストッパーがいないというなら、それは彼らの調査不足だ。私が、日本からもっと優れた選手を連れてくる。もちろん、諸君たちにもきちんとコメント出来る人間を、だ」

そう言って、我ながら皮肉とウィットの利いた台詞だったな、と悦に入って機上の人となったのだが、帰国するなり、いきなり谷底に突き落とされた。夢が、いや、現在の生活も、全てが一瞬にして崩れ去るのを、西山ははっきりと感じていた。クソ、どうしてだ？　探しても、答えは見つからなかった。

「うまくやりましたね？」

その夜遅く、役員室で電話を受けながら、大越は自然と零れてくる笑みを抑える事が出来なかった。その日の夕方、西山の逮捕を受けて臨時の役員会が開かれ、西山の社長退陣と大越の新社長就任が内定していた。あと三十分もすると、臨時の記者会見を開いて、社長の逮捕と、今後の会社の運営方針についてコメントしなければならない。忙しい時間の合間を縫って、大越は今日の主役に電話を入れていた。

「お陰さまでね。自宅でも隠し金庫が見つかった。そちらには一億あったよ。しかし、用意の悪い社長だね。こんな隠し方、土地を売って俄か成り金になった奴ぐらいしか考え付かないものだ。で、あなたの方は？」

「お陰さまで」また笑みが零れてくる。役員の大半は、既に買収済みだった。西山が細々と会社を興した頃から一緒だった古手の役員の一部は反対したが、彼らは今では少数派に転落していた。

「ま、社長就任おめでとう、と言っておきますよ」

「もう少し先の話ですけどね」

「まあ、いい。こちらは、あなたのお陰で良い点数稼ぎになった。社会的なインパクトも大きい事件だからね。ところで……」

「はい？」

「三億っていうのは、多過ぎるんじゃないかな。本人は、あそこには有価証券の類と小額の現金が入っていただけだ、と言っているんだが。誰かが、わざわざ話を大袈裟にするために、自腹を切って現金を置いたんじゃないかとも考えられる。手の込んだ事をする人間がいるものだね」

大越は、微かに鼻を鳴らした。

「それで、あなた達はどちらが良かったんですか？　現金の方が分かりやすいし、世間に対してもアピールしやすいでしょう。それに、自宅には金を隠していない、という可能性もあったわけですからね」

「……ま、今の件は聞かなかった事にしておきましょうか」

「結構ですよ。あなたも余計な事は喋らない方がいい。そうですよね、宮川さん？」

フリーバーズを襲った地震の規模はさほど大きくはなかった。確かにオーナーが脱税で逮捕されたのは一大事だったし、日本よりもアメリカの方が、脱税に対する批判は厳しい。フリーバーズに注ぎ込まれた金も、脱税で捻出したものではないかと言われたが、これは証明しようがなかった。

コミッショナーの決断は早かった。所得税法違反という、あくまで個人の犯罪である事、日本国内の事件である事を強調し、西山個人を実質的な追放処分にしたが、「ジャパン・ソフト」については何のお咎《とが》めもなかった。そのため、大越がフリーバーズの二代目オーナーとしてすんなり認められたのだった。

世間はそれなりに騒いだが、メディアの扱いは、西山の個人攻撃に終始していた。「ニューヨーク・タイムズ」は、緊急に西山の脱税事件のレポートを掲載した。同時に、新オーナーである大越へのインタビューにも成功していたが、彼に対しては「ジェントルな理論家」で、「財務のスペシャリストであり、脱税などしなくても十分な金を稼げる人間」と最大限の評価を与えていた。大越も、これまで西山が日本色を無理に出そうとしてチームがぎくしゃくしていた事を認め、これからは「アメリカのためのチーム」を目指すと、インタビューの中で明言していた。

「ニューヨーク・タイムズ」では、最後の言葉が最も大きく取り上げられた。

外界の大騒ぎに比べ、チームの中は平穏なものだった。さすがに「ざまあみろ」と露骨に言う選手は一人か二人だったが、藤原との一件以来彼らの上にのしかかっていた、どんよりとした暗雲が取り除かれた事を歓迎しない者はいなかった。西山とのやり取りにかなりの時間を費やさざるを得なかった河合は生気を取り戻し、常に防波堤として体を張ってきた坂田も、安心して自分のオフィスに引っ込んだ。大越から坂田に対しては、今までと変わらず自由にやってもらいたい、というフリーハンドの保証も与えられた、という。全てが元に戻り、フリーバーズはまた、勝ったり負けたりを繰り返しながら、最初のシーズンを終えようとしていた。

しばらく顔を見せなかった水谷が、「馘になったよ」と言ってリバーサイド・スタジアムを訪れたのは、本拠地での最後の三連戦が始まる初日だった。

「オーナーが替わっただろう？　今までみたいに、あんたたちを特別扱いでレポートする必要がなくなった。というわけで、またフリーになったのさ」水谷が耳の後ろを掻きながら言った。「ま、その方が気楽でいいけど」

「だけど、ゲイムは見に来るだろう？」

「ああ」水谷はぎこちない笑みを浮かべた。「まあ、何と言うかな、俺はこのチームが好きになりかけているよ。来年もお前が投げれば、の話だが」

「今のところ、馘になるとは聞いていない」

「それは結構だね。ところで、ヘルナンデスが上がって来たよ」

「何？」藤原は、一瞬で自分の表情が凍り付くのを感じた。パーティも終わろうとしている時間に、待ち焦がれた特別ゲストがようやく登場したような気分だった。消えかけていた期待に火が点き、顔に赤味が戻る。「いつ？」

「今日からチームに合流している。メッツは、ワイルドカード争いで苦しんでいるからな。残り六試合で最後のチャージをかけるつもりだよ。ここに来て、切り札を出して来たんだろう。あるいは、溺れる者は藁《わら》をも摑むという事かな？　ヘルナンデスが本調子に戻ったという話は聞いていないし」

「いや、違うよ」藤原は静かに、しかし自分の事のように自信たっぷりに言った。「戻って来たんだ、ヘルナンデスが。他の誰でもない、あいつだぜ？」

そしてフリーバーズは、三日後からシェイ・スタジアムで、メッツと今年最後の「サブウェイ・シリーズ」三連戦を戦う予定だった。メッツにとっては、ワイルドカード争いで生き残れるかどうかを賭けた三連戦である。一方フリーバーズとしては、勝率五割を確保するという絶対的な目標があった。敵の本拠地でシャンペンかけをぼんやりと眺める屈辱も避けたかった。

様々な思いを絡ませて、シーズンは雪崩《なだれ》のように最後の一週間へ突入して行った。

「いよいよですね」リバーサイド・スタジアムの監督室で、香苗は河合と向かい合っていた。毎日のように顔を合わせているのではっきりとは分からないが、シーズン初めに比べると、河合は少し痩せたかもしれない。四キロほど体重が落ちている。想像していたより激務だった。この半年の移動距離はどれほどになっただろう、と香苗は頭の中で電卓を叩いた。つい数日前までは、新しいオーナーとの打ち合わせで日本にいたほどだ。

「ああ」河合は相変わらずぶっきらぼうだった。とうとうこの男の仮面を剝がす事は出来なかったな、と香苗は思う。何度か食事をした。が、そこから先には進まない。香苗は、自分が何を望んでいるのか、分からなくなっていた。

「お疲れ様でした」

河合は顔の前でぱっと掌を広げて、香苗の言葉を制した。

「それを言うのはまだ早い。いいか、俺はまだ、戦闘中だ。野球以外の事は、何も考えたくない」

「終わったらどうするんですか」

河合の顔が一瞬揺れ動いたように、香苗には見えた。

「終わったら？　終わったら、来シーズンの準備が始まるんだよ」

「ずっとそのままやっていくんですか？　私は、いつまでここにいられるか、分からない」

「どういう意味だ」

「日本に帰った時、実家に寄って来ました。いろいろプレッシャーもあるんです」

「それは、君の問題だ」河合はまた、固く厚い仮面の向こうに引っ込んでしまった。

「私だけじゃない。あなたの問題でもある、と思います」香苗は正面から河合の顔を見た。何を言っているのか、自分でも混乱していたが、視線を外す事は出来ない。

「俺は、狂ってると思う」河合は低い声で話し始めた。「野球が、俺を狂わせたんだよ。俺を理解するには時間がかかると思う。俺自身、よく分かっていないんだからな。そして俺を理解しようとすると、君は多分、損をする」

「関係ないと思います」

「関係ない？」河合は微かに右の眉を上げた。「関係ない、か……そうかもしれんな」

香苗は口をつぐんだ。この男に結論を求める事は、多分永遠に出来ない。今は、この葉巻臭い部屋で、もう少しだけ時間を共有していたかった。あと何日かで、一つの大きなドラマの幕が下りる。そこから先の事を、今は考えたくなかった。ただ、この狭い監督室の中で、緩やかな、大きな時間が流れていくのに身を任せたかった。

レッズを迎えての本拠地最後の三連戦を、フリーバーズは二勝一敗で乗り切った。これで七十九勝八十敗。メッツとの三連戦で二勝すれば、メジャーデビューのシーズンを勝率五割で終える事が出来る。一方メッツは、三連勝を狙うしかなかった。ワイルドカード争いをしている中地区のアストロズとは、勝率で並んでいた。向こうも残り三試合である。アストロズが先にギブアップするまで、負けるわけにはいかなかった。

三連戦の初戦、ゲイム前に藤原はヘルナンデスの姿を探した。いない。練習には参加していないようだ。その前のダイヤモンドバックスとの三連戦、ヘルナンデスはいずれも終盤の大事な場面で、代打で登場していた。初戦は八回裏、二死二、三塁で二人を迎え入れるツーベースを放ち、勝ち越しの殊勲者となった。二試合目は、九回、一死満塁で登場し、押し出しとなるフォアボールを慎重に選んでゲイムを振り出しに戻した。チームは延長十回裏、マイク・ピアザにサヨナラホームランが飛び出し、劇的な勝ちを拾っている。三試合目は、同点の九回裏、ノーアウトで代打に出て、初球をライトスタンド上段に叩き込み、スタンドのメッツファンを狂喜乱舞させた。ファンは二試合連続のサヨナラ劇を演出したヘルナンデスに対し、「ミラクル・メッツ」をもじって「ミラクル・ヘルナンデス」という呼び名を奉った。気の早い事に、このままチームが世界一になれば、この三連戦でチームを救った彼こそがMVPに相応しい、という声も囁かれるようになった。

どうやらメッツは、フリーバーズとの三連戦でもヘルナンデスを代打の切り札として使う事にしたようだった。新聞のスポーツ欄に載った彼のコメントが、それを証明していた。

「引退を表明して以来、集中力が切れていた。最後はきちんとやるつもりで、この二か月、体を絞って来たが、おかげで集中力も戻って来た。今は、一打席だけで勝負する方が、気持ちが乗る。このまま好調を維持してシーズンを終える事が出来れば、来シーズンの事はまた後で考えたい」

ヘルナンデスは引退を撤回するかもしれない。藤原は記事を読みながら、自分に都合の良い事を考えていた。

最後の三連戦、第一戦はフリーバーズが取った。相変わらずのらりくらりと投げ続けるハートマンが、僅か九十一球でメッツをノーヒットノーランに抑えての一点差勝利である。有史以前から投げ続けていると言っても良い彼にとっても、これは初めての体験だった。ゲイムの後、シェイ・スタジアムは嵐のようなブーイングに包まれたが、彼は全く意に介さない様子で、スタンドに向けて帽子を振り上げて見せた。

第二戦は、関戸が打ち込まれ、ゲイム序盤で勝負は決まった。関戸にとって最後まで運に見放されたシーズンだった。これで十七敗目。がっくり肩を落としてベンチに引き下がる関戸に声をかける者はいなかった。彼が投げる時に限って、打線も沈黙する。それが、半年間ずっと続いたのだ。五回までに七点差がつく大味なゲイムとなり、喜んでいるのはスタンドの観客だけだった。

ここに来て、両チームにとって第三戦が極めて重要な意味を持つようになった。フリーバーズは、これに勝てば勝率五割を確保する。アストロズもメッツと全く同じ勝率を保っていた。最終戦、メッツが勝ってアストロズが負ければ、メッツがワイルドカードを手に入れる事になるが、逆になれば、メッツのシーズンはそこで終わる。

そんな緊迫した状況で始まったゲイムは、ブラウンとアル・ライターの素晴らしい投手戦になった。ブラウンは初回に三連打で一点を許したものの、二回以降立ち直り、メッツ打線を三人ずつで退けていた。一方、ライターの出来はさらに素晴らしく、六回までフリーバーズ打線はノーヒット。三連戦で二回ノーヒットゲイムが達成されるのかと、スタンドの興奮は早くも最高潮に達した。しかし、藤原は別の予感を感じていた。この試合、何かが起きる。シーズン最終戦、相手はメッツなのだ。

ゲイムが動いたのは七回表だった。先頭の花輪がピッチャー横に絶妙なバントを決め、この試合、フリーバーズ初のヒットを記録する。続くゴンザレスの初球に二盗、二球目に三盗を決め、ライターを苛立たせた。ゴンザレスは七球続けてファウルで粘り、最後はストレイトが頭の上を通るボールで、フォアボールを選んだ。

一発逆転のチャンスに打席へ入った常盤が狙い澄ましたように初球を叩くと、ボールは一気にライトスタンドへ。途中で加速するようにポールのすぐ脇を通過して、二階席最上段に向けてなおも飛び続ける。座っていた十歳ぐらいの男の子がグラブを伸ばしたが、打球はグラブを弾くと、それで勢いが殺がれる事もなく、二階席奥の通路まで飛び込んで行った。

ブーイングさえ出ない。常盤は、いつものようにやや俯き加減に、そそくさといった感じでダイヤモンドを回った。これが、彼にとって今シーズン十八本目のホームランだったが、その本数以上に、その場に居合わせた観客は、打球の強さを長く語り伝える事になる。ボールはグラブをかすっただけだったが、男の子は左手首を骨折し、病院に運び込まれたという話が、後でダグアウトにも伝わって来た。

二点のリードに変わったものの、息詰まる投手戦に、ブラウンの力投も限界に近づいていた。八回裏、ツーアウトを取った後、二つのフォアボールを出して藤原と交替する。激しいブーイングの中、藤原はシーズン最後のマウンドに上がった。打席ではピアザが待ち構えている。ちらりとメッツベンチを窺うと、ヘルナンデスが何かを祈るようにじっと目を閉じ、組んだ指先に頭をのせているのが見えた。

ヘルナンデスの姿を頭から追い出すと、藤原はピアザに向かった。藤原も緊張しているが、ピアザも力んでいる。高めを突き、逆に低めにボールを散らし、視線を惑わせた。最後は高速のフォークボールだ。ピアザのバットが空を切り、メッツの反撃の芽は摘み取られた。

しかし、あと三点でワイルドカードに手の届くメッツの粘りは驚異的だった。ミラクル・メッツ。その言葉が、単なる伝説ではない事を、藤原は身を以《も》って味わった。九回裏、先頭のアルフォンゾが渋く三遊間を抜く。代打のハミルトンは、一、二塁間深くに転がした。花輪がダイブしてボールを押さえたものの、どこへも投げられない。オルドニェスは粘りに粘った末、三遊間へ鋭い当たりを飛ばし、送球よりも一歩早くベースを駆け抜けた。ノーアウト満塁。

逆転のランナーが出て、藤原は俄かに胸が締め付けられるような息苦しさを感じた。胸に手を当て、娘の顔を思い浮かべる。どうした、由佳里。笑ってくれ。俺を応援してくれ。何の反応もない。鼓動も感じない。孤独を感じた。ネクストバッターズサークルでは、ヘルナンデスが静かに出番を待っている。素振りもせず、ただ、澄んだ視線を藤原の方に送って来た。少し痩せたように見えるが、実際には体を絞り込んで来たのだという事は、藤原にもすぐに分かった。ヘルナンデスは藤原に向かって軽く頷くと、打席に入って一、二度素振りを繰り返した。スウィングは、全盛期を思わせるように軽く、鋭い。

慎重にセットする。セカンドランナーのハミルトンが獣のように鋭い視線を送っているのには気付いたが、無視した。

第一球、内角へストレイトを投げ込んで体を起こしにかかる。ヘルナンデスは、ほんの少し体を捩っただけで、軽く見逃した。この前とは、明らかに違う。見逃し方に余裕があった。バットをホームプレートの上に水平に差し出し、じっと藤原を見詰める。ここへ投げて来い、最高のボールを投げろ、と要求している。

よし。藤原は、数か月前の気持ちを思い出していた。俺は、駆け引きがしたくてアメリカに来たわけじゃない。自分とヘルナンデスとどちらが上か、それを確かめたかっただけだ。ランナーを無視し、藤原は振りかぶった。ハミルトンがベースから大きく離れるのが気配で分かる。無視だ、無視。四万人もの人間が注視する中、藤原は自分が完全に孤独である、と感じていた。体を黒雲のように覆っていた観客席のブーイングが、一瞬で消えた。腕がしなり、耳の横で肉を削るような鋭い音がする。指先をボールが離れる場面が見えるようだっ掛けて突進する。ボールはぶれるように白い残像を描きながら、嚙み付きそうな勢いでホームプレート目掛けて突進する。

甘かった、とその瞬間、藤原は悟った。力と力の勝負、それもいい。だが、ピッチャーはバッターをきちんと打ち取ってこそ評価を得るものだ。内角を突き、外角に出し入れして、じっくり時間をかけて勝負する。そう、八回にピアザに対してしたのと同じように。ヘルナンデスへの一球は、今シーズン最高のボールではあった。あるいは生涯最高の一球であったかもしれない。しかし、あまりにも素直で、コースも甘かった。

ヘルナンデスは、躊躇せずにバットを振り出す。硬いバットが鞭のようにしなり、ボールを真芯で捉えた。音がするより先にボールの幻が自分の方に向かってくるのを、藤原は見た。いや、感じた。

右側である。それは分かった。恐怖を抑え付けながらグラブを差し出すが、追いつかない。ボールは藤原の顔のすぐ横を通過し、その際に一種の真空状態を作り出したようだ。耳の上の皮膚が破れ、血が噴き出すのを、藤原はスローモーションの映像を眺めるようにはっきりと感じていた。痛みではなく、映像としてそれを感じ取る事が出来た。

終わった——あの時のように言葉さえ奪われるようなホームランではない。ヘルナンデスは無理に長打を狙わず、正確にセンター前に弾き返してきた。この一打でゲイムが終わり、メッツはさらに数週間、生き長らえる。意地だけで押し通した藤原と、冷静に状況を判断したヘルナンデスの違いは明白だ。ヘルナンデスの一打は、チームを救う。自分自身のプライドだけを頼りに投げた藤原は、チームの夢を打ち砕く。打球は殺意を持ったように俺を襲い、俺はそれを抑え切る事は出来なかった。

それでも体は動いている。ホームまでバックアップに走ろうとした時、常盤が何か叫んでセカンドベースの方を指差しているのが見えた。

素早いダッシュでボールに追いついたゴンザレスが踊るようにジャンプし、セカンドベースの上空を通過しようとするボールに追いついた。スパイクの先からグラブの先までが綺麗に一直線に伸びている。ボールの勢いに押されそうになりながらも、ゴンザレスは空中から、セカンドベースのカヴァーに入った花輪にボールをトスした。花輪は素早く体を反転させると、一、二塁間で驚いたように立ち止まったオルドニェスの頭越しに、ゆっくりと一塁へボールを送った。ゴンザレスがセカンドベース後方に体操選手のように着地した瞬間には、トリプルプレイが成立していた。

ほう、と溜息がスタンドを埋め尽くす。次の瞬間には怒声と、逆にヘルナンデスを称える拍手が同じ割合で巻き上がったが、やがて拍手の方が大きくなった。その中には、今のフリーバーズのプレイを称える拍手も混じっているはずだ、と藤原は確信した。

藤原は、一塁への途中で立ち尽くし、天を仰いでいるヘルナンデスに向かって怒鳴った。

「まだ勝負はついてないぞ。来年は、本気で引退を考えさせてやる」

ヘルナンデスはにやりと笑い、藤原に向かって右手の人差し指を突きつけた。藤原は、歩み寄って握手を求めようか、とも思ったが、寸前で踏みとどまった。

勝負は、まだ続く。こんなところで握手しているわけにはいかない。

空は高く、気の早い秋風がシェイ・スタジアムの上空を舞った。歓声がグラウンドまで降りて来て、藤原を包み込む。悪くはなかったんじゃないか、とも思った。同時に藤原は、さらに強い欲望に支配されるのを感じていた。まだだ。まだ足りない。来シーズンこそ、自分の真価が試されるのだ。

笑いが込み上げて来る。マウンドの横を通ってベンチに戻って行くフリーバーズの選手たちは、不思議そうな表情で藤原を見ていた。藤原は、彼らに穏やかな笑みを返しながら、このゲイムが、そしてシーズンが終わってしまった事を、少しだけ寂しく思っていた。


ゲイムが終わってジャージーシティの部屋に戻ると、留守番電話のランプが点滅していた。何度か躊躇い、指を伸ばしかけては引っ込める。誰からの電話なのかは分かっていた。藤原に電話して来る人間は多くない。日本は昼間だ。瑞希は衛星放送でも観ていたのかもしれない。話すべき事があるのだろう、と藤原は思った。そう、彼女と話さなければならない。シーズンは終わったのだから、「電話しない」という約束の期限は切れたのだ。だからこそ、彼女も電話をして来たのだろう。

そう、もう話をしてもいい頃だ。最初はぎこちない会話でもいい。少しでもいいから優しい言葉をかけてやるべきなのだ。そして、自分の夢を彼女の夢にする。恋人時代のように、もう一度共通の夢を語り合っても良いではないか。

俺は、もう逃げない。大リーグという巨大な存在に対して逃げなかったように。由佳里のせいにしない。瑞希のせいにもしない。失われた八年間は、何をやっても戻って来ないのだ。だが俺には、俺達にはこれからの八年間があるではないか。

電話に手を伸ばした時、ヘルナンデスの顔がテレビに大映しになった。藤原は、思わず画面に見入った。

ヘルナンデスは、穏やかな表情で淡々と話している。

「……これまでＨＩＶポジティブであるという事実を隠していた事を、ニューヨークのファンに謝りたい。私は、怯えていた。家族にも告白出来ず、一人でこの事実を受け入れるしかなかった。引退し、一人で静かに死を受け入れようと思っていた。

しかし、私は間違っていた。確かに私はＨＩＶポジティブではあるが、今はまだプレイ出来る。今年は精神的に死んでいたも同然だったが、来年以降は、野球の神様が『もうやめろ』と言うまで続けるつもりだ。もしもメジャーの選手達、それにファンが、私がプレイするのを許し、受け入れてくれれば、の話だが」

受け入れられないと言う奴がいたら、俺が尻を蹴飛ばしてやる、と藤原は思った。そして、大きく息を吐き出すと、受話器を取り上げた。気持ちが、少しだけ軽くなっている。ヘルナンデスの告白に比べれば、瑞希に謝るなど、何という事もない。そう、心から謝る事など、別に何でもないのだ。

「長い一年だった。もちろん、まだ野球は終わっていない。これから一か月間、さらにヒートアップした波が全米を覆って行く。が、それに参加しないチームのファンにとって、野球シーズンは終わった。

これほど一つのチームに肩入れしてシーズンを送るのは久しぶりだったし、久しぶりだったが故に、私は大変疲れた。

事実、フリーバーズは見ている者を疲れさせるチームだった。春先の惨劇の日々を今も覚えておられるだろうか。来る日も来る日も負け続け、スタジアムから客足が遠のいた日々。日本には、大差がついた場合にゲイムを打ち切る『コールドゲイム』という不思議なルールが存在するらしいが、そのルールを適用してやりたくなる日もあった。もういい、これぐらいで勘弁してやれ。正直、私は涙ぐんだ事もある。

夏場から、フリーバーズは打って変わって私たちの目を楽しませてくれるチームになった。フジワラ！　時速百マイルのストレイトと、目の前で突然消えるフォークボール！　落ち着いた、そして闘志溢れるマウンドさばきは、私たちがピッチャーという孤高の人種に求める理想像を提供してくれた。ハートマン！　フジワラとは全く逆のタイプだが、君もピッチャーの理想像を見せてくれた。中でも、メッツの野望を打ち砕く結果の序曲となったあのノーヒットゲイムは白眉だった。技術が年齢を超える、その奇跡を見せてくれた事に、私たちは感謝しなければならない。トキワ！　これほど愛すべき、キュートな野球選手を、私はこれまで見た事がない。十九歳、ハートマンとは別の意味で、無限の可能性を感じさせる。フル出場するであろう来季のプレイぶりを考えると、私は夜も眠れないほど興奮してしまう。そして、ゴンザレス！　君を見ていると、アメリカは広いのだ、という事を改めて思い知らされる。君のような選手が話題にも上らなかったのは、我々の不明の致すところなのか、それとも別の理由があっての事なのか。その守備は、君の名前をメジャーの歴史に刻む事を約束している。それにフリーバーズは、向こう十年、チーム作りにさほど悩まなくても良いのだ。まずは君がいる。君を軸にチームを編成すれば良い。

もちろん、課題はある。今のフリーバーズにはパワーが足りない。信頼すべき先発投手がブラウン一人というのも、いかにも心もとない。しかし、それらは来季の楽しみにとっておこう。そう考えると、長く冷たい冬の夜も楽しく過ごす事が出来るではないか。

そう、あの出来事も忘れてはいけない。フリーバーズで最低だったのは、前オーナーである。彼は現在、日本で裁判を待っている状態だ、と聞いているが、八月から九月にかけて彼が吐いた数々の暴言は、マイナスの教訓として、メジャーリーグに関わる全ての者が覚えておくべき物である。しかし、今や彼はいない。

一つだけ残念なのは、これから半年、フリーバーズのゲイムを見る事が出来ない、という事だ。しかし、今の自分の気持ちに、私は正直驚いている。オフシーズンに突入した途端に、死んだような気分、このまま冬眠して春を待ちたくなるような気分にさせてくれるチームには、ここしばらくお目にかかった事がなかった。

では、お休み、フリーバーズ。悪夢も、良い夢も見せてくれたお礼に、今度はあなたたちが良い夢を見るように祈っている。
それにしても、半年は長過ぎるよ」

巻末対談「遥かなるシェイ」　村上雅則・堂場瞬一

「マッシー」四十周年

堂場　村上さんは、サンフランシスコ・ジャイアンツでデビューして来年（二〇〇四年）で四十年ですよね。四十周年のイベントみたいなことはやらないんですか。

村上　やらないでしょう。一九九五年八月五日、ストの為一年遅れで三十周年をやりましたので。

堂場　大リーグは、昔のことを大事にするようなイメージもあるんですが。

村上　実は今年（二〇〇三年）の春、キャンプに行って、ジャイアンツのオーナーに「来年は四十周年だけど、すぐ五十周年だよ」って言ってきたんですよ。五十周年、あと十一年で七十歳だから、それがちょうどいい区切りなんですよね。

堂場　当時だと、日本にいて大リーグの情報はあまり入ってこなかったでしょう？

村上　大リーグどころか、私ははっきり言って野球オンチだったんです。プロ野球だって、プロへ入る前は一回しか球場で見てません。それに大学へ行くつもりで、プロには全然興味なかった。

堂場　最終的にプロ入りを決断した理由は何だったんですか。

村上　鶴岡さん（当時南海監督）が家に来たんですよ。その時にいろいろ条件を提示されて、最後に「もし南海へ入ったらアメリカの留学も考えている」と。そこで決まっちゃった。

堂場　ということは、当時からアメリカへの思いがあったわけですか。

村上　全然ありません。

堂場　だったら、「アメリカ行き」の何に引かれたんですか。

村上　一種の修学旅行みたいな感じでいたのかもしれない。飛行機に乗って、（キャンプ地の）アリゾナへ行くまでは、ほんとに修学旅行ですよ。

堂場　当時、アメリカへ行くって大変だったじゃないですか。距離的にも心情的にも遠いわけですし、いろいろ制限もあったわけだし。それでなおかつ修学旅行気分だったわけですか。

村上　だから、自分の性格がちょっと。

堂場　楽天的（笑）。

村上　楽天的ですね。日本よりも向こうへ行ったほうが物おじしなかった。今でもうちの女房なんか、あなたはアメリカへ行くとほんとに生き生きするねって言うぐらいで。

堂場　戦前で言うところの大陸型ですよね。雑駁《ざっぱく》なこと気にしない、だーっと行ってしまえみたいな感じで。

村上　それは結構あるね。だから、向こうで通用したんじゃない。気に入らなかったら喧嘩もしたし。

堂場　その話は是非聞きたかったんですけど、確か一年目でしたね、移動のバスの中で怒鳴りつけたというのは。

村上　フレスノからリノというところへ行く時に、大体バスで七、八時間かかるんですよ。自分は一番前に座っていて、そこでいつも三十五ミリと八ミリを持って景色を映してたんです。それで一休みして寝てると、紙やら投げてくるんだよ。やめてくれって何度言ってもやめないから、頭に来て。運転手の足元見たらスパナがあったから、それを持って。「お前か」って聞いて回ると全員「ノー」なの。仲のいい奴もいたけど、そいつらにも平等に聞いた。

堂場　それは差別なんですかね。日本人差別。

村上　差別じゃない、いたずら盛りなんですよ。

堂場　そういう中に放り込まれて、実際はどうだったんですか。もちろん一緒に野球やってる仲間ですけれども、いろいろな人がいるわけじゃないですか。英語も通じない人もいるでしょう。言ってみれば、ものすごい異様な環境ですよね。

村上　異様な環境だけれども、ヒスパニックの中南米の選手というのが非常に人懐っこくてね。アミーゴ、アミーゴってすぐ来るのよ（笑）。キャンプでも、練習が終わって退屈してるでしょう。仲よくなったので遊びに来るんだ。

「修学旅行」の終わり

村上　とにかく（キャンプ地には）何もない。我々は二階建ての簡易な宿舎へ詰め込まれて。でも、あの食事が美味かったこと。

堂場　じゃあ、日本食が食べられなくて辛かったということは？

村上　それはなかったですよ。

堂場　そういう点で、比較的すっと入った感じだったんですね。

村上　（日本の）プロへ入っての合宿生活なんか、朝は卵にメザシ、味噌汁、漬け物、ご飯、そんなものですよ。

堂場　そういう食生活に比べれば、アメリカは素晴らしかった。

村上　レタスって初めて食べた（笑）。

堂場　練習そのものは、そんなに日本と差はなかったんですか。

村上　いや、向こうは全然軽いですよ。軽過ぎる。きょうは十分投げろ。五十球、三十球ぐらいとか、そんな感じで。肩もうずうずするわけだよ。コンディションもいいわけですよ。

堂場　一年目から成績はちゃんと残されているわけで、随分馴染んでやられていたんですね。

村上　馴染み過ぎたというか（笑）。（1Aで）百四十試合やって、自分は百三十試合ぐらいベンチ入りしたんだけれども、後でカリフォルニアリーグのベストナインと新人賞に選ばれました。

ニューヨークへ！

堂場　その後がいよいよメジャーなんですが、事前に話はなかったんですか。

村上　全然なかった。それが、監督が八月二十九日に「お前はメジャーに行く。決定した」って。それで翌日チームのオーナーが来て、飛行機のチケットとニューヨークのホテルのアドレスを書いたメモをくれたんです。で、ゲームが終わった翌三十一日朝にニューヨークに飛んで。

堂場　アメリカにいる間にメジャーに行くんだという意識はありました？

村上　全然ありません。

堂場　要するに、おれはシングルAで修業するんだと。

村上　そう、勉強して帰りゃいいなって。（南海の）給料も安いし、帰ったって給料上がるわけじゃないし。むしろ、アメリカが楽しかった。

堂場　だけど、周りから見れば、シングルAから三段跳びですから、えらいことじゃないですか。

村上　そうです。

堂場　でも、ご本人は自覚ないわけですよね。

村上　実際にマウンドに上がって、ゲームが終わってから、何かちょっと、どえらいことをしたなという気はしたんだよね。

堂場　それは、シェイ（スタジアム。一九六四年完成）だからですかね。当時、メッツ（一九六二年球団創設）ができたばかりで、ものすごい人気でしたよね。客の入りも良かったはずです。

村上　一番感激したのは、翌朝の新聞見てから。ニューヨーク・タイムズか何かに出た。ファースト・ジャパニーズ・マサノリ・ムラカミ。ニューヨーク・タイムズか何かに出た。こんな活字になって、おーっ、おれはすげえことやったなと、じわーっときた。

堂場　当時の日本の新聞を調べてみたんですけど、地味なんですね、扱いが。ニューヨーク・タイムズなんかは、これはえらいことだとたぶん分かっていたと思うんですよね。北米大陸の限られた人がやっているのが大リーグだったわけで、いきなり日本人が投げれば異常事態ですから。

マッシーと大リーガーたち

堂場　その年（一九六四年）は、実質一カ月ぐらいですね。その時すでに、ああ、やれそうだなという感覚はあったんですか。

村上　面白いのは、日本で言うと、あいつが王だな、あいつが長嶋だなっていう感覚が分からないわけよ。

堂場　自分が誰に投げているかという意識がない。

村上　そう。ハンク・アーロン[*1]であろうが、フランク・ロビンソン[*2]であろうが、ウィリー・スタージェル[*3]だろうが、全然分からないの。だから、誰に投げようと一緒なのよ。

堂場　基本的にはリードに任せて投げるのみ。

村上　と言うより、自分が投げたいボールを投げる。自分は何でも行けたわけですよ、その時の調子で。スクリューボールを投げてストライクとれる、速球でもカーブでもとれる。向こうにしたら、ツーボールから、スリーボールから何でカーブでストライクとれるの、すげえなという感じだったんだね。

堂場　アメリカ野球の常識の裏をかいた形になったわけですね、結果的に。

村上　向こうで（二年間で）三振百個とったけど、一個は違うんですよ。ほんとは九十九個なの。次のバッターがバッターボックスに入ろうとした時に、アンパイアが、お前、もっと早く入らんかって言ったら、バッターは頭に来ちゃって、入らないのよ。で、アンパイアも頭に来て「マッシー、放れ」って。三球三振。ストラックアウト。

堂場　正式に記録としては三振なんですよね。メジャーらしい話だ（笑）。当時の記録を調べると、ジャイアンツのピッチングスタッフ、意外と少ないですよね。先発四人で回してて。あと、クローザーがいて、実質、中継ぎは村上さんがほとんど投げてる、そんな感じですよね。

村上　だって、ホアン・マリシャル[*4]なんか、完投二十以上とか。

堂場　当時は先発完投が当たり前で、クローザーもあまり重要視されていない時代ですからね。それにしても、ウィリー・メイズ[*5]をセンターに背負って投げてたのもすごいことですよね。

村上　ウィリー・メイズ、誕生日一緒なの。五月六日。

堂場　ウィリー・メイズって、どんな人だったんですか。

村上　あの時は、チームをまとめてた。

堂場　ウィリー・マッコビー[*6]が売り出し時期ですか。

村上　あいつ、ニックネームがおもしろいんだよ。ドンキー（ロバ）って言うの。普通そんなこと言われたら怒るけど、怒らない。「マッシー、そんなこと言っちゃいけないよ」って、それで終わり。本当におっとりした感じの男でね。

堂場　その後の契約問題は非常に有名なんで省きますけれども、もしもごちゃごちゃがなかったら、ずっとアメリカでやっていたかもしれないですね。

村上　やってます。だから、いつも講演で言うんですよ。我が人生に悔いありと。

堂場　今だったらごり押ししてたかもしれない。

村上　まだ二十一歳で帰ってきたでしょう。普通にやればメジャーで十年ぐらい行ける。今ごろ殿堂入りしているかも。

堂場　僕は真面目に大リーグを見始めたのは、一九八五、六年ごろからなんですけれども、日本人大リーガーと言えば村上さんしかいなかったわけですよ。かえすがえすも残念だなという気持ちが強くて。何でわがまま言って頑張ってくれなかったんだという気持ちがずっとあったんですよ。そうしたら、今ごろ状況が変わっていたんじゃないですか。

日米、今後の課題

堂場 村上さんは、日米の野球を自分で経験して、見続けてきた。これから日本人と大リーグって、どうなっちゃうんでしょう。どんどん選手がアメリカに行っちゃって。

村上 心情的には、いいプレイヤーは最高峰を目指してやってほしいと思いますね。ただ、了見の狭い人は日本の球界が駄目になると言う。それで、何で駄目になるかを考えない。選手がいなくなるということを考えるだけで、打開策を考えないんですよ。

堂場 僕がメジャーで一番好きなのは、選手のタフさなんですよ。非常に日程が詰まっているのに、全然緊張感が途切れない。それに比べて、日本は日程編成が問題じゃないかと思います。

村上 (日本の)選手会は言うじゃない、ダブルヘッダーはしんどいからって。我々が入団した時は、ダブルヘッダーをやっていましたよ。

堂場 いつの間にかなくなっちゃったんですよね、ダブルヘッダーが。

村上 給料をあんなにもらって、何がしんどいんだと言うんだよ。

堂場 とにかく今の日程編成では、興味がつなげないんですよね。日本シリーズなんか、始まるまで間が開き過ぎてる。

村上　本当にやるんですか、ですよね。いつやるの、いつやるのっていう感じで待っているような状態だから、まるで秋のオープン戦みたい。

堂場　それとメジャーは、年齢を重ねても活躍する人が結構いますよね。選手寿命が長いというか。体のつくり方なのか。ヤンキースのロジャー・クレメンス*7は引退といっても、今年十七勝もしているわけでしょ。

村上　一つ言えることは、技術的に優れた選手は好結果を残すということです。というのは、エクスパンションでチームが増えたでしょ。で、選手の層が薄くなった。今のチームが二十球団になって選手を分割したら、それはすごいチームになりますよ。三十球団だから、まだマイナーの選手がメジャーに上がっているわけです。そういう選手が投げたり打ったりしているわけだから。バッターであれば、マイナーの選手がクレメンスに当たったら、三振しちゃうわけですよ。

堂場　ちょうど僕が「8年」を書いているころに、佐々木が行くか行かないかという話になって、書き終わったころにマリナーズと契約だったんです。どんどん現実に追い越されちゃって。「8年」の中にはメッツの選手がずらっと出てくるんですけど、もう誰もいないんですよ。今残っているのはマイク・ピアザ*8ぐらいかな。

村上　それっきり？

堂場　全部いなくなっちゃいました。そういう意味で、大リーグで残念なのは、フランチャイズプレイヤーが少ないことですね。

村上　本当に。こんなにトレードを頻繁にするとねえ。フリーエージェントができてからおかしくなってきたわけです。
堂場　もうちょっとチームの顔になる選手が育たないと。それがメジャーの問題点じゃないかと思います。
村上　二十五人の中に生え抜きが四、五人いないとね。

＊注
1　ハンク・アーロン（メジャー在籍一九五四～一九七六。ブレーブス、ブリュワーズ。通算七五五本塁打、二二九七打点は大リーグ記録。通称「ハンマリング・ハンク」）
2　フランク・ロビンソン（一九五六～一九七六。レッズ、オリオールズなど。六六年に三冠王獲得）
3　ウィリー・スタージェル（一九六二～一九八二。パイレーツ。通算四七五本塁打）
4　ホアン・マリシャル（一九六〇～一九七五。ジャイアンツ、レッドソックスなど。通算二四三勝。シーズン二〇勝以上を六度。独特の「ハイキック投法」で有名）
5　ウィリー・メイズ（一九五一～一九七三。ジャイアンツ、メッツ。六六〇本塁打は歴代三位。史上最高の万能プレイヤーといわれ、バリー・ボンズの名づけ親でもある）
6　ウィリー・マッコビー（一九五九～一九八〇。ジャイアンツ、パドレスなど。通算五二一本塁打。本塁打王三回）

7　ロジャー・クレメンス（一九八四〜二〇〇三。レッドソックス、ブルージェイズ、ヤンキース。通算三一〇勝。四〇九九奪三振は歴代三位。一試合二〇奪三振二回。八〇〜九〇年代を代表する右の本格派で通称「ロケット」）

8　マイク・ピアザ（一九九二〜。ドジャース、メッツなど。二〇〇三年までに通算三五八本塁打。野茂英雄の女房役として日本でも有名になったが、史上最強の攻撃型キャッチャーとして球史に名を残しそう）

物語の構成上、やむを得ず実在する人物名や団体名が作中に登場しますが、あくまでも本書はフィクションです。

集英社文庫　目録（日本文学）

集英社文庫

8 年《ねん》

2004年1月25日　第1刷　定価はカバーに表示してあります。
2018年8月11日　第6刷

著　者　堂場瞬一《どうばしゅんいち》
発行者　村田登志江
発行所　株式会社　集英社
東京都千代田区一ツ橋2-5-10　〒101-8050
電話　【編集部】03-3230-6095
【読者係】03-3230-6080
【販売部】03-3230-6393（書店専用）
印　刷　凸版印刷株式会社
製　本　凸版印刷株式会社

フォーマットデザイン　アリヤマデザインストア　マークデザイン　居山浩二

ISBN978-4-08-747658-3 C0193